구미베어 살인사건

구미베어
살인사건

THE GUMMY BEAR
MURDER CASE

dcdc 소설집

dcdc 지음

아작

차례

구미베어 살인사건

01
나암 왕국 이야기

1

근래 나암 왕국에는 무서운 소문이 돌고 있었죠. 새벽하늘 빛의 드래곤 '귀리하시오'가 나암 왕국의 모든 성벽을 허물고 모든 탑을 무너트리고야 말 것이라는 불길한 소문 말이에요.

평소에 드래곤 귀리하시오와 알고 지내던 사람이라면 코웃음을 쳤을 거예요. 그 게으름뱅이 드래곤이 뭐하러 그렇게나 귀찮고 성가신 일을 하겠냐면서요.

하지만 소문에는 언제나 그럴듯한 이유가 있는 법이지요. 언제부터인가 드래곤 귀리하시오가 사는 포아풀라 계곡의 미궁에서 무시무시한 고함이 울려 퍼지고 있었거든요.

정작 이야기의 자초지종을 알게 되면 누구든 "어휴, 그냥 그런 이야기였네." 하고 혀를 찰 일이었는데 말이에요. 그러니까 이게 어떻게 된 일이었느냐 하면요….

2

그날도 드래곤 귀리하시오는 덩굴탑 위에 똬리를 틀고 앉아 나암 왕국의 후계자인 다래 공주와 대화를 하고 있었어요. 언제나처럼 드래곤 귀리하시오는 창 너머로 다래 공주를 바라보며 다래 공주가 얼마나 현명하고 아름다운지에 대해서 찬사를 늘어놓았고, 다래 공주는 그 말을 듣는 둥 마는 둥 흘려넘기며 홍차와 책을 즐기고 있었죠.

관계자들은 모두 쉬쉬하고 있었지만 드래곤 귀리하시오가 다래 공주에게 한눈에 반했다는 사실은 알 만한 사람들은 다 알고 있는 비밀이었어요.

드래곤 귀리하시오는 1년 전 그의 어머니, 그러니까 잠든 달빛의 드래곤 '수수이게나'의 뒤를 이어 시기무르 대륙의 수호용이 되었죠. 그리고 새 수호용을 환영하기 위한 나암 왕국의 파티에서 다래 공주에게 엉덩이를 걷어차인 이후 다래 공주의 뒤를 졸졸 따라다니게 되었고요.

"공주, 오는 길에 보아하니 덩굴탑의 꽃들이 시들었더구려. 아무래도 이 꽃들이 피어나질 못하는 것은 공주가 너무나도 아름다운 탓인 것 같소. 나비에게 자신을 뽐내려 해도 그대에게 뒤처지니 부끄러워 져 버리고 만 것이 아니겠소?"

"아닌 것 같은데."

다래 공주는 보고 있던 책을 한 장 넘기면서 조용한 목소리로 대꾸했어요.

드래곤 귀리하시오가 다래 공주에게 반한 만큼이나 다래 공주가 드래곤 귀리하시오에게 별 관심이 없어 보인다는 것 또한 알 만한 사람들은 다 알고 있는 공공연한 비밀이었죠.

"아니, 내 말이 맞을 거요. 일주일에 한 번 보기도 힘들다는 공주의 그 신비한 미소. 그 미소는 저 태양보다도 눈이 부시게 아름답거늘 그대 스스로는 알고 있는지?"

"알아."

게게게, 하고 드래곤 귀리하시오는 웃었어요. 이 커다란 새벽하늘빛의 드래곤은 공주가 짓는 표정 하나마다 기쁨을 감출 줄을 몰랐거든요.

"공주. 공주는 내가 이 대륙에 와서 본 모든 존재 중 유일하게 가치가 있는 인간이라오. 이 무료하고 불손한 세상에 그대만이 빛나고 그대만이 아름답소. 나 이 우주로부터 이리도 큰 선물을 받았으니, 공주가 원하는 것이 있다면 무엇이든 바치리라."

다래 공주는 잠시 책을 덮고는 고민에 잠겼어요.

흠. 그러고 보니 홍차에 곁들여 먹을 잼이 없네.

"한 말씀만 하시오. 이 세계에서 가장 눈부신 보석이든, 가장 보드라운 비단이든, 가장 커다란 괴물의 목이든 다 가져올 테니."

시기무르 대륙의 수호용이라면 저런 부탁이야 얼마든지 들어줄 수 있었겠지요. 그리고 이런저런 이야기로 호언장담하던 드래곤 귀리하시오는 분위기를 탄 나머지, 아이고. 흔해 빠진 한마디를 덧붙이고 말았어요.

"당신이 바란다면 나는 저 하늘의 별이라도 따올 것이오."

"따와."

냉큼 대답하고 다시 책을 읽는 다래 공주.

그리고 자기가 방금 무슨 말을 들었는지 이해를 하지 못한 드래곤 귀리하시오.

둘 사이에는 아주 잠깐의 침묵이 흘렀어요.

"…다래 공주. 내가 잘못 들은 것 같은데. 다시 말해줄 수 있겠소?"

"따오라고."

다래 공주는 눈도 돌리지 않고 적당히 대답했죠.

"별을?"

"별을."

3

"오오오오오-!"

드래곤 귀리하시오는 그날의 기억을 떠올리며 다시 한 번 그 큰 입을 벌려 울부짖었어요.

왜 그랬을까. 내가 왜 그랬을까. 어떻게 해야 저 하늘의 별을 따올 수 있는지도 모르면서 왜 저 하늘의 별을 따다 준다고 했을까. 그렇게 자신을 꾸짖었죠.

포아폴라 계곡에 숨겨져 있는 미궁의 서고에 꽂힌 책들을 닥치는 대로 꺼내 읽으면서. 혹시나 하늘에서 별을 따는 방법이 적힌 책이 있지 않을까. 속을 태우면서요.

맞아요. 언제부터인가 드래곤 귀리하시오의 미궁에서 들려와 나암 왕국의 국민을 공포로 떨게 한 그 신음소리. 이건 다 드래곤 귀리하시오가 어떻게 해야 자신이 다래 공주에게 내건 약속을 지킬 수 있을까 고민하고 시름겨워하느라 끙끙 앓는 소리였어요.

성벽을 허물거나 탑을 무너트리거나 하고 싶어서 내는 고함이 아니었던 것이지요.

"오오오오오ㅡ!"

미궁의 서고에 꽂힌 책들은 그 책 주인의 덩치에 맞게 그 크기가 커다랬어요. 바벨의 도서관에 비해서도 장서량이 세 배는 될 만큼 넓은 서고에 책마저 크니 그 서고의 풍경이 참으로 장관이었죠.

"아이고, 어르신. 어디 그 정도로 쉰네의 귀가 먹겠습니까? 조금 더 분발하셔야죠."

책장 위에 앉아있던 짧은 다리 오디는 낡은 비올라를 연주하다 말고 드래곤 귀리하시오에게 투덜거렸어요. 짧은 다리 오디는 시기무르 대륙에서 가장 솜씨가 빼어난 악사예요. 드래곤 귀리하시오의 절친한 친구이기도 하고요.

얼마 전 드래곤 귀리하시오가 미궁의 서가에 틀어박혀 홀로 책을 찾기가 적적하다며 짧은 다리 오디를 초대했거든요. 그래서 둘은 요 며칠 미궁의 서가에 틀어박혀 '하늘에서 별을 따는 방법'이 적힌 책을 찾으며 함께 지내고 있었죠.

"풍각쟁이를 불러놓으시고선 어르신 혼자 노래를 하시니 이거 쉰네가 어르신께 품삯을 드려야 할 판입니다요."

"끄으응, 미안하게 되었네. 이제 입을 다물 터이니 임자는 계속 연주를 해주게나."

끼잉끼잉, 짧은 다리 오디가 비올라를 켜자 끄응끄응, 드래곤 귀리하시오는 다시 앓는 소리를 내며 열심히 책장을 뒤지기 시작했죠.

그러다가 짧은 다리 오디는 그런 드래곤 귀리하시오의 모습이 안쓰럽고 또 한심해서 쓴소리를 내뱉고 말았어요.

"어르신도 참 딱하십니다. 공주님이 그깟 별이 갖고 싶어서 그리 말씀을 하셨겠습니까?"

"허, 별이 갖고 싶은 게 아니라면 왜 나에게 별을 따오라고 하시는가?"

드래곤 귀리하시오는 분주히 책장을 뒤지던 손을 멈추고는 짧은 다리 오디에게 물어보았죠. 짧은 다리 오디는 아직도 자신의 조언을 알아듣지 못하는 드래곤 귀리하시오가 답답해서 한숨만 푹 쉬었고요.

"어르신께서 여인네 마음을 참 모르시는 게지요. 별을 따오라는 불가능한 부탁을 왜 하셨겠습니까. 이게 다 불한당을 내쫓는 요조숙녀들 특유의 교양 가득한 거절이었겠지요."

어, 그런가? 짧은 다리 오디의 이야기는 드래곤 귀리하시오의 귀에 그럴싸하게 들렸어요. 새벽하늘빛 드래곤의 귀가 팔랑거리는 듯싶으니 짧은 다리 오디는 더 진득하게 설득을 했죠.

"별이라는 것도 워낙 멀리 있다 보니 이 땅 위에서나 작게 보이지 가까이 가면 그렇게 크답디다. 그건 또 어찌 들고 오실 셈이십니까?"

말이야 맞는 말이지요. 땅에서는 밤하늘의 별이 깨알만큼 작게 보이지만 그 크기는 지구보다 훨씬 크거든요. 태양만 하더라도 그 지름이 139만 킬로미터나 되고 별에 따라서는 20억 킬로미터가 넘기도 하는 걸요.

모든 별이 그렇게 크지 않기는 해요. 태양보다 작은 백색왜성들도 있으니까요. 하지만 그마저도 지름이 지구보다 살짝 큰 수준이니까 160센티미터에서 살짝 모자란 키의 다래공주에게 어울리는 크기라고는 할 수 없겠지요.

"통으로 갖고 오지 않고 끄트머리만 잘라다가 갖고 오면 되겠지."

하지만 이를 알 길이 없는 드래곤 귀리하시오는 속 편한 대꾸나 하고 앉았네요.

"허, 말씀이야 쉽게 하십니다만 옛말을 듣자면 별들은 또

참 멀기도 먼 곳에 있답디다. 어느 세월에 따러 가셨다가 어
느 세월에 따서 오시겠습니까?"

"한 사흘 정도 날아가면 되지 않겠나?"

지구에서 가장 가까운 별이 '톨리만' 별이에요. 대충 계산
해서 40,000,000,000,000킬로미터 떨어진 곳에 있지요. 붙
어있는 0만 13개. 빛처럼 빨리 날아간다고 해도 가는데 4년,
오는데 4년이니 합쳐 8년이 걸리겠군요.

드래곤 귀리하시오는 자기가 얼마나 말도 안 되는 이야기
를 한 것인지는 꿈에도 모른 채 다시 책장을 뒤지기 시작했어
요. 아니. 안다고 해도 달라지지 않았을 거예요. 오히려 멀면
멀수록 다래 공주를 향한 자신의 사랑을 증명할 수 있을 거라
고. 이 철없는 드래곤은 그렇게 생각을 했을 거예요.

"임자. 임자가 나보다 여인네에 대해서, 또 하늘 위에 대
해서도 잘 알고 있을지 모르겠네. 하지만 공주에 대해서는 임
자보다 내가 더 잘 알지."

"뭘 알고 계시기에 그러십니까?"

고개를 갸웃하는 짧은 다리 오디에게 드래곤 귀리하시오
는 방금 책장에서 찾아낸 책 한 권을 보여주었어요. 그 책의
제목을 본 짧은 다리 오디의 눈은 휘둥그레졌고요.

그래요. 드래곤 귀리하시오가 요 며칠 동안 그토록 찾고
찾던 책을 발견했던 것이었어요. 그 책의 제목은 바로《하늘
에서 별을 따는 방법》이었죠.

"다래 공주가 하라고 했으면 그게 무어가 되었든 나는 그

걸 하면 되는 것이야."

게게게, 하고. 드래곤 귀리하시오는 의기양양하게 웃어 보였답니다.

4

게게게….

게게게게게-!

미궁 안에 울려 퍼지는 드래곤 귀리하시오의 웃음소리에 나암 왕국의 두 번째 후계자인 으름 왕자의 표정이 어두워졌어요. 무서워서는 아니에요. 으름 왕자가 아직 어린 소년이기는 하지만 못된 아이는 드래곤이 와서 잡아간다-라는 어른들 꾸지람을 믿을 나이는 지났으니까요.

하지만 드래곤 귀리하시오가 기분이 나쁠 때는 골칫덩이지만 기분이 좋을 때는 사고뭉치라는 것을 알 나이가 되기도 했기 때문에 게게게, 하는 드래곤 귀리하시오의 웃음에 긴장할 수밖에 없었답니다.

"여전히 맛있는 차입니다. 비파님."

으름 왕자는 긴장을 떨치려고 차 탁자 너머로 마녀 비파에게 말을 건넸어요. 마녀 비파는 찻잔만 홀짝이고 있을 뿐이었지만요.

포아풀라 계곡의 숨겨진 미궁에는 드래곤 귀리하시오만이

아니라 마녀 비파도 머무르고 있었어요. 오래전 해거름빛의 드래곤 '호밀하라고'가 미궁의 주인이었던 시절부터 초대받아 식객으로 지내고 있었죠.

"그래, 네 누이는 어떻게 지내더냐?"

"다래 누님이야 천하태평이십니다. 비파님이야말로 귀리하시오님과 잘 지내셨습니까?"

미궁에는 여전히 게게게, 드래곤 귀리하시오의 웃음이 울리고 있었지만 마녀 비파는 그 소리가 전혀 들리지 않는다는 듯이 답변을 했지요.

"잘 지내기는 무슨. 그놈 아주 난봉꾼인 것이 어미보다는 아비를 닮았더라고. 성격이 그냥 호밀하라고와 데칼코마니라니까."

마녀 비파는 거친 말투와는 어울리지 않는 그 특유의 고혹적인 미소를 짓고는 다시 찻잔을 기울였어요. 위대하고 아름다운 마녀 비파. 드래곤을 상대로 이렇게 거침없이 말을 할 수 있는 이는 이 넓은 시기무르 대륙에서도 이 사람 단 한 명뿐일 거예요.

으름 왕자가 마녀 비파의 다과회에 놀러 온 것도 그 때문이에요. 동서고금, 이 세상에 존재하는 모든 마법에 숙달한 마녀 비파는 다래 공주와 으름 왕자를 비롯해 나암 왕국의 왕족 대대로 그들의 유모이자 상담 역할을 맡았으니까요.

그러니 으름 왕자가 마녀 비파에게 요즘 나암 왕국에 돌고 있는 흉흉한 소문, 그러니까 포아폴라 계곡의 미궁에서 용의 포효가 들려온다는 그 소문에 대해 의견을 구하러 온 것은 당연한 일이었어요.

물론 마녀 비파가 만든 과자가 최고로 맛있다는 이유도 한몫하기는 했지만요.

"귀리하시오 그 얼뜨기가 네 누이한테 단단히 반하기는 반한 모양이야. 상사병이 중병이니 미궁이 무슨 야전병원 같다니까."

하지만 사태가 이 지경이 되어서야 그 달콤한 과자도 맛이 잘 느껴지지 않았지요. 공주에게 구애하는 드래곤이라니. 전대미문의 사건이잖아요. 드래곤 호밀라고 이전 시절에는 드래곤이 공주를 납치해 인질로 삼아 왕궁을 협박했던 적도 있었다지만요.

"왕궁 놈들은 뭐라도 하던?"

"우왕좌왕합니다. 새벽하늘빛의 드래곤은 하는 일이 모두 수수께끼라면서 말입니다."

"여전히 왕궁 놈들은 말만 많구나."

마녀 비파는 한심하다는 듯이 비아냥거렸죠.

"하긴. 지금 중요한 건 왕궁 놈들이 무슨 생각을 하느냐가 아니지. 나암 왕국의 건국 이래 최초로 드래곤한테 구애를 받고 있는 네 누이는 뭐라니? 아니, 뭐라고 하기는 하냐?"

"말씀드리기가 부끄럽습니다만 다래 누님이야말로 새벽하늘빛의 드래곤보다 더 수수께끼란 단어가 어울리시는 분이시지 않습니까? 아마 불초 아우는 평생 그분을 따라잡지 못할 겁니다."

떨떠름한 얼굴로 다래 공주의 속내를 모르겠다고 돌리고 돌려 말하는 으름 왕자. 마녀 비파는 그런 왕자의 모습을 보고는 피식하고 웃고 말았죠.

"맞아. 내가 기저귀를 갈아가며 키운 아이지만 나도 걔 속내는 영 알 수가 없더라."

게게게….

게게게게게-!

그 순간 미궁에 다시 드래곤 귀리하시오의 웃음이 울려 퍼졌어요. 길게 이어지던 소리가 끊길 때까지 마녀 비파와 으름 왕자는 어색하게 서로를 바라볼 수밖에 없었죠.

"저 드래곤, 사람 불안하게 만드는 데에는 뭐가 있다니까. 아무튼 으름 왕자. 귀리하시오가 또 무슨 사고를 칠지 모르니까 각오는 단단히 하고 있으라고. 저번 밸런타인데이 사건만으로도 평생 치 고생을 다 했다고 생각했는데 암만 보아도 그렇지가 않을 모양이야."

"네. 비파님. 그게 벌써 한 달이나 전 이야기네요. 그때 그 곰 인형은 아직도…."

마녀 비파와 으름 왕자는 동시에 깊은 한숨을 쉬었어요. 그 뒤로는 드래곤 귀리하시오의 방정맞은 웃음소리가 울려 퍼지고 있었고요. 정말이지 마녀와의 다과회에서 과자 맛을 제대로 느끼기가 어려운 분위기니 으름 왕자가 속 좀 상하겠어요.

5

아주 아주 깊은 밤. 지평선 끝자락에서나 겨우 다가오는 아침의 향기를 맡을 수 있을 만큼 깊은 밤. 톡. 톡톡. 무언가가 창문을 두들기는 소리에 다래 공주는 잠을 깨고 말았어요.

실비라도 내리기 시작한 걸까. 다래 공주는 실눈을 뜨고 침대 옆에 놓인 촛대에 불을 밝혔지요. 그랬더니 이건 또 뭐야. 창 너머로 커다란 눈이 빛을 내고 있는 것이 아니겠어요?

"뭔데."

나풀나풀한 잠옷 차림의 다래 공주는 놀라지도 않고 졸린 얼굴로 창문을 열고는 야심한 밤의 불청객, 드래곤 귀리하시오에게 따져 물었어요. 이리도 늦은 시각에 한 국가의 공주가 사는 탑에 막무가내로 방문하는 것은 아무리 대륙의 수호용이라도 예의가 아닌데 말이죠.

"공주, 용서하시오. 하지만 기쁜 마음에, 이 용의 심장박동이 가슴에 담아두기엔 너무나 커져만 가는 바람에 이런 결례를 저지르고 말았소."

드래곤 귀리하시오는 자기 말대로 즐거운 기색을 감추지 못해 한껏 흥분한 듯이 보였어요. 하지만 다래 공주는 깊은 잠에서 급작스레 깨어나 기분이 영 별로였죠.

"뭐냐고."

"어떻게 된 연원이냐면, 공주…."

드래곤 귀리하시오는 곧 놀라서 입을 다물고 말았어요. 다래 공주의 뾰로통한 표정을 봤기 때문은 아니에요. 다래 공주가 방금 켠 촛대의 불빛 덕분에 다래 공주의 침대 위가 보였기 때문이었어요.

숙녀의 침실을 훔쳐보는 것은 예의가 아니기는 해요. 하지만 그 침대 위에 올라가 있는 물건은 너무나 커다랗고 무시무시해서 못 보고 넘어가기가 더 어려웠을 거예요.

다래 공주가 조금 전까지 온기를 품고 잠들었던 침대 위에는 커다란 곰 박제가 놓여 있었어요. 숙녀의 숙면을 돕는 봉제 인형이라고 하기에는 그 박력이 여간하지 않은 곰 박제가요.

"공주… 간직하고 있었구려."

드래곤 귀리하시오는 벅찬 가슴이 더더욱 커다랗게 부풀어 올라 터질 것만 같았어요.

이 곰 박제가 도대체 어떻게 생긴 물건이냐 함은. 저번 달 밸런타인데이에 드래곤 귀리하시오는 다래 공주에게 초콜릿 선물을 받았죠. 어디까지나 왕궁의 손님이면 누구에게나 선물했던 것이었지만요. 새벽하늘빛의 드래곤은 감격에 젖어 다래 공주에게 답례로 갖고 싶은 물건을 하나 선물하겠다고 했는데 다래 공주는 별생각 없이 곰 인형을 하나 갖고 싶다고 답했고.

바로 그날 저녁 포아풀라 계곡에 살고 있던 가장 흉포한 불곰이 사냥을 당하고는 박제로 만들어졌죠. 그러고는 커다란 선물상자에 포장되어 나암 왕국의 덩굴탑 앞으로 배달되었답니다.

드래곤 귀리하시오는 굳이 가짜 곰을 선물할 것도 없이 진짜 곰을 선물하면 다래 공주가 더 기뻐할 것으로 생각했기에 한 일이었어요. 궁정에서는 웬 곰의 시체냐며 한바탕 난리가 났다가 이 흉물이 대륙의 수호용의 답례품인 것을 알고 그제야 소동이 좀 진정이 되었던 그런 사건이 있었거든요.

그 흉악한 곰 박제를 귀여운 곰 인형이라도 되는 것처럼 침대에서 껴안고 잤다니. 모두가 뒤에서 드래곤의 상식 부족을 비난하는 와중에 다래 공주는 나름 드래곤으로부터 받은 선물을 소중하게 간직하고 있었던 것이었죠.

"정오가 되면 내 반드시 그대에게 별을 바치리다!"

다래 공주는 창 한가득 꽉 차 보이는 드래곤 귀리하시오의 눈이 빙긋 웃는 모습을 보았어요. 그리고 그 눈이 감겼다고 생각한 순간. 어느새 드래곤 귀리하시오는 저 지평선 너머까지 날아가고 있었지요. 그의 별명처럼 저 멀리서 밝아오는 푸른 새벽하늘빛에 녹아들 정도로 멀리까지 말이에요.

6

정오 무렵이 되자 덩굴탑 위에는 수많은 병정이 도열해 있었어요. 드래곤 귀리하시오를 맞이하기 위한 행사 준비 때문이었지요.

다래 공주는 덩굴탑 옥상 한가운데에 놓인 왕좌에 앉아서 드래곤 귀리하시오를 기다리고 있었어요. 그 오른편에는 으름 왕자가 서서 공주의 옆을 지키고 있었고요. 짧은 다리 오디는 궁정악단과 행사에서 연주할 곡을 연습하느라 정신이 없었죠.

마녀 비파는 쏟아지는 졸음을 참느라 애를 쓰면서 하품을 몇 번 하고는 으름 왕자에게 다가가 말을 건넸어요.

"너네는 마음씨도 곱다. 드래곤 한 마리 놀러 온다고 이렇게 행사도 준비해주고."

"귀리하시오님은 시기무르 대륙과 나암 왕국의 수호용이시니까요. 갑작스레 찾아오실 때라면 모를까 이렇게 방문을 예고하신 경우에는 귀빈을 대하는 예를 갖춰 맞아야 합니다."

"그래도 뭐 이리 서둘러서 행사를 여니 마니 한다니. 사람 피곤하게시리."

아닌 게 아니라 으름 왕자는 행사의 준비로 지쳐 보였어요. 으름 왕자는 아직 어린아이지만 이런 행사가 있을 때마다 새벽부터 준비해야 할 일들이 한가득 있었거든요.

"마녀님, 좋은 아침입니다. 어르신도 참 한시라도 빨리 공주님께 별을 드리겠다고 야밤에 난리 좀 치셨나 봅디다. 미궁도 아주 난장판이 되었더만요."

짧은 다리 오디가 리허설 연주를 마치고 마녀 비파에게 다가와 인사를 건넸어요. 짧은 다리 오디도 아침에 일어나자마자 드래곤 귀리하시오의 닦달에 서둘러 덩굴탑으로 오느라 많이 지친 표정이었답니다. 으름 왕자와 마녀 비파 그리고 짧은 다리 오디는 한자리에 모여 한마음으로 한숨을 쉬었어요. 도대체 이게 무슨 고생인지.

그 순간 덩굴탑 저 멀리에서부터 커다란 그림자가 떠오르는 모습이 보였어요. 바로 오늘의 주인공, 드래곤 귀리하시오의 등장이었죠.

"나-새벽하늘빛의-드래곤-귀리하시오! 이제-다래 공주에게-별을 따다 드리리다!"

드래곤 귀리하시오는 싱긋 웃으며 인사를 하고는 날갯짓을 반복하며 계속 하늘에 떠 있을 뿐 덩굴탑으로 다가오지는 않았어요. 다만 마법의 주문을 외우기 시작했죠.

"로에틈스라이브일에브어로프멜트레흐토나시레벨이퍼…."

웅장한 목소리가 주변 일대를 메웠어요. 마녀 비파는 드래곤 귀리하시오의 주문에서 느껴지는 커다란 힘에 감탄했어요. 마법을 모르는 사람들도 공기의 떨림이 심상치 않다는 것을 느낄 수 있었고요. 모두 이런 강력한 마법이라면 정말로 드래곤 귀리하시오가 다래 공주에게 별을 따다 줄 것 같다고 기대하기 시작했어요.

"러프레움일에브소우로에틈에스포일로프엣… 이틱엘오흐엣디욜체드세노츠시로에틈…."

"무척이나 긴 주문이군요."

주문이 끝없이 길어지자 덩굴탑 위에 서 있는 사람들 모두 긴장 속에서 마른 침을 삼켰어요. 드래곤 귀리하시오 역시 날개와 양팔을 쭉 벌리고는 진땀을 흘리며 마법이 발동되도록 주문을 외웠어요.

"불길한데….."

마녀 비파가 중얼거린 순간. 드래곤 귀리하시오는 주문의 마지막까지 외우는 데 성공했지요.

"미티어 러쉬, 운석소환!"

"저 얼뜨기가!"

7

덩굴탑 위에 서 있던 사람들은 순간적으로 태양이 하나 더 떠올랐다며 착각을 했어요. 하늘 너머 밝게 빛나는 무언가가 대기를 불사르며 기다란 호를 그리면서 탑을 향해 다가오고 있었기 때문이었죠.

"운석이야! 운석이 떨어지고 있어!"

마녀 비파가 당황한 목소리로 외쳤지만 주변 사람들은 무슨 상황인지 이해를 하지 못했어요. 그저 드래곤 귀리하시오가 정말로 별을 따왔구나, 감탄만 하고 있을 뿐이었거든요.

"그래, 꼭 태양 같은 항성만 별이라고 하지는 않지. 태양계 안의 행성이나 지구 중력권으로 떨어지는 유성도 별이라고는 하니까! 저 얼뜨기 드래곤!"

"비파님, 왜 화를 내십니까? 저 별은 귀리하시오님이 다래 누님에게 바치는 선물이지 않습니까?"

으름 왕자는 마녀 비파가 욕설을 내뱉는 것에 놀랐어요. 드래곤 귀리하시오가 불러낸 운석은 한낮임에도 겨울밤의 북극성보다도 밝게, 마치 태양처럼 타올라서 무척이나 아름다웠거든요. 으름 왕자에게는 훌륭한 선물로 보였던 거죠.

"으름 왕자, 귀리하시오가 준비한 저 선물이 네 누이한테 도착하면 무슨 일이 일어날 것 같냐?"

"무슨 일이라니요?"

"이렇게 멀리서도 저렇게 커다랗게 보이는 바윗덩어리가 그렇게 빠른 속도로 이 덩굴탑 위에 떨어지면 무슨 일이 일어날 것 같으냐는 말이야."

그제야 으름 왕자의 얼굴이 새파랗게 질리고 말았지요.

"아마 이렇게 될 거다. 덩굴탑은 박살이 나겠지. 하지만 문제는 후폭풍에 있어. 저 운석이 나암 왕국의 어디에 떨어지든 엄청난 충격파와 열기가 나암 왕국 전역을 휩쓸 거야. 그리고 시기무르 대륙 곳곳의 화산도 자극을 받아 용암을 내뿜겠지. 다른 대륙에는 쓰나미가 닥쳐서 온통 물바다로 바뀌어. 그다음으로는 운석충돌 때문에 생긴 파편과 먼지 그리고 화산재가 하늘로 쏟아져 햇살 한줄기도 이 땅에 닿지 못해. 오랜 세월이 지나 이 먼지구름이 가라앉게 될 때면 그때는 또 오존층이 완전히 사라졌기에 태양 빛이 엄청난 자외선과 함께 마른 대지를 달궈 지옥이 될 거야."

마녀 비파는 으름 왕자에게 지구멸망의 시나리오를 아주 간결하게 읊어주었어요. 설명을 다 들은 으름 왕자는 놀란 나머지 바로 기절할 것만 같았고요.

아마 드래곤 귀리하시오가 저렇게 커다랗지 않은, 작은 운석을 소환했다면 큰 문제는 일어나지 않았을 거예요. 지구의 중력권에 사로잡혀 대기권을 돌파하는 도중 공기와의 마찰로 인해 질량 대부분을 상실하고 말았을 테니까요.

하지만 드래곤 귀리하시오는, 이 단세포 드래곤은 사랑하는 사람에게 주는 선물은 크면 클수록 좋다, 라는 아주 단순한 생각으로 인류에게 종말을 가져다줄 정도로 커다란 운석을 소환하고 말았던 것이죠.

드래곤 귀리하시오가 나암 왕국의 모든 성벽을 허물고 모든 탑을 무너트릴지 모른다는 불길한 소문은 이렇게 누구도 예상하지 못한 방식으로 현실로 다가왔어요.

"원래 1억 년 전까지 시기무르 대륙의 주인이었던 드래곤들이 다른 차원으로 떠나게 된 이유도 운석충돌 때문이었고⋯."

그 뒤 오랜 세월이 지나 드래곤들이 이 땅으로 돌아왔을 때 그들은 인류가 어느새 성장해 시기무르 대륙을 지배하고 있음을 알게 되었어요. 드래곤들은 이 땅을 빼앗는 대신 자신들의 일족 중 한 명을 뽑아 시기무르 대륙에 또다시 이 비극이 닥치지 않도록 수호용의 임무를 맡겼고요.

그래서 이번에 수호용의 임무를 맡게 된 것이 분명 저 드래곤 귀리하시오였을 텐데⋯.

마녀 비파는 저 멀리서 웃고 있는 드래곤 귀리하시오를 노려보았어요. 표정을 보아하니 아마 자신이 무슨 일을 저지른 것인지 모르고 있는 것이 분명해 보였어요.

알미워서 아주 그냥 한 대 콱 쥐어박고 싶었죠.

"어쩌지요? 어떻게 해야 합니까?"

으름 왕자는 울상이 되어서 마녀 비파를 바라보았어요. 어찌 됐든 지구멸망은 으름 왕자처럼 어린 소년에게는 무척 충격적인 일이니까요.

으름 왕자의 눈에서 눈물이 떨어지려는 그 순간. 그때까지 말없이 운석이 떨어지는 모습을 지켜보던 다래 공주가 입을 열었어요.

"울지 마."

"누님, 하지만 지금 운석이⋯."

다래 공주는 울먹이는 으름 왕자의 머리를 쓰다듬어주고는 언제나 무표정이던 입가에 신비로운. 그러니까 얼마나 신비롭냐면 드래곤 귀리하시오조차 한눈에 반하게 만들 정도로 신비로운. 일주일에 한 번 보기도 힘들다는 그 미소를 지으며 조용히 말했어요.

"어떻게든 해줄 거야."

마녀 비파를 바라보면서요.

어휴.

마녀 비파는 깊게 한숨을 내쉬었어요. 다래 공주의 말대로 어떻게 할 수밖에 없는 상황이었죠. 그렇지 않는다면 인류가 멸망할지도 모르니까요.

하지만 이 파국 앞에서도 어떻게든 될 거라며 웃는 다래 공주를 보노라면, 정말이지 드래곤 귀리하시오보다도 무책임한 사람이 있을 수 있구나 싶어 기운이 빠졌죠.

다래 공주나 드래곤 귀리하시오나.

아주 천하태평 하기로 천생연분이에요.

"잘 안 되더라도 난 모른다."

마녀 비파는 어디선가 지팡이를 꺼내고는 그 위에 올라타고 하늘로 날아갔어요. 그런 뒤 '윙, 윙, 윙' 투명한 마법 방어막을 몇 겹이고 설치하기 시작했죠.

운석은 어느새 다래 공주의 머리 바로 위까지 다가왔어요. 그제야 덩굴탑 위에 도열해 있던 병사들이나 왕궁 주변의 사람들이 사태의 심각성을 깨닫고는 비명을 질렀고요.

마녀 비파는 어금니를 꽉 깨물고는 계속해서 마법 방어막을 만들면서 충격을 대비했어요. 벌써 스무 개도 넘는 방어막이 덩굴탑 주변을 감싸고 있었지만, 운석의 크기와 속도를 보았을 때 이 정도로는 모자라 보였죠.

그리고 곧 충돌의 시간이 다가오고 말았어요.

"될 대로…, 되라지!"

쾅, 콰콰콰쾅!

그렇게 마녀 비파가 마지막 마법 방어막을 만들며 투덜거리자마자 엄청난 빛과 무수한 폭음이 덩굴탑을, 아니 나암 왕국 곳곳을 휩쓸어버렸답니다.

8

나암 왕국에 다시 밤이 찾아왔어요. 한낮의 소동과 열기는 언제 그랬냐는 듯 적막하고 차분하게 식은 밤이요.

다래 공주는 읽던 책을 덮고는 잘 준비를 했어요. 침대 옆에 놓여있는 촛불을 끄고. 반쯤 덮었던 이불을 한껏 어깨까지 끌어올리고. 큼지막하고 흉측한 곰 박제를 자기 옆에 뉘이고. 하루의 일과를 마치려 했죠.

낮에 있었던 소동은, 어휴. 보통 난리가 아니었죠. 운석이 떨어져서 인류가 멸망할 뻔했으니. 하지만 다행스럽게도 드래곤 귀리하시오가 불러낸 운석은 마녀 비파의 마법 방어막에 막혀서 나암 왕국에 별다른 피해를 주지 않고 사라졌어요.

운석이 없어지자 드래곤 귀리하시오는 깜짝 놀라 덩굴탑으로 날아왔고 탑에 도착한 그 즉시 마녀 비파한테 먼지 나도록 두들겨 맞았죠. 드래곤 귀리하시오는 그런 마법인 줄 모르고 썼다고 변명하긴 했지만 그렇다고 지구를 멸망시킬 뻔한 잘못이 용서되지는 않으니까요.

많은 일이 있었고 지칠 법한 하루였죠. 다래 공주는 언제나처럼 침대에 누워 잠을 청했어요. 그런데 이것 참. 길었던 하루는 아직 끝날 시간이 아니었더라고요.

톡. 톡톡. 무언가 창문을 두들기는 소리가 다래 공주의 잠을 방해했거든요.

다래 공주는 졸린 기운을 참고 다시 촛대에 불을 붙이고는 창가로 갔어요. 그리고 덩굴탑의 창틀 사이에 놓인 쪽지 하나를 발견했어요.

'위로 올라올 것.'

위로 올라올 것? 무슨 소리인지 몰라 고개를 갸웃하던 다래 공주는 뒤늦게 그 쪽지의 의미를 알아차렸어요. 어느 새인지도 모르게, 덩굴탑의 창 너머로 구름으로 된, 커다란 나선계단이 놓여 하늘 높이까지 연결되어 있었던 것이죠.

다래 공주는 쪽지에 써진 내용을 따라 창문을 열고 구름으로 된 나선계단을 밟아가며 그 위로 향했어요. 계단은 몇십 명이라도 동시에 오를 수 있을 만큼 넓었고 그 끝이 보이지 않을 정도로 높았지요.

딴따단, 딴따다단.

다래 공주가 계단을 밟자 하늘 어디에서 누군가가 악기를 연주하는 소리가 울려 퍼지기 시작했어요. 계단을 올라가면 올라갈수록 음악은 점점 더 큰 소리로 연주가 되었어요. 차분하고 부드럽지만, 약간은 익살맞은 구석도 있는 그런 음악이 말이죠.

땅에 있는 덩굴탑이 주먹보다도 작아 보일 정도로 높이 오르자 다래 공주는 계단 한구석에서 낯익은 얼굴을 발견할 수 있었어요. 바로 짧은 다리 오디가 피아노를 연주하고 있던 것이에요. 다래 공주는 짧은 다리 오디에게 어떻게 된 일인지 물어보려고 했지만 짧은 다리 오디는 아무 말도 하지 않고 손을 들어 계단을 올라가 보라는 사인만 보냈어요.

다래 공주는 짧은 다리 오디가 계속 연주에 집중하도록 내 버려두고 다시 계단을 올랐어요.

나쁘지 않은 밤 산책이었죠. 바람은 시원하고 공기는 맑아 별들이 무수히 쏟아질 것만 같은 밤하늘. 은은하게 미소를 짓게 하는 음악 소리에 맞춰 폭신폭신한 구름계단을 오르는 포근한 시간이었으니까요.

어느새 다래 공주는 짧은 다리 오디가 연주하는 피아노 소리가 희미하게만 들릴 정도로 높은 곳까지 오르고 말았어요. 바로 구름계단의 꼭대기. 차 탁자가 하나 놓인 옥상정원까지 말이에요.

"어서 오시오, 공주."

그리고 물론 그 차 탁자 너머에는. 벌꿀을 바른 듯 반짝이는 황금빛 달빛 아래에는. 새벽하늘빛의 드래곤 귀리하시오가 기다리고 있었지요.

9

차 탁자 위에는 따스하게 데워진 주전자 하나. 컵 하나. 그리고 자그마한 선물상자가 놓여있었어요. 다래 공주는 폭신폭신한 구름 위를 밟고는 그 앞으로 가서 앉았어요.

"열어보시오."

드래곤 귀리하시오는 발톱 끝으로 살짝 선물상자를 밀어 다래 공주 앞에 놓았어요. 다래 공주가 말없이 상자의 리본을 풀자 그 안에서 형형색색의 자그마한 사탕으로 가득한 유리병이 나왔어요. 오돌토돌 뿔이 돋은, 앙증맞고 귀여운 별사탕으로 가득한 유리병이.

"부끄러운 노릇이구려. 내 그대에게 별을 따다 주겠다고 약조를 했거늘. 생각이 짧아서 그만 인류를 멸망시킬 뻔이나 하고. 미안하고 또 미안한 마음뿐이라⋯."

다래 공주는 유리병의 뚜껑을 열어 별사탕 하나를 집고는 입에 넣었어요. 그러고는 홍차를 또 한 모금 마셨죠. 별사탕은 짙은 차 향기와 어우러져 혀끝에서 달콤하게 녹아내렸어요.

"어떻게 별이랑 비슷한 걸 구해보겠다고 주변에 수소문하고 이래저래 구해보기는 했는데, 고작 이 별사탕밖에 준비를 못 했다오."

침울한 표정으로 고개를 숙인 드래곤 귀리하시오. 산도 집어삼킬 만큼 커다란 드래곤의 풀 죽은 모습에는 다래 공주도 그만 피식 웃고 말았죠.

흠, 뜻밖에 홍차랑 어울리네.

다래 공주는 만족스러운 듯 특유의 그 신비로운 미소를 지었어요. 그리고 자리에서 일어나 드래곤 귀리하시오의 옆으로 걸어가 그 옆에 앉았지요. 도대체 무슨 일인가 싶은 드래곤 귀리하시오는 고개를 숙여 다래 공주를 바라보았어요.

그러자 다래 공주는 토닥토닥, 드래곤의 커다란 콧등을 쓰다듬어주면서 말했죠.

"착하다, 착해."

마치 장난감 공을 물어온 강아지를 칭찬하기라도 하는 듯이요. 그리고 그렇게 자신의 콧등을 쓰다듬는 다래 공주의 손길에 드래곤 귀리하시오는 너무 기뻐 심장이 멎을 것만 같아 게게게, 웃어버리고 말았지요.

게게게….

게게게게게-!

하고요.

어쨌든 이렇게 해서 나암 왕국의 모든 성벽이 허물어지고 모든 탑이 무너질지도 모른다는 흉흉한 소문으로 시작해 운석충돌로 인류가 멸망할 위기까지 갔던 이 소동은 드래곤 귀리하시오와 다래 공주 둘만의 애틋한 다과회를 끝으로 일단락되었답니다.

어떠세요? 정말 "어휴, 그냥 그런 이야기였네." 싶은 일이었죠?

〈나암 왕국 이야기〉 후기

　소재 자체는 중학생 때 떠올린 소재다. 인물들도 마찬가지고. 내 뿌리 중 하나는 동화다. 그리고 언젠가는 반드시 동화를 쓰겠다는 목표가 있다. 하지만 인격적으로 하자가 있어서인지 동화를 쓰려고 하면 언제나 일단 동화는 아닌 무언가가 나온다. 이 작품도 내가 만들어낸, 일단 동화는 아닌 무언가 중 하나다.

　귀엽고 포근하고 '샤방샤방한' 이야기를 쓰고 싶었는데 불곰의 박제가 나오는 순간부터 많이 엇나가버렸다. 아니, 애초에 그냥 무리였을 수도 있겠다. 하지만 일단 화살을 쏘았고 그 방향이 노린 곳과 아니더라도 무언가를 맞히기만 하면 되는 것이 아닌가 싶기도 하다. 뭐를 맞혔는지 자평하지는 않겠다.

결말부의 별사탕 부분은 나름 타협한 결과물이다. 원래 내 성격대로라면 인공태양을 만들기 위해 핵융합 마법을 시도하다가 주문을 잘못 외워서 핵폭발이 일어나 왕국이 멸망하는 이야기를 썼을 텐데 동화를 쓰자는 목표 탓에 별사탕 정도로 목표치를 낮춘 것이다. 만약 초안대로 갔다면 하드 SF로 분류되었을지도 모르겠다.

많은 사람들이 쟤 또 저런다고 짜증을 내게 될지는 모르겠지만, 이 작품은 SF라고 생각하고 썼다. 배경은 판타지 세계관이지만 가벼운 수준의 천문학적 지식이나 운석이 지표면을 강타했을 때 일어날 사건의 묘사들 모두 과학적으로 다루었으니까.

"내 입으로 말하는 것도 그렇지만, SF 작가들은 멍청할 정도로 로맨틱한 부분이 있다. 착각하면 안 되는 것이, 여기서 강조하고픈 부분은 로맨틱이 아니라 멍청함이다. 하늘의 별을 따다 주겠다고 하면 원리는 같으니 소규모의 핵융합으로 수소폭탄을 터뜨리고, 몇백 년이든 너를 기다릴 수 있다고 하면 인공동면장치를 만들거나 아광속의 속도로 우주를 떠돌며 시간을 보낸다. 도무지 비유라는 걸 이해하지 못하는 맥락맹에 눈치라고는 없는 멍청한 인간들이다. 그리고 그래서 좀 귀엽다. 내 입으로 말하는 것도 그렇지만 말이다."
— "먹고 기도하고 SF를 보라", 〈ize〉 기고문

위 인용문은 예전에 내가 쓴 김보영 작가님의《당신을 기다리고 있어》서평 중 일부다. 이 서평처럼 〈나암 왕국 이야기〉도 나 스스로가 SF적으로 귀여워 보이려고 쓴 소설이다. SF에 있어서든 귀여움에 있어서든 성공했다는 이야기는 아니다. 일단 의도는 그랬고 시도는 해봐야만 했다는 변명을 남긴다.

별의 개념에 있어 항성과 행성 그리고 유성은 의도적으로 구분하지 않았다. 왜 굳이 이것이 의도적이냐고 밝히느냐면, 몇몇 과학강연에서 과학자들에게 항성과 행성 그리고 유성을 다 별이라고 뭉치지 말라는 지적을 받은 경험 때문이다. 하지만 애초에 별이라는 단어가 폭넓은 개념으로 사용되어온 역사를 무시하는 것이야말로 비전문적인 일이지 않은가? 세상에 참 별 걸로 따지는 사람들이 많다.

02
구미베어 살인사건

1

소년 A는 골목길에 서서 상반신이 으깨진 시체를 바라보며 상념에 잠겼다. 그 주변에는 구미베어가 흩뿌려져 있었다. 언제 어디서 누가 무엇을 어떻게 왜. 이 중에 세 가지 정도는 떠오르는 답이 있었다. 시체는 오븐에서 갓 구워져 나온 빵처럼 열기로 가득했다. 피비린내도 산미가 덜했다. 죽은 지 얼마 되지 않았다는 이야기였다. 그 열기로 보아 살인이 일어난 현장 역시 이 골목길임을 알 수 있었다. 그리고 그 시체는 소년 A처럼 성산고등학교 교복을 입고 있었다.

이것으로 언제와 어디서 그리고 무엇이 해결되었다. 그러나 아직 누가와 어떻게 그리고 왜에 대해서는 떠오르는 답이 없었다. 조금 더 단서를 얻을 수 있지 않을까 하는 생각에 소년 A는 입맛을 다시며 시체에 다가갔다. 하지만 얼굴은 물론 가슴께까지 대형 트럭에 받힌 것처럼 뭉개졌기에 별다른 소득은 없었다. 머리카락 길이로 보아 여자아이겠다는 추측은 할 수 있었다. 성산고등학교는 교칙 내외의, 합법과 비합법의 온갖 수단을 동원해 학생들 두발 관리에 집착했기 때문이다.

흥. 흥. 보지 않고 믿는 자가 있다면 그 사람은 굳이 시각에 의존할 필요가 없을 정도로 후각이 발달한 사람일 것이다. 소년 A는 발상을 돌려 눈을 감고 코를 일깨웠다. 코는 소년 A의 기대를 저버리지 않고 시체 주변에서 피비린내가 아닌 어떤 향기를 잡아냈다. 다져진 고깃덩어리에 아예 얼굴을 파묻고픈 유혹을 견딘 끝에 얻은 성과였다. 과일. 시트러스 계통. 공장의 냄새. 인공적이고 역하며 달콤한 향기. 구미베어였다. 바닥을 나뒹굴던 것들이 아니었다. 껍질에 갇히지 않은, 누군가 한입 베어 그 틈새로 과육의 향이 뿜어져 나오는 그런 향기. 소년 A의 코는 누군가가 상반신을 잔인하게 뭉개버린 구미베어를 찾아낸 것이다.

번들거리는 침. 잘근잘근 씹힌 표면. 군데군데 뚫린 구멍. 그 구미베어는 먹다 뱉은 음식물이 대부분 그러하듯 혐오스러운 모습이었다. 소년 A는 기시감을 느낀 뒤 자신의 지능이 얼마나 하락했는지 근심했다. 구미베어의 모양새는 바로 자기 눈앞에 놓인 시체와 동일한 형태였다. 자신이 또 멍청한 짓을 했다는 사실을 이발사가 알면 무척 좋아하겠다는 생각만이 유일한 위안이었다.

소년 A는 자리에 앉은 채 가방을 뒤졌다. 그러고는 폴라로이드 카메라를 꺼내 시체와 구미베어를 찍었다. 찰칵. 지잉. 카메라가 빛을 담아 인화지 위에 뱉어냈다. 소년 A는 갓 구운 빵처럼. 그리고 갓 죽은 시체처럼 따끈따끈한 사진을 흔들며 식혔다. 마지막으로는 죽은 자를 애도했다. 고인의 명복을 빕니다. 고웅(故熊)의 명복도 빕니다.

2

이발사: 이발소는 문명 이래 언제나 종교적인 곳이었어요. 사람 몸에 날붙이를 갖다 대는 장소이니만큼 그럴 수밖에 없었을 거예요. 오래전의 이발소에서는 간단한 의료 시술도 진행했거든요. 의술이나 면도나 모두 누군가의 일부를 필요에 따라 내가 가진 칼로 잘라낼 수 있는 고깃덩어리로 보지 않고서는 할 수 없는 일이지요. 사람을 사람으로 보지 않아야 해요. 그리고 사람을 사람으로 보지 않는 것은 신 혹은 신의 대리인만이 가능한 일이었고요.

소년 A: 그런가요?

이발사: 그럼요. 그렇고말고요.

소년 A는 눈을 감고 의자에 누워 이발사가 얼굴 위에 얹어

준 뜨거운 수건의 온기와 함께 수다 속에 잠겼다. 이발사는 평소 서비스 업종은 두 가지로 분류된다고 주장했다. 하나는 이야기를 하는 서비스. 다른 하나는 이야기를 듣는 서비스. 그리고 도철 이발관의 이발사는 전적으로 전자였다. 소년 A 는 입을 여는 편보다는 귀를 여는 편을 즐겼기에 도철 이발관 의 단골이 될 수 있었다. 가끔은 이발사의 이야기를 즐기기 까지 했다. 아닌 게 아니라 소년 A에게 이발사의 수다는 하나의 신탁이었다.

도철 이발관은 성산시 도깨비 시장 구석에 있는 이발관이 었다. 이발사는 성산고등학교의 작년 졸업생이라고 했다. 그 래서 성산고등학교 학생들에게는 반값으로 할인해준다고 했 다. 소년 A가 도철 이발관의 단골이 된 것에는 이런 이유도 있었다. 이발사는 소년 A에게 2년 선배가 되는 셈이었다. 소 년 A는 이발사를 친한 누나처럼 따랐다. 이발사는 작년에도 자신이 성산고등학교의 작년 졸업생이라고 했지만, 소년 A는 이를 기억하지 못했다.

이발사: 이발사가 하는 일은 주술적이기도 해요. 손톱을 먹고 사 람으로 둔갑한 쥐에 대한 민담은 들어보셨지요? 일본 신 사의 부적에는 소원을 비는 사람의 터럭을 넣기도 하고 요. 신체 일부를 다룬다는 건 이렇게 주술적 성격을 가 져요. 지금 시대에 와서는 네일 아트, 헤어 디자이너 등 의 형태로 그 이름이 달라졌을 뿐. 이 일은 언제나 실용

적 목표 이상의 제의적 역할을 갖지요. 다른 모든 서비
스 업종처럼 이야기를 하거나….

소년 A: 이야기를 듣거나.

이발사: (웃으면서) 맞아요.

이발사는 가느다랗고 긴 손가락에 면도 크림을 찍어 소
년 A의 얼굴에 발랐다. 이발사는 다른 이발관과 달리 면도
용 붓을 쓰지 않고 손수 소년 A의 입가를 어루만지고는 했
다. 소년 A는 면도 크림의 차가운 촉감 때문인지 아니면 이
발사의 세심한 손길 때문인지 약간 경직된 채로 이발사의 수
다를 들었다.

이발사: 장례식장의 염습사가 하는 일과 마찬가지예요. 염습사
    들도 제가 지금 하는 것처럼 시체의 수염을 면도하거든
    요. A 학생도 알고 있나요? 사람이 죽더라도 머리카락
    이나 수염은 계속 자라요. 짧은 시간 동안뿐이지만요.

소년 A: 처음 들었어요. 하지만 그게 제가 오늘 시체를 본 것과
    무슨 상관이 있나요?

이발사: 없어요. 그냥 그렇다는 이야기예요. (구미베어가 들어있
    는 봉지를 들어 올리며) 그래서, 이 젤리가 그 시체 옆에
    놓여있던 물건인가요?

소년 A: 아니에요. 살인사건의 증거니까 들고 오면 안 되잖아요.
    오는 길에 수입과자점이 생겼길래 사 왔어요. 마침 먹고

싶다는 생각도 들었거든요. 생긴 것도 예쁘고요.

이발사: 도깨비 시장에 수입과자점이?

소년 A: 네. 생긴 지 얼마 안 되었는지 개점 세일 중이던데요? 세
봉지에 이천 원.

다음으로는 얼굴에 난 작은 솜털들을 깎을 차례였다. 얼음처럼 차게 식은 면도칼이 소년 A의 입가와 턱 그리고 목선을 가로질렀다. 피부를 가르고 뼈마저 끊을 수 있을 정도로 날카로운 칼날이었지만 소년 A는 이 섬뜩한 순간이 익숙해졌다. 피 한 방울 나지 않고 잘 마무리되리라는 확신이 있기 때문이다.

오히려 소년 A는 면도하는 내내 산뜻한 기분이 들었다. 사각사각하는 소리와 함께 자신의 몸에 불필요하고 부적당한 잔여물이 제거되는 과정은 상큼한 쾌감을 주었다. 이발사는 명화를 복원하는 기술자처럼 한껏 집중해서 소년 A의 수염을 다듬었다.

소년 A: (잠시 면도가 멈춘 사이) 제가 사 온 과자 드셔도 되어요.

이발사: 괜찮아요. 저는 원래 저런 거 잘 안 먹어요.

소년 A: 그러셨어요?

이발사: 네. 왜요?

소년 A: 군침이 도는 표정을 하고 계셔서요. 구미베어를 드시고
싶으신 줄 알았어요.

48

이발사: 아, 그게, 음. 제가 왜 이발관을 하는지 그 이유를 말씀
   을 드린 적이 있었던가요?
소년 A: (입을 다물고는 고개를 끄덕인다.)
이발사: 좋아요, 계속 면도할게요.

이발사가 생각하기에 이발관 운영의 가장 좋은 점은 손님
이 시끄럽게 굴면 바로 멱을 따버릴 수 있는 직장이라는 것이
었다. 다행히 소년 A는 이 사실을 잘 기억하고 있었다. 그리
고 이발사는 이발관 운영의 가장 좋은 점을 만끽하는 편이었
다. 불행히도 소년 A는 이 사실에 대해서는 잘 알지 못했다.

3

"이번에도 네가 시체의 첫 발견자가 되었다면서?"
소년 A가 시체를 발견하고 이발소에 들른 다음 날의 일이
었다. 소년 A는 질렸다는 눈빛으로 동급생 ㄱ을 바라보았다.
이 성산시는 도대체 얼마나 좁은 동네이기에 이렇게나 빨리
소문이 퍼졌단 말인가? 학교에 오자마자 교실에서 나눈 첫인
사가 바로 살인의 목격이라니. 하지만 동급생 ㄱ은 소년 A가
한숨짓는 모습은 무시한 채로 좋아하는 아이돌의 목격담을
들은 팬처럼 흥분하며 달려들었다.
"맞아. 어제 하나 봤어. 뭐 그렇게 놀랄 일도 아니잖아?"

"그야 너나 되니까 놀랄 일이 아니지. 내 입장에서는 또 다르다고. 시체는 어떻게 죽어있었어? 현장은 얼마나 더러웠어?"

소년 A는 동급생 ㄱ이 살인에 갖는 선망을 잘 이해하지 못했다. 게다가 동급생 ㄱ은 이미 동년배의 친구들에 비해 화려한 전적을 쌓은 연쇄살인마이기도 했다. 동급생 ㄱ이 소년 A를 죽이는 데 사용한 물건만 해도 독약, 장도리, 아이폰, 손톱깎이, A4용지, 숟가락, 낚싯줄, 라이트 세이버 등 작은 잡화점을 하나 차릴 수 있을 정도였다.

동급생 ㄱ은 반 여자아이 중에서는 큰 편이었다. 하지만 그것만으로는 동급생 ㄱ이 연쇄살인마로서 일군 실적이 설명되지 않았다. 이 친구는 커다란 안경으로 표범 같은 얼굴을 숨기고는 성산시에서만 두 자릿수의 실종자를 만들 정도로 의욕과 행동력으로 가득 찬 범죄자였으니까. 그리고 동급생 ㄱ에게 있어 가장 큰 동력은 지역 살인귀들을 향한 경쟁심리였다. 질시와 투기가 아닌 건강한 스포츠맨십. 그것이 동급생 ㄱ이 연쇄살인마로서 피지컬 이상의 멘탈을 자랑할 수 있는 토대였다.

"걱정하지 마. 너부터 시작하진 않을 거니까. 이발사 언니가 얼마나 무서운데. 아직도 그때 네 장례식 날을 생각하면 식은땀이 난다."

"알아. 그래도 경쟁은 할 거지?"

"아마도. 괜찮을 거 같아. 저번 골동품점 사건은 결국 치정 싸움이었잖아. 하지만 이번 현장은 미의식과 성취욕을 가진 동업자의 냄새가 나거든. 잔인하게 으깨진 시체 옆에는 그 시체와 똑같은 모습으로 씹어 먹힌 구미베어 조각이 남겨져 있다니. 벌써 별명도 붙었다니까? 이름하여 구미베어 연쇄 살인사건."

동급생 ㄱ은 과장되게 겁먹은 표정을 지으면서 호들갑을 떨었다. 소년 A는 콧방귀를 뀌었다.

"유치해. 그리고 시체는 하나인데 무슨 연쇄야?"

"원래 제목 짓는 데는 재주가 없잖아. 이해해라."

"됐고. 너는 언제 시작할 거야?"

"다음 피해자가 나오면. 그러니까 냄새 잘 맡기로 유명한 A님? 두 번째 피해자의 사건 현장에서도 첫 목격자가 되시면 그때는 꼭 저에게 먼저 연락을 부탁드립니다."

"설마 그럴까."

4

설마 그랬다. 소년 A는 운동장 구석에서 또다시 사건 현장을 찾아냈다. 하교 종이 울린 뒤 체육 창고에 유니폼을 집어넣는 심부름을 가던 중 상반신과 하반신이 완전히 분리된 채 죽은 남자아이의 시체를 발견한 것이다. 아무래도 학교에서 발견했으니 구미베어 연쇄살인마가 아닌 동급생 ㄱ이 저지른 사건이 아닐까 하는 의구심이 들었다. 하지만 이 시체는 소년 A가 하루 전 마주한 사건 현장의 시체와 분위기가 무척 닮아 있었다. 흩뿌려진 구미베어들 덕분이었다.

동급생 ㄱ이 모방범죄를 저질렀을까? 소년 A는 그렇지는 않으리라 추측했다. 동급생 ㄱ은 자아도취형 연쇄살인마들과 달리 독창성에 매달리지는 않지만 그렇다고 게으르지도 않다. 만약 동급생 ㄱ이 살인에 있어 레퍼런스를 따온다면 조금 더 고전적인 살인을 참고했을 것이다. 거기에다 급조된 모방범이 저질렀다고 보기에는 첫 번째 사건 현장과 분위기가 유사했다. 단 하나. 주변에 흩뿌려진 구미베어 중 시체처럼 상반신과 하반신이 분리된 구미베어가 아닌 상반신만 남은 구미베어가 있었다는 정도의 차이만 있었을 뿐.

소년 A는 우선 시체를 조금 더 살펴보기로 했다. 저번 시체와 달리 상반신이 뭉개지지 않았지만 그래도 아는 얼굴은 아니었다. 성산고등학교 학생으로 보이기는 하지만 아마 학년이 다르거나 반이 멀거나 한 모양이었다.

시체의 단절된 상체와 하체 사이에는 개미떼가 가느다란 줄을 잇고 있었다. 개미들로서는 경찰이 시체를 수거하기 전 한탕 하기 위해 한창 바쁠 때였다. 소년 A는 그 모습을 보며 이번에도 구미베어가 시체처럼 상반신과 하반신이 나뉜 채로 그 옆을 장식해 있던 것을 개미떼가 먼저 가져갔을 가능성을 떠올렸다.

이 시체는 시체 2라고 불러야지. 저번 시체는 시체 1이라고 부르고. 소년 A는 폴라로이드 카메라를 꺼내 시체 2의 사진을 찍으며 그렇게 다짐했다. 뜨거운 여름의 열기 덕인지 인화지의 잉크가 금세 말랐다. 쨍한 햇볕 아래에서 인화지가 마르기를 기다리고 있자니 소년 A의 머릿속에는 신농 한의원 녹용 번식사건이 떠올랐다. 하지만 그때와 달리 이번에는 갈 곳이 있었다.

5

이발사: 시체 사진을 모으는 취미가 생겼어요?
소년 A: 누나가 전에 비일상적인 상황이 생기면 사진을 찍으라
　　　　고 했잖아요.
이발사: A 학생한테 시체를 만나는 건 일상적인 상황 아닌가요?

이발사는 싱긋 웃고는 소년 A가 건네준 시체 1과 시체 2의 사건 현장 사진을 살펴보았다. 소년 A는 이발사가 건네준 요구르트를 홀짝이며 그런 이발사의 얼굴을 바라보았다. 도철 이발관은 손님들을 위해 냉장고에 요구르트를 한가득 갖춰놓았다. 소년 A는 땡볕에 시체를 구경하느라 몹시 지쳤기 때문에 이발관의 선풍기와 요구르트가 간절했다.

사진 자체는 대단할 것이 없었다. 폴라로이드 카메라에 아마추어가 찍은 사진이니까. 하지만 이발사는 그 어설픈 구성

이 더욱 마음에 든 듯했다. 이번에 찍은 사진 모두 이발관의 한쪽 벽면에 장식된 소년 A의 사진 컬렉션에 추가했으니 말이다. 구미베어 연쇄 살인사건의 현장사진들은 무수한 시체와 소요 그리고 폭동의 이미지 사이에 놓이니 조금 더 봐줄 만했다. 21세기의 이발소 그림이라고나 할까.

소년 A: 시장에서 이런 일을 벌일 사람이 있을까요?

이발사: 그럴 것 같지는 않네요. 간도 그대로고 뇌에 손을 대지
도 않았으니까요.

소년 A: 학교 일이라고 생각하세요?

이발사: 아마도요. 이해득실보다는 은원관계일 가능성이 커 보
이지 않나요? 피해자들은 전원 학생이고요.

소년 A: 동급생 ㄱ은 사건 현장에서 미의식이 느껴진다던데요.

이발사: 그런 인간적인 감정에 대해서는 잘 모르겠네요. 앉아요.
머리 감겨줄게요.

소년 A는 이발사가 시키는 대로 이발관 의자에 앉아 눈을 감았다. 동급생 ㄱ은 쾌락범이라 짐작했고 이발사는 원한 살인이라 추측했다. 소년 A는 어느 쪽의 의견이 맞을까 고민을 해보았다. 살해현장에 자신의 시그니처가 될 물건을 남기는 일은 쾌락범의 특징이었다. 그 시그니처가 구미베어인 것에는 나름의 취향마저 느껴졌다. 피해자가 학생들로 특정된 것역시 희생양에 있어 범인의 미의식에 영향을 받았다고 생각

할 수 있었다.

　이발사는 은원관계에 의한 것이 아니겠냐 말했지만 동급
생 ㄱ의 예상과 완전히 배치되는 이야기도 아니었다. 미의식
은 방법에 대한, 은원은 목적에 대한 평가니까 말이다. 아마
두 사람의 관점이 이런 형태로 차이가 난 것이 아닐까. 소년
A의 사고는 이렇게 나름대로 궤적을 그리며 뻗어 나가다 완
전히 멈추고 말았다. 이발사의 말캉한 손가락이 모발 사이에
파고들며 주는 안락함에 그만 잠들어버렸기 때문이다.

6

"그래서 여기까지 찾아왔냐."

"네."

"너도 참 체질 때문에 고생이다. 그 뭐랬지?"

"가학색정유도증이요."

　소년 A는 담담히 자신이 앓고 있는 병명을 밝혔다. 매점
주인은 무성하게 난 수염을 긁적이며 위로를 담아 서비스 음
료를 건넸다. 시체 2를 발견한 다음 날, 소년 A는 또 다른 조
언을 구하고자 점심시간을 빌어 성산고등학교의 매점 주인을
찾았다. 시장의 일이라면 이발사에게 물어야겠지만 학교의
일이라면 매점 주인에게 물어야 할 것이다. 어쨌든 성산고등
학교에 다닌 역대 모든 학생은 매점 주인과 마주쳤을 테니까.

매점 주인은 소년 A가 그 특유의 체질 때문에 한 사람이 겪기에는 너무나 자주 연쇄살인마들의 표적이 되었음을 알고 있었다. 그렇기에 성산시에서, 아니 주변 일대에서 연쇄살인이 일어날 때마다 자신이 다음 표적이 되기 전에 연쇄살인마를 찾으려고 한다는 사실도.

매점 주인은 소년 A가 건넨 사진 두 장과 수입과자점의 구미베어 봉지를 잠시 바라봤지만 별다른 단서를 떠올리지는 못했다. 결국 소년 A는 우울한 표정으로 매점 햄버거만 우물거려야 했다. 그리고 매점 주인은 소년 A의 표정을 다른 의미로 이해하고 말았다.

"나는 아니야. 우리 가게는 구미베어 같은 거 안 팔아."

"하지만 이상한 물건은 많이 팔잖아요."

"분명히 밝혀두는데 액체괴물을 가게에서 팔아달라고 요청한 건 너희였어."

"그 액체괴물이 그 액체괴물은 아니었다니까요. 그뿐이게요? 이 매점 햄버거만 하더라도 학생들 사이에서는 재룟값을 아끼려고 비둘기를 갈아서 만들었다고, 그래서 이런 맛이 난다고 안 좋은 소문이 돈다고요."

"왜 안 좋은 소문이 도는지 모르겠다. A야. 생각해 봐라. 닭고기나 돼지고기는 공장에서 도축되니까 생산공정이 안정적이지 않겠냐? 도심지에 돌아다니는 비둘기를 잡아서 버거 패티로 만들어 봤자 재룟값이 닭고기나 돼지고기보다 비싸면 더 비싸게 들어갔지 싸질 리가 없다고. 단순히 돈 때문에, 재롯값 아끼자고 그렇게 고된 수고를 할 필요가 없단 얘기다."

"네."

"그러니 우리 매점 햄버거가 편의점이나 할인매장보다 비싼 이유는 내가 돈을 더 벌려고 그래서가 아니야."

"네."

매점 주인은 말없이 다시 소년 A가 건넸던 사진으로 눈길을 돌렸다. 소년 A는 먹던 햄버거를 조용히 쓰레기통에 버렸다.

"이발사가 은원관계가 아니겠냐고 했다면 그럴 가능성이 클 텐데? 나로서는 감이 오질 않아. 두 번째 사진은 누군지 알겠어. 1학년 7반의 X잖아. 얘는 제법 조용한 성격이었어. 어디에서 원한을 샀다는 소문은 듣지 못했어. 게다가 첫 번째 사진은 얼굴이 뭉개져서 누군지도 못 알아보겠네. 얘 알아?"

"첫 번째 사진은 1반의 Y라고 들었어요."

"Y…, Y라. 그러면 이야기가 달라지지. X랑 Y는 4반의 Z랑 삼각관계였다고 들었거든. 은원관계라고 할 정도는 아니었긴 해. Z도 살인을 저지를 애는 아니고. 게다가 그 삼각관계라는 것이 제법 미묘한 것이라서."

"미묘?"

"미묘."

7

학생 Z: 그렇게 미묘하지는 않다고 봐요.

소년 A: 그렇니?

소년 A는 다음 쉬는 시간에 바로 1학년 4반으로 찾아가 Z를 만났다. 하지만 매점 주인이 일러준 대로 Z는 시체 1과 시체 2가 나온 사건의 범인으로 보기는 어려웠다. 아직 1학년이라고는 해도 평균의 여자아이들보다도 작은 키에, 왜소하다 못해 안쓰러운 체구를 가진 이 남자아이가 상반신을 으깨고 허리를 절단하는 사건의 주인공이 되기 위해서는 고된 애를 써야만 했을 것이다. 하지만 Z는 그럴 노력을 할 정도로 성실해 보이지도 않았다.

Z는 소년 A가 일련의 연쇄 살인사건으로 자신을 찾아온 것에 크게 고무된 표정이었다. 마치 태권도 학원에 등록한 지 한 달 된 다섯 살배기가 친척 어른들 앞에서 어제 배운 품새를 자랑하는 그런 씩씩함마저 느껴졌다. 소년 A는 Z의 웃음이 너무나도 어색해 그의 얼굴 근육이 인생 최초로 뇌로부터 웃음을 명령받은 게 아닐까 하는 의구심이 들었다. 평생을 음울하게 몽상 속에서 보냈음이 분명할 Z에게 승리의 미소는 너무나도 벅찬 과제였다.

학생 Z: X와 Y 그리고 제가 삼각관계인 것은 맞아요. 하지만 일 반적인 형태의 사랑싸움이랑은 다른 형태였죠. X는 Y를 죽이고 싶어 했어요. Y는 X가 아닌 제가 죽어야 한다고 생각했고요. 하지만 저는 우리 셋 중에서 죽어야 할 사 람을 골라야 한다면 X야말로 적역이라고 주장했었지요.

소년 A: 미묘한데?

학생 Z: 미묘하지 않아요! 우리는 이 시대에는 희생양이 필요하 다고 합의를 봤죠. 희생양이야말로 그 시대의 정신을 정 립하는 존재니까요. 지배자는 언제나 희생양의 차선으 로만 가능하고 또 기능해요. 모든 질문은 답에 선행하 죠. 하지만 답은 이미 질문에 내포되어 있어요. 그리고 희생양은 바로 그 질문이에요. 희생양은 인류가 어떤 것 을 버리고 어떤 것을 쟁취해야 할지 자신을 돌아보게 하 는 화두예요. 어느 문명에서든, 어느 사회에서든, 어느 시대에서든 희생양은 그렇게 요구되었죠. 그리고 우리 는 상대방이야말로 이 시대정신에 부합하는 주체라고 여겼어요. 서로에 대한 존중과 애정을 보아 우리의 관계 는 삼각관계는 맞았어요. 다만 그 애정의 목적이 나라는 한 개인의 리비도에 얽매여서가 아니라 세계를 향한 구 원의 메시지를 정립하는 것이었다는 점에서는 일반적인 사랑싸움과는 완전히 달라요.

미묘한 게 맞는데? 소년 A는 그렇게 말했다가 이미 과도하

게 흥분한 Z의 화를 돋운 나머지 Z가 자신을 향해 주먹질이
라도 하게 되지 않을까 하는 생각에 입을 다물었다. Z의 주
먹은 맞아도 별로 아플 것 같지는 않았지만 Z가 그 옹졸한 표
정으로 조막만 한 주먹을 휘두르는 모습을 보면 마음이 아플
것 같았기 때문이다.

소년 A: 하지만 네 말대로라면 네가 범인이라는 이야기 아니야?
　　　　X가 Y를 죽였기에 Y가 희생양이 되기를 원치 않았던 네
　　　　가 X를 죽여서 진짜 희생양을 만들려고 했다고 하면 동
　　　　기가 설명되는데.
학생 Z: 맞아요. 그렇게 보일 수 있겠죠. 하지만 저는 하지 않았
　　　　어요. 그건 제 미학에서 어긋나요!

소년 A는 잠시 미학과 출신 논객들의 명단을 떠올렸다.

학생 Z: 희생양은 단순히 누군가를 죽이는 것만으로 탄생하지
　　　　않아요. 희생양은 화두예요. 그리고 화두가 탄생하기 위
　　　　해서는 이벤트가 있어야 해요. '이것이 문제다', '이것이
　　　　야말로 시대정신이다', '이것은 해답이다'라고 말해줄 이
　　　　벤트가 필요하다고요. X의 죽음이나 Y의 죽음에는 그
　　　　런 메시지가 전혀 없었고요. 그것이 저의 결백을 증명하
　　　　는 알리바이예요. 저희가 삼각관계였던 것은 맞지만 그
　　　　건 어디까지나 정치적인 의미에서였을 뿐이에요. 저희

가 선배님보다 한 살 어린 것은 맞지만 그렇다고 어떤 안정적인 연인 관계를 유지하지 못한 질시로 누군가를 죽일 정도로 유치할 나이는 아니라고요. 이미 한 해 살아보셨으니 아시잖아요.

소년 A: 나는 차라리 유튜브 조회수 늘리려고 사람을 죽였다고 말해주는 편이 더 이해가 빠를 것 같은데.

학생 Z: 말이 되는 소리를 하세요. 그래 봤자 계정 정지당하고 끝이죠. 인터넷 방송 스트리머들도 그게 생업인데 콘텐츠 제작을 너무 우습게 보시는 거 아니에요?

소년 A는 Z의 말투에서 이해할 수 없는 형태의 친밀함을 발견했다. 아니, 도대체 왜? 왜 애는 내게 왜 이렇게 친한 척을 하지? 분명 Z는 소년 A가 인터넷 방송 스트리머에 대한 인식이 전무하다는 점을 비웃기는 했지만 어디까지나 호감이 전제된 형태의 놀림이었다. 그리고 소년 A를 향한 호감에는 대부분 그 이상의 감정이 전제되고는 했다.

학생 Z: (양손으로 소년 A의 오른손을 잡으며) 우리는…, 선배처럼 되고 싶었어요.

소년 A: 너 이러는 거 참 달갑지 않다.

학생 Z: 선배야말로 올바른 희생양의 표본이에요. 아시죠?

Z는 소년 A의 손을 꽉 붙잡다 못해 손가락으로 살살 훑기

까지 시작했다. 그다음으로는 시선으로 소년 A의 창백한 얼굴을 훑었다. 1학년 4반의 아이들은 Z가 또 이상한 짓을 하는가 보다 하고는 둘 사이를 지나칠 뿐이었다.

소년 A는 Z의 눈빛이 무슨 의미인지 알고 있었다. 불판 위에서 고기가 익어갈 때. 나비가 쥐를 갖고 놀 때. 체육선생 삼광이 소지품 검사를 할 때. 이발사가 소년 A를 면도할 때. 무력한 상대방을 마음껏 유린할 때 짓는 표정이었다. 소년 A는 용을 써가며 Z의 손을 뿌리치고는 2학년 교실로 돌아갔다.

8

"어르신, 이제 이동할게요. 제가 안아드려도 될까요?"

나비는 별다른 대꾸 없이 땅에서 뛰어올라 소년 A의 어깨 위에 올라탔다. 소년 A는 나비가 떨어지지 않게 주의하면서 발판을 들어 옥상 건너편에 간이 다리를 만들었다. 다행히 나비는 고양이치고도 체구가 작은 편이라 어깨 위에 올라타도 얇은 발판 위에서 균형을 잡는 데 큰 무리가 없었다. 소년 A는 집에 가서 주황색 고양이 털을 뗄 생각을 하자 맥이 빠졌다.

소년 A는 오페라글라스를 꺼내 길가를 바라보았다. 렌즈에는 Z가 학원을 막 나오는 모습이 비쳤다. 소년 A는 미행이 들통나지 않도록 주의하면서 발판을 들어 다음 건물로 이동

했다. 사람들은 양옆과 아래가 아닌 위는 보지 않는다. 도시화한 사회에서 신호등 이상의 높이에서 일어나는 일은 아무런 제약을 주지 않기 때문이다. 그리고 소년 A는 그런 맹점을 이용하여 미행하고는 했다.

"옝."

"네. 저기 키 작은 애가 Z 맞아요."

"먀악."

"그렇죠. 그래도 그 말은 Z 앞에서 하지 않는 게 좋겠네요."

소년 A는 사냥꾼이 아닌 사냥감이었다. 그리고 그가 초식동물로서 살아남기 위해, 육식동물로부터 도망치기 위해 선택한 방향은 도주가 아닌 감지였다. 자신을 공격하고 잡아먹을 누군가를 찾아냄으로써 사냥을 미리 방지하는 길. 동급생 ㄱ은 그런 소년 A의 전략을 불난 곳에 섶을 들고 뛰어드는 것과 같다며 과연 천부적인 가학색정유도증 환자답다고 평가했다.

소년 A는 이번에 Z를 용의자로 의심했다. 딱히 고를 만한 다른 선택지도 없었다. 이번 사건의 희생자인 X와 Y 사이의 친분을 생각하면 미묘한 삼각관계에서 원한이 성립될 가능성이 있었고 따분한 취향과 미감도 범인에 대한 프로파일링에 맞아떨어졌다.

하지만 Z의 일과에서 별다른 수상한 점은 없었다. 그저 평범한 학생처럼 학교에서 나와 편의점에 가 군것질을 하고 학원에서 공부하다 도서관으로 가는 정도였다. 소년 A는 Z가

걷고 있는 도로 바로 옆 건물들의 옥상을 가로지르며 그에게
위협이 될 요소들을 살폈지만 그냥 하루를 아주 재미없게 보
내는 일일 뿐이었다.

소년 A가 이제 그만 집에 가버릴까 고민하는 그 순간이었
다. Z는 곧 주변의 인기척을 살피더니 온몸으로 수상한 기운
을 뿜어내었다. 소년 A는 숨을 죽이고 Z의 다음 행적을 살폈
다. Z는 근처에 누구도 지나가지 않음을 확인하고(옥상의 소
년 A는 찾지 못한 채) 바로 옆 골목으로 들어갔다.

"야오오."

"안 돼요! 이 높이에서 떨어진 벽돌에 맞으면 누구든 죽
어요."

"먀."

"저야 운이 좋았던 경우고요."

소년 A는 나비가 더 울지 못하도록 정중하게 품으로 모셨
다. 나비는 답답한지 소년 A의 가슴을 팍팍 발로 쳤지만 소
년 A의 품이 예상외로 편안해서 곧 저항을 멈추었다. 소년 A
는 이런저런 소음에 Z가 시선을 위로 돌리지는 않을까 염려
했지만 다행히 Z는 골목에 숨은 것만으로 충분하다고 판단했
는지 상급생과 고양이 하나가 옥상에서 자신을 감시하고 있
다는 사실을 눈치채지 못했다.

Z는 몰래 품에서 담배를 한 대 꺼내 입에 물었다. 소년 A는
속으로 절규했다. '세상에나, 고등학생이 담배라니! 어쩌면
이렇게 지루하고 창의성 없는 방식으로의 취향이람. Z야. 굳

이 중독적인 무언가를 하고 싶다면 담배보다 폼도 나고 쾌락도 자극하며 중독성이 강한 약물들이 성산시 곳곳에 널렸거늘 살인과 희생양 운운하던 고등학교 1학년의 선택지로 담배는 너무 소박하지 않니? 우리 더 큰 꿈을 품어보면 안 될까?'

소년 A는 결국 Z로부터 눈을 돌리고 말았다. 아직 세상을 십여 년밖에 살지 못한 소년 A에게 쉬는 시간이면 동급생들과 어떤 것이 아름다운 죽음인지를 토론하며 서로가 서로를 죽여서 시대정신으로서의 희생양으로 만들겠노라고 선포하는 고등학교 1학년이 학교와 학원을 열심히 다니는 짬짬이 세상으로부터 받은 고난과 불행에서 벗어나고 기성세대가 정한 법칙을 위반하기 위해 담배를 태우는 자신에 도취하는 모습은 너무나 자극적이었다.

질걱. 질걱. 텅. 소년 A가 그 잔혹극으로부터 눈을 감은 사이 나비가 소년 A의 무릎을 탁탁 때렸다. 소년 A는 이미 실존적 공포에 혼절하기 직전인 상황이었지만 감히 고양이의 부름을 거절하지는 못했다. 나비는 소년 A에게 골목 한가운데를 가리켰다. 그리고 소년 A는 나비가 자신을 때리기 전 들은 소리가 무엇인지 알게 되었다. Z는 머리가 터진 채로 골목길에 쓰러져 경련하고 있었다.

"엇…, 어어!"

쿵. 소년 A는 놀라서 건물 밑을 바라보다가 그만 난간에서 추락해 Z의 목 없는 시체 위로 떨어지고 말았다. 소년 A는 피범벅이 되었다. 그리고 그 피 웅덩이에는 후르츠펀치에

뜬 과일처럼 구미베어 한무리가 둥둥 떠다니며 존재감을 과시하고 있었다.

"꺄아악! 살인범이야!"

"아닌데요."

그리고 마침 타이밍 좋게 지나가는 행인이 머리가 사라진 Z와 소년 A를 보며 비명까지 질러주셨다. Z야, 좀 들키지 않을 곳에서 피우지 그랬니. 소년 A는 원망 섞인 목소리로 속삭였지만 Z는 더 이상 남의 말을 들을 귀가 없었다.

9

텅, 탁. 획. 텅, 탁. 획. 텅, 탁. 소년 A는 유치장 바닥에 앉아 고무공을 벽에 던졌다 잡기를 반복했다. 경찰이 소년 A를 철창 안에 집어넣으면서 갇힌 사람은 이 공놀이를 해야 한다고 강제했기 때문이다. 경찰 말로는 아주 중요한 전통이라고 했지만 소년 A에게는 신경 거슬리는 반복 작업에 불과했다. 소년 A는 일본 강점기에 세워진 것이 아닌가 싶은 유치장에 앉아 지난 일을 복기했다.

당연하다면 당연한 이야기겠지만 Z는 즉사했다. 그리고 행인의 신고로 소년 A는 즉각 경찰에게 잡혀 유치장에 갇히고 말았다. 용의자로 몰려도 반박하기 어려운 상황이기는 했다. 시체 위에 피범벅이 된 채로 앉아있는 사람보다 더 살인

현행범으로 보이는 경우는 많지 않을 것이다. 더욱이 소년 A
는 앞서 두 건의 살인사건의 최초목격자이기도 했다. 이 상황
까지 와서도 소년 A를 의심하지 않는 경찰이 있다면 그야말
로 직무 태만으로 표창감일 것이다.

텅, 탁. 휙, 텅, 탁. 소년 A는 이 성가신 상황들의 연쇄가
우연이 아니라 누군가의 조작일 가능성을 떠올렸다. 텅, 탁.
휙, 텅, 탁. 누군가가 소년 A에게 살인자라는 누명을 씌우려
고 그가 가는 곳에 앞서 도착해 희생자들을 죽였을 가능성을.
텅, 탁. 휙, 텅, 탁. 하지만 고작 소년 A를 유치장에 집어넣
기 위해 이 많은 일을 할 이유를 떠올리지는 못했다. 텅, 탁.
휙, 텅, 탁.

"안녕하세요, 분실물 찾으러 왔는데요."

공이 공기를 가르는 소리. 벽에 부딪히는 소리. 손에 와
서 잡히는 소리를 뚫고 이발사의 목소리가 들렸다. 소년 A
는 공놀이를 멈춘 뒤 귀를 세우고 바깥의 목소리를 조금이라
도 더 들으려 애썼다. 이발사와 경찰관은 수더분하게 날씨 이
야기부터 시작해 요즘 아이들의 예절과 주변 어르신들의 건
강 그리고 요즈음 시장에 생긴 맛집 등에 관한 이야기를 나
누는 듯했다.

뚜벅. 뚜벅. 뚜벅. 다음으로는 경찰서의 아스팔트 바닥에
구둣발이 부딪히는 소리가 들렸다. 이발사가 경찰관을 대동
하고 찾아온 것이었다. 경찰관은 공손하게 철창문을 열어 소
년 A를 꺼내주었다. 이발사는 보육원에 맡긴 아이를 데리러

온 보호자처럼, 아니 경비실에 맡겨놓은 택배를 찾으러 온 주민처럼 태연스레 소년 A를 데리고 경찰서 밖으로 나갔다.

"나비 어르신께서 A 학생이 여기 있다고 가르쳐 주셨어요. 하여튼 A 학생은 피비린내 한 번 잘도 맡네요. 우선 이발관으로 돌아가서 몸에 말라붙은 피부터 씻을까요?"

"네."

"다음으로는 범인을 잡으러 가요."

10

이발사: 도대체 왜 이런 곳에서 과자를 산 거예요?
소년 A: 할인 이벤트 중이었으니까요.

이발사는 소년 A를 감탄 가득한 눈으로 바라보았다. 이렇게나 경이로울 정도로 무식하다니. 이발사는 소년 A를 경찰서에서 꺼내준 뒤 이발관으로 데리고 왔다. 소년 A는 이발관에서 가볍게 샤워를 하고 가게 유니폼 여벌을 찾아다 입었다. 소년 A가 정신을 차리자 이발사는 소년 A와 함께 도깨비 시장 한구석에 새로 생겼다는 수입과자점으로 향했다. 수입과자점은 아무리 도깨비 시장에 입점했다고는 해도 좀 너무하다 싶은 인테리어를 자랑하고 있었다.

가게의 바깥은 정체를 알 수 없는 괴물들의 조각상이 무질

서하게 서 있었고 어느 문화권의 언어인지 알 수 없는 글자가 적힌 골판지 상자들로 가득했다. 그리고 상자 안에는 다른 어떤 종류의 과자도 없이 오로지 구미베어 봉지만이 들어 있었는데 봉지에 적힌 글자들 역시 도무지 사람의 눈으로는 읽을 수가 없었으며 가끔 움직이는 듯 착시를 일으키기도 했다. 실제로는 계속해서 움직이고 있었는데도 말이다. 그런데도 한글 기본 폰트 중 아무거나 골라 '수입과자점'이라 적어 인쇄했음이 분명한 간판이 있기에 간신히 이 가게가 도깨비 시장에 입점한 수입과자점임을 알아볼 수 있었다.

가게의 안이라고 사정이 다르지는 않았다. 정체불명의 해산물들이 지붕 위에 주렁주렁 걸렸으며 그 비린내를 덮기 위해서인지 실내조명을 위해서인지 향초를 태우고 있었으나 역한 냄새만 났다. 곳곳에 거울이 있었지만 사람이 비춰지지는 않았다. 어떤 종교적 의례를 위한 금속성의 물건들이 즐비했으며 그 제작 연도가 제각각으로 보였다. 구석에는 밀랍인형인데 관리를 잘 하지 않아서 시체처럼 보이는 것인지 아니면 시체인데 관리를 잘해서 밀랍인형처럼 보이는 것인지 모를 미라도 있었다.

이발사: 도대체 얼마나 할인을 하면 이런 가게에서 과자를 사는 거예요?

소년 A: 세 봉지에 이천 원이요.

점　원: 어서 오세요. 둘러보고 가세요.

    가게 안에 구미베어 외에 다른 과자는 없나 이발사가 둘러
보는 사이 어느새 가게 점원이 다가와 이발사와 소년 A에게
인사를 건넸다. 점원은 퉁퉁한 체구의 중년 남성으로 표정이
딱딱해 변화가 없이 연신 부루퉁한 얼굴이었다. 거기다 한여
름 더위에도 불구하고 모자를 푹 눌러쓰고 있었다. 소년 A는
점원에게 꾸벅 인사했지만 이발사는 화가 난 눈빛으로 점원
을 노려보았다.

이발사: (구미베어 봉지를 들어 보이며) 사장님, 여기가 이 구미
　　　　베어를 판 곳 맞지요?
점　원: 맞습니다. 그런데 우리 가게는 교환이나 환불이 안 되는
　　　　데. 게다가 이거 이미 봉지 뜯었잖아.
이발사: 그러려고 온 건 아니에요. A 학생, 이 봉지에 뭐라고 적
　　　　혀 있는지 알아요?
소년 A: 모르겠어요. 알파벳이나 히라가나도 아닌 것 같네요.
이발사: (봉지에 적힌 문장을 가리키며) 왜 이 가게 상품들에는
　　　　기원을 알 수 없는 문자가 적혀 있을까요?
소년 A: 수입과자점이라서가 아닐까요?
점　원: 어, 수입과자점이잖아.
이발사: (가게 안의 상품들을 가리키며) 왜 이 가게 상품들은 구
　　　　미베어뿐이죠?
소년 A: 수입과자점이라서가 아닐까요?
점　원: 어, 수입과자점이잖아.

이발사: (봉지 안에서 구미베어를 꺼내서) 왜 이 가게 상품들은
　　　　모두 저주를 받았나요?

　소년 A는 영문을 몰라 하고 점원이 당황한 사이 이발사는
꺼내 든 구미베어를 혀로 핥았다. 다음으로는 이발복의 가슴
팍에 달린 주머니에서 면도칼을 꺼내 자신의 손등을 살짝 베
었다. 그러자 이발사가 꺼내 든 구미베어의 손등에도 누군가
가 면도칼로 베어낸 것처럼 얇은 흠집이 생겨났다. 입증을 마
친 이발사는 구미베어에 묻은 타액을 닦아내고는 가게 밖으
로 던져버렸다.

이발사: 수입과자는 수입과자인데 외국이 아니라 외계에서 수입
　　　　해 온 과자를 팔아서 그렇죠. 알고 보니 이 구미베어는
　　　　저주받은 젤리더군요. 주술 체계를 분석하니 악마들의
　　　　마법에 가까웠고요. 하지만 그 효과는 부두교나 밀교의
　　　　저주용 인형과 비슷했어요. 단지 머리카락 등의 체모가
　　　　아닌 타액으로 저주 대상자를 특정하도록 설계되었다는
　　　　정도의 차이는 있었지만요. 영리해요. 구미베어는 오체
　　　　를 전부 갖고 있어 저주 인형의 대체물이 될 수 있으며
　　　　제삼자의 의심을 사지 않을 정도로 대중적이니까요. 이
　　　　상품을 구매한 사람들이 영문도 모르고 구미베어를 하
　　　　나 꺼내 씹은 그 순간 구미베어에는 타액이 묻고 저주가
　　　　활성화되어 구미베어를 씹는 사람은 자신을 저주한 셈

이 되겠지요. 다음으로 그 구미베어를 깨물면서 자신을
스스로 깨물게 될 테고요.

소년 A: 시체 1은 상반신이 으깨졌었지요. 아마 윗부분을 씹어
먹었나 보네요.

이발사: 시체 2는 구미베어의 허리 부분을 잘라 먹었을 거예요.
아랫부분을 삼킨 뒤에 저주가 발동되어서 현장에는 구
미베어의 윗부분만 남아있었던 것이 아닐까 싶네요.

소년 A는 Z의 머리가 터졌던 순간을 떠올렸다. 아마 담배
를 다 태운 뒤 구취를 지울 겸 구미베어를 하나 꺼냈을 것이
다. 절친한 친구였던 시체 1과 시체 2가 그랬던 것처럼 말이
다. 세 봉지에 이천 원이었으니 서로 한 봉지씩 나눠 가졌겠
지. 그리고 아무 데나 도취하는 Z의 처량한 성격으로 보아
구미베어의 머리만 똑 떼어다 먹으며 이제 되돌리기에는 너
무 늦어버린 유년기의 상실을 보상받을 수 있는 강한 성인으
로 자립했다고 스스로 세뇌를 걸었을 것이다. 그리고 머리가
펑, 터져버리고 말았지만.

수입과자점의 점원은 이발사에게 정곡을 찔린 나머지 아
무 말도 하지 못하고 파르르 떨기만 했다. 하지만 그런데도
이상한 것이 그의 표정은 여전히 딱딱해 그 감정을 읽어내기
가 어려웠다는 점이다. 그리고 이 의문은 곧장 풀렸다. 점원
이 얼굴에 손을 가져가 가죽 같은 가면을 떼어내 이제까지 숨
겨왔던 정체를 드러냈다.

이발사: 호.

소년 A: 세상에나. 구미베어 괴인이다.

점 원: (가면을 집어 던지며) 꾸어어엉!

이발사는 손을 들어 소년 A를 뒤로 물렸다. 점원, 아니 구미베어 괴인은 분노에 차서 괴성을 질렀다. 붉은색의 반투명한, 귀엽게 생긴 구미베어의 얼굴이 흉악하게 일그러졌다. 어찌나 구미베어 괴인의 살기가 등등했는지 금세라도 이발사와 소년 A를 덮칠 기세였다.

점원: (소년 A에게 달려들며) 꾸어어어엉! 꾸엉!

구미베어 괴인이 탱글탱글한 주먹을 휘두르며 소년 A에게 달려들자 이발사는 사뿐히 괴인의 발을 걸어 넘어뜨렸다. 다음으로는 통통 튀는 몸을 발로 밟아 꼼짝도 못 하게 만들고는 어디서 꺼냈는지 모를 벽돌을 괴인의 머리에 내던졌다.

이발사: (차분한 목소리로) 사장님. 아무리 그래도 소상공인회 회장인 저를 제치고 이런 사업을 하시면 안 되죠. 도깨비 시장에서 이러시려면 허가증 필요한 거 모르셨어요?

11

도깨비 시장에 평화가 돌아왔다. 소년 A는 살해의 위협에서 벗어났다. 이발사는 소상공인회 회장으로서 수입과자점 점원을 잘 타일렀다. 수입과자점 점원, 구미베어 괴인은 젤리로 된 눈물을 흘리며 가게를 접고 고향으로 돌아가게 되었다. 시체 1과 시체 2 그리고 시체 3의 장례식 날은 화창해 모두에게 행복한 추억으로 남았다.

대부분의 일이 정리되자 소년 A는 다시 한 번 이발사에게 면도를 받기로 했다. 소년 A는 이발소 의자에 편히 누워서 이발사가 그날 시장에서 겪었던 일에 대해 수다를 떠는 것을 조용히 들었다. 이발사는 그 특유의 솜씨로 민첩하면서도 정갈하게 소년 A의 솜털을 정돈했다. 그리고 이발사의 면도칼을 움직일 때마다 잡담을 하나씩 던졌다.

"구미베어들이 인간에게 원한을 품는 게 이상한 일은 아니죠. 오체를 잘라 먹지, 전자레인지에 녹여 먹지, 사이다나 보드카에 담가 익사시켜 먹지."

"저는 구미베어의 팔다리랑 머리를 잘라 접붙여 녹인 뒤 먹은 적이 있어요."

"것 봐. 그래서 수입과자점은 계속 도깨비 시장에 남겨 놓을까 봐요. 저주받은 구미베어도 뭐 소상공인회의 허가를 받지 않아서 문제였을 뿐이지 어떤 물건을 파는지야 시장의 자

74

율성에 맡겨야 하지 않겠어요? 더욱이 수입과자점은, 고작 파는 상품이 구미베어 하나뿐이라면 좀 그렇지만, 시장에 하나쯤 있어도 좋겠다고 다른 가게 사장님들도 그러시더라고요. 물론 구미베어 괴인이 돌아오겠다고 해야 하겠지만요. 제가 그날 머리를 터뜨려놔서 당분간은 정상적인 사고가 어렵다나 봐요. 안 됐죠. 그래서 아무리 구미베어라고는 해도 요즘은 유통기한보다는 제조일자를 더 따지는 추세니까 수입과자점에 쌓인 재고는 처분해야 할 것 같아요. 처분해야 한다니 말인데 일전에 바비큐 파티를 하고 남은 유골들이 있잖아요? 그걸 매립지에 갖다 버렸는데 그게 문제가 되었다나 봐요. 새로 처리할 곳을 찾아야 하는데 그게 도통 회의에서 결정이 나지를 않네요. 마음 같아서야 유령시장 쪽에 몰래 넘겨놓고 올까 싶은데…."

이발사는 도깨비 시장 소상공인회의의 안건 처리를 고민하느라 잠깐 면도를 멈추었다. 소년 A는 마침 떠오른 질문 하나를 던졌다.

"그러고 보니 그 저주받은 구미베어 말이에요. 저도 분명히 그 구미베어를 먹었는데 왜 저는 머리가 터지거나 하반신이 잘려나가거나 상반신이 뭉개지지 않았을까요?"

이발사는 깜짝 놀란 눈으로 소년 A를 바라보았다. 아마도 예상하지 못한 질문이었던 것 같았다. 이발사는 잠시 소년 A를 위한 대답을 고르다가 조금 더 간편한 방법을 택했다. 이발사는 들고 있던 면도칼로 소년 A의 목을 그어버렸다. 소년

A는 비명을 지르려고 했지만 폐에서 성대까지 공기가 충분히 가닿지 못해 쉿소리만 나올 뿐이었다.

소년 A가 저항을 포기하자 이발사는 어쩔 수 없는 사람이라는 듯 미소를 보이면서 면도를 다시 시작했다. 소년 A가 완전히 입을 다물고 얌전히 면도를 받으니 그제야 이발사는 입을 열었다.

"벌써 잊었어요? A 학생은 이미 죽었고 시귀가 되었잖아요. 죽은 사람은 저주를 받지 못해요. 하여튼 A 학생은 다른 시체 냄새는 잘만 맡으면서 자기가 시체인 것은 매번 까먹는다니까."

아, 맞다. 그랬지? 소년 A는 이발사를 따라 미소를 지었다. 자신의 건망증을 애교로 넘기려는 모양새였다. 아닌 게 아니라 소년 A는 제법 자주 자신이 이미 죽었다는 것을 까먹고는 했다. 너무나도 빈번하게 연쇄살인마의 표적이 되는 인생에 지쳐 이발사에게 부탁해 시귀가 된 것이 벌써 1년이나 지났음에도 말이다.

이발사는 사각사각 정성스레 남은 면도를 마무리했다. 그러고는 방금 자신이 갈랐던 소년 A의 목을 다시 틈새가 새지 않도록 꼼꼼하게 꿰맨 뒤 새 살을 발라주었다. 소년 A는 면도를 마치고 상쾌한 기분 속에서 목소리가 다시 나오는 것을 확인했다. 그러고는 마침 떠오른 질문 하나를 던졌다.

"그러면 남은 구미베어는 제가 다 먹어도 되나요?"

〈구미베어 살인사건〉 후기

이 책은 더욱 작고 얇은 판형이었으면 했다. 곰 인형을 주제로 한 아기자기한 사이즈의 귀여운 표지마저 갖춘 상품을 만들고 싶다는, 뭐 그런 장삿속 때문이었다. 하지만 가급적 분량이 더 있었으면 좋겠다는 출판사의 제안에 까짓 뭐 하나 새로 쓰지 하고는 〈구미베어 살인사건〉을 썼다. 그리고는 덜컥 이 작품이 표제작의 자리를 꿰찼다. 이것도 다 인연이려니.

뭐가 됐든 곰 인형이나 그 비슷한 게 나오는 거로 한 편 써야지 싶다가 고른 소재가 구미베어였다. 언제나 구미베어같이 귀엽고 앙증맞은 음식들이 납득이 가지 않았다. 입안에 넣고 잘근잘근 씹을 것이면서 저렇게까지 귀엽게 만들다니. 가학성마저 느껴지는 디자인이지 않은가.

이 의문은 결국 구미베어처럼 잘린 사람의 시체 이야기를 쓰자는 결론으로 이어졌다. 하지만 이 결론은 도대체 왜 구미베어처럼 시체를 잘라놓는가, 또 그렇다면 그 살인 도구는 무엇인가라는 다음 의문으로 이어졌다. 그리고 언제나와 같이 대답하기 힘든 질문에는 농담으로 도피하는 버릇이 도져 이런 내용의 글을 쓰게 되었다.

오래전부터 이 소설 같은 분위기가 있는 작품을 쓰고 싶었다. 자아도취형 연쇄살인마 이야기는 정말이지 질색이지만 모로호시 다이지로의 〈시오리와 시미코〉 시리즈나 타카하시 요우스케의 〈공포학교〉 그리고 영화 〈아담스 패밀리〉처럼 코믹한 호러물을 동경했기 때문이다. 무서운 것, 두려운 것, 외경스러운 것으로 치부되는 요소들을 우스꽝스러운 것으로 전락시키는 일은 내게 있어 무척 중요한 테마다.

〈구미베어 살인사건〉은 완전히 엉터리에 허무맹랑한 글이다. 내가 사랑하는 수많은 작가님과 관계자들을 배신하는 말이지만 나는 그분들이 'SF를 공상과학으로 번역해서는 안 된다'라고 말씀하시는 것을 듣기 전에 이미 공상과학이라는 개념에 오염된 지 오래다. 그래서 이런 글을 쓰는 데도 아무런 죄책감이 없다. 무엇보다 내 계보는 일본 SF의 '스코시 후시기'에 가깝기도 하고 말이다.

나는 오래전부터 "일본 책들이 잘 팔리니까 가짜로 일본식 필명을 만들어서 일본 작가인 척을 하고 일본 등장인물이 나오는 소설을 쓰겠어!"라고 헛소리를 하고 다녔다. 필명도 이미 정했다. '우소다 소우'라고. '무라카미 하루히'나 '스즈미야 하루키' 등의 필명도 고민해봤지만, 혹시나 누가 진짜로 착각할까 봐 일부러 엉터리나 다름없는 이름을 지었다. 어디선가 우소다 소우와 마주치시면 얘 또 이러는구나 하고 웃어 넘겨 주시길.

　이 작품은 〈도깨비 시장에서 만나요〉라고 기존에 준비 중이었던 시리즈의 '수입과자점 편'이기도 하다. 도깨비 시장이 그 도깨비 시장이 아니라 이 도깨비 시장이라는 내용의 세계관이다. 작중에 언급된 사건 몇 가지는 심심하면 써볼 계획이다. 아마 dcdc보다는 우소다 소우가 쓰겠지 싶다.

03

월간영웅홍양전

"생리해요?"

"아니. 슈퍼생리 해."

"하하. 뭐예요, 그게."

그때 그 말을 잘 들었어야 했는데 말이에요.

＊

기절할 것 같은 고통 속에서. 아니 고통 때문에 기절에서 깨어나는데 그냥 그날의 기억이 떠오르더라고요. 원래 기절했다 깨어나면 다 그런가요?

"여자들은 이기적이야."

목소리가 들리더군요. 곰 인형의 탈을 쓴 남자의 비장한 한마디였죠. 제가 눈을 뜬 것을 보고는 말을 꺼낸 것 같아요.

아마 아까부터 대사를 준비하고 있었나 본데 말이죠.

"남자들은 그걸 알아야 해."

아픔이 가시니까 주변이 눈에 들어오더군요. 곰 인형의 탈을 쓴 테러리스트와 쇠사슬에 묶인 나. 어제 산 선물상자는 제 발밑에 놓여있고. 불 어두운 공장. 그리고 곳곳에 장난감들이 나뒹굴고 있었죠. 아니. 나뒹굴고 있다는 표현은 너무 박하네요.

방을 빙 둘러 일주하는 기차모형과 그 레일 주변에 도시를 이루고 있는 블록 장난감들. 적재적소에 배치된 양철 로봇과 공룡 인형. 이들의 싸움을 지원하기 위해 달려오고 있는 탱크와 비행기 모형. 그리고 그 격전지 외의 지역을 지키고 있는 소방차와 경찰차들이 가득했죠.

사실 꽤 멋졌어요. 그 사이에 쇠사슬로 묶인 나란 사람은 이 장난감 왕국에 좀 과다한 신화적 조미료가 될 것 같기는 하지만요.

"네 인생도 여자 잘못 만나서 끝나는 거고."

저는 신음을 흘리고는 고개를 끄덕이고 말았어요. 아. 동의했다는 이야기는 아니에요. 고개를 저으려고 얼굴을 들었는데 목에 힘이 빠져서 그랬어요. 사실 저라고 상황파악이 된 건 아니거든요.

아마도 어젯밤쯤 집에 쓸쓸히 돌아오는 길에 누군가에게 무척 리듬감 있게 맞았고 눈을 떠보니 쇠사슬에 묶여 곰 인형 탈을 쓴 테러리스트에게 위협을 받고 있다는 정도만 아는 거라.

"동의하지?"

"아저씨 장난감 취향에는요."

이번에는 테러리스트가 고개를 끄덕였죠. 커다란 곰 인형 탈을 쓴 덕분에 조금 귀여웠는데. 악당들은 어쨌든 인정욕구가 센 사람들일 게야. 뭐 이런 생각마저 들더군요.

"학생이 보는 눈은 좀 있군."

테러리스트는 뒤뚱뒤뚱 그 곰 인형 탈로도 미처 다 감싸지 못한 엉덩이를 흔들면서 제 앞으로 다가왔어요. 그러고는 털썩 주저앉아 제 어깨를 토닥였죠.

"말해봐. 너. 홍양이랑 아는 사이지? 그 여자랑 무슨 사이인데? 여자 때문에 네 인생이 끝나게 되었는데. 그 여자에 대한 한풀이 정도는 해야 할 거 아냐?"

"홍양?"

"그래. 홍양."

아아. 역시. 나를 납치한 이유가 그거였구나. 그제야 이해가 되더라고요. 홍양 때문이었어. 그런 이유라면 뭐 이해할 만하죠. 배울 만큼 배운 성인인데 그 정도야. 고백하자면 저도 홍양 때문이라면 뭐든지 할 거라서요.

어쨌든. 그래서 이 홍양이라는 사람이 누구시냐. 도대체 얼마나 화젯거리인 인물이시기에 이렇게 곰 인형의 탈을 쓴 테러리스트가 저를 납치해가면서까지 그 뒤를 쫓고 있느냐.

남들이 다 아는 식으로 말하자면 21세기 최초로 대한민국 일산에 나타난 슈퍼히어로시죠. 아니. 여자니까 슈퍼히로인인가. 언제나 헷갈리는 설명인데요.

어쨌든 유명하잖아요. 널따란 붉은 천으로 몸 전체를 가리고 일산 전역을 종횡무진 휩쓸면서 불도 끄고 열차충돌도 막고 사람도 구하는 그 사람.

나이 불명에 거주지 불명. 그나마 성별만은 목소리 덕분에 여성이라고 판명이 나기는 했지만 이름도 몰라 성도 몰라. 트레이드마크인 붉은 망토 덕에 홍건적 대신 '홍양'이라는 별명이 붙었죠.

쏟아지는 돌무더기를 맞고도 멀쩡하고 빌딩을 길에서 옥상까지 점프로 올라가고 슈퍼파워로 모든 문제를 해결하는 정체불명의 적수공권 그 사람.

홍양.

"말해봐. 둘이 그 날 같이 있었잖아. 어떻게 아는 사이인데?"

"그거 이야기가…, 꽤 구질구질한데요."

뭐. 홍양을 만나고 제 인생의 여러 가지가 끝이 나긴 했네요. 하지만요. 대신 정말 많은 것들이 시작되기도 했거든요. 예를 들자면 글쎄…, 연애라던가요.

✳

이야기는 삼 개월 전. 영자 씨한테 투덜거린 날부터 시작할게요. 아. 영자 씨는 제가 사귄 첫 여자친구예요. 신영자.

저보다 나이는 두 살 많은데 영자 씨는 누나라는 호칭이 어색하다며 그냥 서로 이름에 씨를 붙여서 부르자고 하기에 그러기로 했죠.

"영자 씨. 어제는 많이 피곤했어요? 답장도 오늘 약속 시각 직전에 줬더라."

그날은 모처럼 봄이랍시고 산책을 나온 날이었어요. 조금 걷다가 카페 안에 들어가서 다퉜죠. 네? 아니요. 이거 나름 까칠하게 한 건데요. 완전 배에서부터 힘을 준 목소리였는데요.

영자 씨는 '그러고 보니 그랬네.' 하는 투로 어깨를 으쓱였어요. 얇은 팔이 살짝 올라갔다 내려갔죠. 그날 아마 회색빛의 후드 달린 티를 걸치고 왔던가.

영자 씨는 조금 작은 키지만 많이 말라서 낭창낭창한 데다 제법 미인인데요. 아니. 예쁘다기보다는 귀엽다는 표현이 더 어울릴 것 같은데. 알았어요. 본론에 들어갈게요.

"그냥 좀 몸이 안 좋았어."

영자 씨는 뭐랄까. 좀 쿨해요. 자기 할 일만 다 하면 다 된 거 아니냐는 투죠. 저는 항상 거기에 끌려다니고요. 그게. 제가 워낙에 연애 초보라서.

"몸이 안 좋으시면 약속 미뤄도 되는데. 저번 달에도 말씀 없이 약속 당일에 잠적하셔서 저 속상했었잖아요. 그냥 꿈자리가 사나워서 나오기 싫다고 하셔도 이해하니까요. 다만 미리 연락만 해주세요."

"그래. 경각 씨 말이 맞아."

네. 경각은 제 이름이에요. 무슨 닉네임 같죠? 하기야. 영자 씨도 그렇게 말했어요. 영자 씨랑은 SNS에서 만났거든요. 영자 씨는 디자이너인데 제가 영자 씨 개인계정에 올라온 그림의 팬이 되어서 SNS로 연락했었죠.

어쩌다 그렇게 안면을 트게 되고 영화도 보고 그러다 사귀게 되었는데. 사귀는 날까지도 제가 본명을 아이디로 쓰고 있다는 걸 모르더라고요. 아. 네. 본론.

어쨌든. 저는 투정을 부린 것이 미안해서 조용히 영자 씨의 손을 잡았어요. 그러자 영자 씨 몸에서 나는 그 체취. 아마 향수에 땀 냄새가 조금 섞였는지 살짝 비릿해서 더 생생한 냄새였는데. 딸기향이었어요. 그게 제 손으로 전해졌지요. 어. 이거 뜻밖에 본론이에요.

"많이 아프지는 않으시고요? 그럴 때는 저한테 꼭 말해주세요. 우리 이렇게 서로 만나고 있으니까. 이런 문제에서 서로 기댈 정도의 관계는 되었다고 생각해요. 그렇지 않나요?"

영자 씨는 살짝 웃고는 저를 다독였죠. 그러고는 약간 부끄럽다는 듯이 말을 이었어요.

"맞아. 내가 잘못했지. 그런데 경각 씨가 이해를 해줬으면 해."

"이해요?"

"응. 저번 달도 그렇고 이번에도 그렇고…, 그날이었거든. 내가 그날 즈음에는 예민해져서 전화를 받을 수 없는 상태일 때가 있어."

그래요. 그날. 그 생각을 못 했던 거예요. 가끔가다 대학 친구나 아르바이트 동료가 생리 때 쉬는 모습을 보기는 했지만요. 이렇게 누군가와 연인 사이가 된 것이 처음이었고 연인이 생리 때문에 힘들어 하는 것도 저는 처음이었어요.

"생리해요?"

"아니. 슈퍼생리 해."

"하하. 뭐예요, 그게."

그때 그 말을 잘 들었어야 했는데 말이에요.

영자 씨는 무척이나 새초롬한 표정을 지었었죠.

변명을 하자면요. 제가 생리에 대해 알고 있는 것이라고는 '깨끗하게, 맑게, 자신 있게' 뿐이었거든요. 그냥 그날에는 힘들다. 그냥 그런 줄 알아라. 이게 제가 아는 전부였거든요. 그러니 슈퍼생리라는 말을 들었을 때 그냥 슈퍼하게 아픈 생리인 줄 알았죠.

"경각 씨가 이참에 알면 좋겠어. 나는 대충 한 달에 한 번 마법에 걸려. 근데 그게…, 이래저래 힘들거든. 당일 전후로 이틀씩은 경각 씨한테 살짝 소홀해도 양해를 해주세요. 괜찮지?"

"어, 네. 물론이죠. 저도 달력 앱에다가 체크를 해놓을게요."

영자 씨는 그때 피곤함이 약간 가셨다는 표정으로 웃었어요. 전 많이 미안했죠. 면목 없기도 하고. 첫 연애니까 더 긴장하고 더 먼저 알아서 생각했어야 하는 문제인데.

"심하게 앓는 편이신가 봐요. 그. 뭐더라, PTSD?"

"PMS야, 멍청아."

"둘이 다른 거예요?"

"크게 다르진 않아."

어, 이젠 둘이 뭐가 다른지 잘 알아요. PMS가 PTSD의 하위 개념이죠. 어쨌든 영자 씨는 다시 좀 피곤한 표정을 짓기는 했는데요. 그래도 다시 기운을 차리고는 이야기를 이어 나갔죠.

"실은 내가 프리랜서를 택한 이유이기도 해. 슈퍼생리 때문에 한 달에 일주일은 일정을 비워놓아야 하니까."

"아이고. 영자 씨. 고생 많으셨네요."

"매달 겪는 일인데 뭘. 태어날 때부터 가진 숙명이기도 하고. 원래 누군가는 피를 흘려야 하잖아."

"제가 어떻게 도와드릴 게 있다면 꼭 말씀 주세요."

"뭐…, 그냥 경각 씨가 남들한테 말하고 다니지만 마. 일일이 광고할 일도 아니잖아."

저는 그랬구나. 또 그렇구나. 하고는 고개만 끄덕였어요. 뭐 영자 씨 말마따나 일일이 광고할 일도 아니겠지만 군이 비밀로 할 일인가 싶기도 했는데. 그냥 그런가 보다 했죠. 숙명이라니 좀 거창하지 싶기도 했고. 정말 잘 몰라서. 또 물어보면 안 될 것 같아서.

*

"여자가 잘못했군."

"네?"

"네 여자친구 말이야. 아주 제멋대로잖아."

테러리스트의 얼굴이 곰 인형 탈 안에 있어 그 표정은 알 수 없지만 목소리로 들어서는 조금 비아냥거리는 투였어요.

"학생이 너무 여자를 못 잡고 사는 거 아니야? 그래서 남자 구실 하겠어?"

테러리스트는 곰 인형 탈의 팔을 붕붕 돌릴 정도로 열의에 차서 저를 질타했죠. 젠장. 진상 택시기사처럼 잔소리하는 주제에 귀엽기는.

"생리가 뭐 대수인가? 여자만 아프냐고. 남자들도 아파. 남들도 다 참고 일하는데. 직장에 취직을 못 할 정도가 어디 있어? 거기다가 연락을 못 할 정도는 또 뭐냐고."

"영자 씨가 좀 심하게 아픈 편이라고 그랬잖아요."

테러리스트는 이제 한숨을 푹 쉬더군요. 입은 보이지 않지만 소리는 들리니까. 어깨가 축 늘어지기도 했고.

"학생. 학생이 그렇게 여자한테 휘둘리면 안 되는 거야. 여자들이 제멋대로 구는 이유는 하나야. 혼내주기를 바라는 거라고. 잘못을 꾸짖고 통제해주기를 원하는 게 여자라는 말씀이야. 그런데 너는 그걸 일일이 들어주고 앉았으니. 어휴, 이 답답이가."

저 지금 당위성 없는 무차별 테러와 인질극을 저지른 범죄자에게 인생에 대한 훈계를 들어서 무척 자존심이 상했는데요. 아니 이 아저씨는 자기가 연애를 얼마나 잘했다고 인생을 얼마나 잘 살았다고 지금 테러리스트가 된 건가.

"학생. 여자친구가 자네한테 그렇게 말해놓고 어디 가서 무슨 짓을 하고 있을지 누가 알아?"

"아저씨. 알아요. 저 아니까. 본론. 저 본론 들어갈게요."

"어휴. 그러든가."

＊

우선 아저씨 말이 아주 틀린 것은 아니에요. 전 그때 영자 씨가 어디 가서 무슨 일을 하고 있는지는 전혀 몰랐으니까. 하지만 진짜 일어난 일은 뭐랄까. 좀 달랐어요.

또 다음 달이 되니까 아니나 다를까 영자 씨는 또 연락을 받지 않았죠. 아니에요. 휘둘리는 거 아니라니까. 대신 이번 에는 마음이 불편하지는 않았어요. 그 며칠 전에 곧 슈퍼생리 기간이니까 밖에서 만나기 그렇다고 했거든요.

저는 저대로 하루 빈 시간이 났다고 생각하고 저 할 일을 하기로 했죠. 첫 연애에 이것저것 투자를 하다 보니 예전만큼 다른 일에 집중하지는 못했으니까. 밀린 빨래도 하고. 설거 지도 하고. 평화로운 하루였어요. 괜찮은 저녁이었죠. 그러 니까. 친구가 저한테 보낸 문자를 보기 전까지요.

「야. 너랑 사귄다는 그 누님 말이야. X동에서 지나가시 는 거 뵈었다. 원래 그 동네 살고 계시던가? 여전히 예쁘시 던데?」

그릇들 다 씻어놓고 핸드폰을 확인하는데 거 참. 이렇게 일일이 보고하는 그 친구도 좀 그렇지 않나요?

「누나는 X동이 아니라 Y동 살아. 그러잖아도 오늘 일이 있다고 했는데 그것 때문에 나간 거 네가 만났나 보다.」

뭐. 대충 그렇게 문자를 보냈을 거예요. 응? 맞아요. 일이 있다고 한 적 없었어요. 그냥 전날에 문자로 밖에서 만나기가 그렇다고 했었는데. 당일에는 연락도 없었고요. 그런데 밖에 나가서 돌아다녔다고 하니까 조금 배신감을 느끼기는 했지요.

「어, 그렇더라. 누님이 많이 바쁘신지 내가 불러도 듣지 못하고 막 어디 가시더라.」

의심했냐고요? 의심은 무슨. 아니라니까요. 그럴 사람도 아니고. 그냥 내가 약간 서운은 했죠. 적어도 몸 상태 나쁘지 않다고 문자라도 하나 줬으면 좋았을 텐데.

주말에 저녁 시간이 통으로 비었겠다. 그래서 기분이나 풀려고 TV를 틀었는데. 아이고. 그때. 아주 미치는 속보가 하나 나오고 있었죠.

✳

"아하. X동 LPG 가스통 연쇄 폭파사건이 있던 날이구나. 그날 토요일 4시였지."

"네. 잘 아시네요?"

"당연하지. 내가 저지른 사건이니까."

어련하시겠어요.

테러리스트는 자랑스럽다는 듯이 어깨를 폈어요. 그러잖

아도 커다란 곰 인형 탈이 들썩거리니까 거 참. 다행히 사상자는 나오지 않은 사건이었지만 한 동네를 통째로 날려 먹고서도 저렇게 자랑스러워하면 좀 그렇지 않나요?

그러고는 뒤뚱거리면서 방 안에 설치된 블록 장난감 마을 한쪽에 다가가더군요. 그러고 보니 이 열차 레일이 깔린 노선이나 블록 장난감 마을을 보니 이거 일산의 축소판이었어요.

"아마 이쯤이었지. 그래. X동. 정부에서는 대외비로 하고 있지만 여기에 슈퍼컴퓨터를 숨겨놓은 시설이 있었거든. 지금은 내가 훔쳐 와서 없지만 말이야. 그거 빼돌리려고 그랬던 거였어."

"그랬어요?"

"그랬지. 건물에 숨어들어 가려고 했는데 감시 시스템이 삼엄하더라고. 그래서 LPG 가스통 연쇄 폭파사건을 일으켜서 근방 전원을 다 날려버리고 경찰이랑 소방관들이 근처에 오지 못하게 했지. 지금 생각해 봐도 정말 굉장한 작전이었단 말씀이야."

"네네. 어쨌든 그거. 본론 들어가야죠. 아저씨."

＊

말씀하신 대로의 일이었겠지만 당시에는 그냥 연쇄 폭파사건으로만 속보가 터졌죠. 여덟 시 뉴스가 그 이야기로 도배되었으니까. 동네가 연기로 자욱하고. 사람들은 비명을 지르면서 뛰어다니고 아비규환이었어요. 아비규환. 일산에 지옥도가 펼쳐졌다고요. 아저씨 반성 좀 해요.

아무튼 그때 막 눈물이 나더라고요. 조금 전까지는 그렇게 섭섭했는데. 좀 세게 말하자면 화까지 났었는데 영자 씨가 다쳤을지도 모른다는 상상을 하니까. 어쩌면 영자 씨를. 영자 씨를 다시는 만나지 못하게 될 수도 있다고 생각하니까. 서운함에서 무서움으로 떨어지는 감정의 낙차가 엄청 나서.

그때 기억이 가물가물하기는 해요. 무작정 아무 옷이나 잡히는 대로 걸쳐서 나갔고. 택시를 잡아서 X동 가까이 세워달라고 부탁했죠. 그리고 마구잡이로 그 동네를 뛰어다니면서. 연기로 자욱한 동네를 누비면서 영자 씨의 이름을 외쳤죠. 아저씨 반성 진짜 하세요.

무슨 일이 있으면 어쩌지. 진짜로 이 사람에게 큰일이 일어나면 어쩌지. 무서운 상상은 점점 에스컬레이터처럼 올라갔죠. 5층에서 6층으로. 6층에서 7층으로. 8층에서 1,295층으로.

만약에 무슨 일이 있었다면요. 영자 씨가 그만 목숨을 잃거나 했다면요. 다 필요 없었을 거예요. 다 죽여버렸겠죠. 누구든 다. 그냥 내 눈앞에 보이는 사람 모두. 보이는 대로 다 죽여버리고 더 죽일 사람도 없게 되면. 나도 영자 씨 따라서 죽어버렸을 거야.

네? 무서운 소리를 한다고요? 저기요. 아저씨는 다 죽든 말든 될 대로 되라는 듯이 굴다가 운 좋게 못 죽인 사람이잖아. 제가 무슨 말을 하든지 실제로 도심에서 가스 연쇄 폭파

사건을 일으킨 사람만큼 무섭기야 하겠어요?

어쨌든 그렇게 폐허가 된 거리를 돌아다니는 사이에. 공포로 가득 차서 벌벌 떨리는 손을 어떻게든 부여잡고 폭연 속을 헤매는 그사이에. 저는 향기를 맡았어요. 탄내도 가스 냄새도 아닌 그런 향기를요. 네. 딸기향.

언제나 그녀의 손에서 내 손으로 전해지던. 그녀와 헤어지고 집에 와서도 몇 시간이 지나도록 남은 잔향이 사라져 가는 것을 아쉬워하던 그 딸기향. 에이. 아저씨. 좀 이해해요. 제가 워낙에 연애 초보라서. 이러는 거니까.

전 그 먼지 바람을 사이를 헤집으며 그 딸기향의 근원을 찾았어요. 그리고 어느 골목에서. A 빌라 옆 뒷골목에서. 달빛 아래에서. 그녀를 발견했죠.

커다란 천으로. 그것도 딸기처럼 붉은색의 천으로 온몸을 감싸고는 사제폭탄을 해체하고 있던. 뭐 다른 사람들도 아는 이름으로 말하자면. 21세기 일산신도시 특산 슈퍼히어로. 홍양을.

"영…자 씨? 여, 여기서 뭐해요?"

그리고 그 홍양은 아시다시피 영자 씨였고요. 영자 씨는 황당하다는 눈빛으로. 또 어처구니없다는 말투로 대꾸했죠.

"문자로 오늘 그날이라고 했잖아."

"그날…이요?"

"응. 슈퍼생리 하는 날."

"슈퍼…?"

"생리."

어안이 벙벙하다는 듯 입을 다물지 못한 저를. 그러니까 안심을 해야 하는지 황당을 해야 하는지 여간 감을 잡지 못하던 저를 보고 홍양은. 아니 영자 씨는.

우선 폭탄을 손으로 감싸고는 펑, 하고 터뜨렸어요. 폭발은 영자 씨의 작은 손 너머로는 어떤 피해도 주지 못한 채 약간의 소음만 남기고는 사라졌죠.

그러고는 몸을 둘러싼 천을 벗어다 고이 접어 가방에 넣더군요. 하긴. 노상에서 옷을 갈아입기란 쉽지 않으니까요. 저렇게 커다란 천으로 몸을 둘둘 말아 정체를 숨기는 편이 편리할 거야. 뭐 이런 생각이나 하고 있었는데.

영자 씨가 놓친 정신을 그대로 고이 보내고 있던 저의 어깨를 툭, 하고. 딸기향과 폭약 냄새가 어렴풋이 섞인 손으로 제 어깨를 친 뒤 말을 꺼냈어요.

"경각 씨, 우선 뭐 먹으러 가자. 선짓국 먹을 줄 알지?"

※

"여기요, 선짓국 두 그릇이랑요. 경각 씨?"

"어, 저는 안 먹을 건데."

"그래? 그럼 선짓국 두 그릇이랑 수저는 한 벌만 주세요."

첫 연애이기는 했지만 선짓국 집을 데이트 코스로 기대했던 적은 없었는데 말이죠. 저나 영자 씨나 술을 즐겨 마시는 편은 아니었거든요. 가끔 진짜 입만 축일 정도로 마셨으니까.

하지만 영자 씨는 너무나도 자연스럽게 선짓국 집으로 들어와서. 그것도 두 그릇이나 혼자 시켜놓고는 불편한 표정으로 앉아있었죠.

"어, 술도 시킬까요?"

"응? 아니야, 아니야. 술은 안 마실 거야. 슈퍼생리 기간에 알코올 들어가면 더 훅 가더라."

머리가 지끈지끈한다는 듯이 관자놀이를 주무르던 영자 씨. 저는 그날 덤덤하다가 아쉬웠다가 놀랐다가 무서웠다가 안심했다가 황당했다가 감정의 파도가 놀이공원 자이로드롭마냥 치솟고 내려앉길 반복해서 뭘 어쩔지를 모르겠더라고요.

"그런데 또 철분은 모자라서. 꼭 선짓국을 먹어줘야 해. 경각 씨는 이런 거 입맛에 안 맞아서 안 먹는 거 아니야? 만약 배고프면 여기서 먹고 다른 곳으로 가자."

"아니요, 괜찮아요. 진짜 배 안 고파요. 그냥 놀라서…."

그때 그냥 눈물이 나더라고요. 아이고. 나이도 적당히 먹었는데. 왜 또 갑자기 그냥 눈물이 주르륵 흐르던지.

"어머나. 경각 씨. 그렇게나 놀랐어? 자, 자. 괜찮아. 괜찮아. 나 여기 잘 있어. 살아있어. 걱정하지 않아도 돼."

피곤한지 잔뜩 찡그렸던 이마를 펴고 제가 귀엽다는 듯 웃던 영자 씨. 테이블에 있던 휴지를 뽑아서 제 눈물을 닦아주더라고요. 아니, 아저씨. 고추 떼라가 뭐예요. 고추를 떼라가. 다 큰 남자한테. 다 큰 남자가 뭐 울면 어때서.

"생리라면서요…."

"아니. 생리가 아니라 슈퍼생리라고 했잖아. 한 달에 한 번 마법에 걸린다고."

"슈퍼생리가 뭔데요?"

정말이지. 처음에 말했을 때 잘 들었어야 했다니까요.

영자 씨는 곤혹스러운 표정으로 그냥 웃더군요. 자기도 뭐라고 말을 꺼내야 할지 모르겠다는 듯이 말이에요. 이런 이야기를 꺼내도 되는 걸지 모르겠다는 듯이.

"그러니까…, 내가 좀 특이체질인데. 다른 사람들처럼 생리를 하긴 하는데 그걸 좀 특별하게 해서. 대략 한 달에 한 번 주기로 호르몬 분비로 인한 생리 때문에 스트레스가 쌓이면 그 스트레스에 비례하는 슈퍼파워가 생겨. 초능력이라고 해야 할까. 응. 경각 씨가 예전에 무슨 영화 보자고 했었지?"

"맨 오브 스틸…, 슈퍼맨?"

"응, 그거. 그거랑 비슷해. 힘이 무척 세지고 오감이 예민해져. 다쳐도 빨리 낫고."

그것참, 놀랍죠.

"근데 그냥 힘만 세지는 거면 상관없는데…, 내 몸만이 아니라 내 감정도 많이 흔들리거든. 그래서 막…."

"막?"

"막…, 정의를 지키고 싶어지거든."

기나긴 정적 사이에, 식당 종업원이 선짓국 두 그릇을 영자 씨 앞에다 대령하더군요. 아마 단골이었나 봐요. 그 집 맛있기는 했어. 영자 씨는 우선 선지 덩어리를 큼지막하게 잘라

다가 한입에 먹어치웠죠.

"생리할 때 되면 호르몬 때문에 평소와는 다르게 행동하는 사람들이 있잖아. 날카로워지기도 하고. 나도 그런 편이긴 한데. 그것만이 아니라 성욕이 강해지거나 도벽이 생기는 사람도 있거든. 나도 그 비슷한 거야. 그냥 정의를 지켜야 해. 어려운 사람들을 돕고 나쁜 사람을 막아야 해. 그러지 않고는 못 견디는 거야."

정말이지 뭐랄까, 사람의 몸은 신비로 가득 차 있다니까요.

말을 많이 해서 배고팠는지 대충 설명이 다 되었다고 생각했는지 영자 씨는 그제야 눈앞의 선짓국에 열심히 수저를 뜨기 시작하더군요. 저는 머릿속에서 이제껏 영자 씨가 생리 아닌 슈퍼생리에 대해서 했던 말들을 반추하며 아귀를 맞춰봤고요.

"그래서 전에 태어날 때부터 가진 숙명이라는 말은…."

"슈퍼히어로로서의 숙명."

"누군가는 피를 흘려야 한다는 말은…."

"원래 히어로로 활동하다 보면 피 자주 봐. 아. 그리고 일단은 나도 여자니까 슈퍼생리 기간에 생리를 안 하는 것도 아니고. 애초에 거기서 받는 스트레스가 슈퍼파워가 되니까."

"일일이 광고를 할 일도 아니라는 말은…."

"그야 일단은 비밀 신분이고 초능력에 기간 한정이라는 약점도 있으니까. 신분은 몰라도 능력의 한계는 이미 알고 있는 악당들도 있긴 해. 장 회장이라고 곰 인형 탈을 쓰고 다니는 애가 있는데 걔는 대충 감 잡았을 걸? 내 네메시스거든."

　아저씨가 장 회장 맞죠? 곰 인형 탈도 쓰고 다니고. 응. 그럴 줄 알았어요. 이미 알고 있다니까 이렇게 구구절절 다 말했죠. 나도 지조가 있는데.

　어쨌든 그날 이런저런 이야기 많이 했어요. 왜 영화처럼 옷 안에 바짝 달라붙는 타이츠를 입지 않느냐고 물어보니까 타이츠는 배를 압박해서 힘들다든가. 어쨌든 생리는 생리라서 어지간해서는 뛰지 않는 현장에 가려고 노력한다든가. 언제나 쓰는 딸기향 향수는 생리 때 피 냄새가 나는 것 같아서 뿌린 것이 버릇이 되어서라든가.

＊

　"역시 그런 거였군. 어쩐지 홍양 고것이 언제나 한 달 주기로만 나타난다 했어. 그것도 정확히 한 달은 아니어서 작전을 짜기가 힘들었지."

　"어. 공감. 나도 데이트 약속 잡을 때 꼭 고려해야 하는데 그게 쉽지가 않더라고요. 컨디션이나 환경에 따라 주기가 바뀐다고 하니까."

　테러리스트는 곰 인형 탈 안에 손을 집어넣고는 머리를 긁적거렸어요. 아무래도 계면쩍겠죠. 자신이 납치해 온 남자의 여자친구 생리, 아니 슈퍼생리 이야기를. 그것도 그 여자친구는 일생의 숙적이라고 할 만한 그런 훼방꾼인데. 그런 사람의 생리적, 아니 슈퍼생리적 현상에 대해서 하나하나 듣는 거니까.

"자네도 고생이 많아."

"이런 건 당연히 해야 할 일인데 제가 잘 못했던 거죠."

아니. 그보다 이 테러리스트가 테러만 일으키지 않아도 영자 씨 고생이 좀 줄어들 텐데요. 그러면 저도 영자 씨랑 다니기 편할 테고요. 저는 원망하는 눈초리로 곰 인형 탈을 흘겨보았지만, 테러리스트는 별로 반응도 보이지 않더군요. 탈 안의 표정이 보여야 뭐 감이 오죠.

"영자 씨의 비밀을 알게 되니까 그 이후로는 세상이 달라지더라고요. 무슨 사건이라도 터지면 언제나 영자 씨와 관련된 것은 아닐까 걱정되어서 기사를 찾아보고. 안부도 더 자주 묻게 되고. 어쩌다 홍양으로 활동하는 모습이 뉴스에 나오면 막. 가슴이 아파요. 차라리 내가 나가서 내가 대신 아팠으면 좋겠는데."

"학생. 정신을 차려. 그런 식으로 따라다니기만 해 봤자야. 여자들은 언제나 배신한다고. 백날 천날 그렇게 잘 지낼 것 같아?"

역시 표정은 몰라도 목소리로는 안다니까요. 진짜 한심하다는 듯이 말하더라고요. 짜증도 꽤 섞어서. 하지만 어쩌겠어요. 이렇게나 좋아하는데.

"물론 아니죠. 우리 사이가 언제나 잘 굴러가기만 한 것도 아니었어요. 생리가 슈퍼생리라는 점만 제외하면 다른 사람들이랑 다를 바도 없으니까요."

*

　"경각 씨. 진짜로 이럴 거야?"

　"영자 씨. 이게 그렇게나 화낼 일이었어요?"

　영자 씨가 홍양이라는 것을 알고 두 달인가 지나서였어요. 그날 뭐 때문에 싸웠더라. 아. 그거. 근데 싸웠다고 하기도 좀 민망해. 실랑이에 더 가까웠죠.

　여기서 말씀드리기는 좀 그렇지만 제가 배려를 못 했고 영자 씨는 저처럼 둔하지 않으니까. 섬세하니까 좀 더 다른 걸 느꼈을 거예요. 아니요. 까칠한 게 아니라 섬세한 거라니까요.

　Y동 은행 삼거리 앞이었어요. 저는 가게에서도 아니고 길 위에서 이렇게 투닥거리니까 더 정신이 없었던 것 같아요. 다른 사람들이 보는데 이 문제를 해결은 해야겠는데 영자 씨가 왜 이렇게나 화가 났는지 이해는 못 하겠고 어떻게 말을 해야 화가 풀릴지도 모르겠고.

　그래서 그만.

　음.

　지뢰를 밟았죠.

　아니다. 지뢰를 밟았다는 표현은 좀 부적절했네요. 아마 영자 씨라면 '경각 씨가 나한테 똥을 던졌지.'라고 말을 할 것 같은데요.

　"오늘 슈퍼생리예요?"

　알아요. 안다고요. 내가요. 내가 못됐어요. 말 꺼내면서도 내가 못됐다고 생각했어요. 그리고 그 말을 들은 영자 씨의 얼굴이 홍양으로 변장했을 때 두르고 다니는 붉은 천보다도 붉어지는 것을 보고서야 내 생각이 틀렸다는 걸 알았죠.

내가 엄청 진짜 무진장 되게 이루 말할 것 없이 못됐다고요.

"야!"

"어, 네?"

"야! 노경각!"

은행 삼거리를 지나는 모든 행인의 시선이 한순간에 우리 둘에게 쏠렸지요. 아니다. 건물 안에 있는 사람들도 몇몇 정도는 창밖으로 우리를 봤을 거예요. 아저씨가 폭탄 테러를 저질렀을 때도 그날의 영자 씨와 비교하면 한가한 봄날 영국 정원의 티타임과 같았을 걸요.

"내가 슈퍼생리 때 날을 세우는 것은 맞지만, 내가 날을 세우는 때가 전부 슈퍼생리인 것은 아니거든!"

"어….."

"가! 가라고!"

"저….."

"안 가? 네가 안가면 내가 가!"

영자 씨는요. 바로 자해공갈이라도 할 작정인가 싶을 정도로 도로에 뛰어들어가 택시를 잡고는 그 길로 가버렸죠. 영자 씨가 참 언행일치는 확실해요.

*

"넌 진짜 글렀다."

"아저씨….."

"학생은 진짜 글렀어."

그것참. 이제야 테러리스트의 주장에 동의할 만한 내용이 나왔네요. 저도 제가 참 글렀다 싶거든요. 테러리스트는 곰 인형의 탈을 바둥거리다가 아예 그 털 달린 팔을 들어 가슴을 치기까지 하더군요.

"아이고. 아이고. 이 답답아. 사내 망신은 네가 다 시킨다. 어디 대한민국에 남성인권이 이렇게 떨어지는 게 괜한 게 아니야. 다 너 같은 녀석이 사나이 평균 체면을 다 깎아 먹는다는 말이다."

"그래요. 제가 잘못했죠. 영자 씨한테 그렇게 말해서는 안 되는 거였는데."

"아니야! 그게 아니야!"

어디서 무슨 곰 같은 함성이 솟아나서 원. 제 고막을 강타하더군요. 테러리스트는 아예 제 어깨를 양손으로 쥐고 마구 잡이로 흔들었어요. 와. 이 아저씨 진짜 답답한가 봐. 곰 인형 탈 안에는 얼마나 침이 튀었을까 막 그런 걱정도 되고.

"여자가 그렇게 까불면. 어? 남자가. 어? 혼쭐을 내줘야지. 주도권이 너한테 있다는 것을 교육시키라고. 화를 내! 네가 떠나서 아주 그 계집애를 비참하게 버릴 수도 있다는 것을 증명하라고."

"그렇게까지 매력적인 제안은 아닌데요…. 그런 식으로 쉽게 헤어진다는 말을 꺼내는 상대방을 어떻게 신뢰할 수 있겠어요."

"화도 못 내는 호구는 뭐 신뢰받을 줄 알아?"

"화는 내요. 화를 낼 만한 상황일 때는요. 필요할 때가 오면요."

"있었어?"

"없었어."

✳

어쨌든요. 그날 저녁에 전화했는데 받질 않더라고요. 다음 날도 문자도 안 주고요. 실은 전날 만났던 게 우리 기념일에 뭐 할까 이야기하려고 했던 거였는데요. 토요일에. 네. 그러니까 어제. 아저씨랑 처음 만난 날이요.

말실수나 하고. 기념일에는 혼자고. 쓸쓸하잖아요. 이거 이대로 다 망하는 거 아닌가. 이렇게 좋아하는데. 이제 다 끝인 거 아닌가. 그런 걱정에 Z동에 아는 칵테일 바가 있어서 거기 가서 혼자 술이나 마셨죠. 그 칵테일 바 꽤 괜찮거든요. 방송국 옆에 있는 거 알죠? 그래서 연예인들도 가끔 오고 막.

제가 워낙에 연애 초보라서. 또 술집도 초보라서 살짝 취했죠. 학생 때도 술은 잘 안 마셨거든요. 직장에서도 술 안 마신다고 오히려 좋아해 줬고. 영자 씨랑 분위기 잡겠다고 가끔

바에 가거나 했을 때만 한두 잔 마셨나?

"이백⋯."

"시인이요?"

"기념일이요."

결국 뭐 어쩌겠어요. 바텐더랑 수다나 떨어야 했지요. 아무리 생각해도 바텐더는 술 팔아 돈을 버는 게 아니라 이야기 들어주는 거로 돈을 버는 것 같아.

연애 상담 같은 거 원래 돈 주고 해야 하는 거거든요. 한탄하는 소리 듣고 어차피 뭐라고 해도 쥐뿔도 안 들을 조언도 하고 말이죠. 그거 친구라고 공짜로 해주면 그건 좀 아니야. 아저씨도 듣고 있잖냐고요? 에이. 아저씨가 해달라고 했잖아요.

"그래서, 올 것 같습니까?"

"에이. 에이이⋯."

기념일이니까. 원래 Z동 그 술집도 데이트 동선에 집어넣고 있었거든요. 그런데 혼자 술 마시니까. 와. 적적해서. 옆자리에는 아무도 없고 꽃다발만 있었어요. 언제 어느 때라도 영자 씨가 연락하면 꽃다발 들고 가려고. 사놨었거든.

"Z동 그 칵테일 바에서 기다린다고 문자 보냈는데요, 답장이 오기는 했어요. '그 술집 가지마.' 이렇게 그냥 한 줄 왔네."

"저런."

"언제나 나만 더 좋아한다니까요. 나만 짝사랑이야. 언제나 나는 일보다 뒷전이라고요."

"애인분께서 화가 단단히 나셨나 봅니다."

바텐더도 곧 다른 자리로 가더라고요. 손님도 없는데. 괜히 치우는 시늉이나 하면서. 하기야. 내 이야기 들어봤자였겠죠. 나도 괜한 말 해 봤자고요. 진짜 중요한 비밀. 슈퍼생리 같은 이야기는 어차피 남들한테 하지도 못하는데. 속이 풀리나.

영자 씨가 꽃을 좋아해요. 예전에 처음에 데이트할 때 뭘 줘야 할지 몰라서. 그냥 아무 가게나 발 닿는 대로 들어간 곳이 꽃집이어서 꽃을 선물했는데 막상 받을 때는 별말 없었는데. 그 날 저한테 되게 잘해주더라고요.

이 사람이 말만 안 했지. 나한테 무척 고마워했던 거예요. 그래서 나도. 기회가 있으면 있을 때마다 꽃 선물을 해주자고 다짐했는데. 어쩌면 이런 선물도 이게 마지막일지 몰라. 아니, 이 선물을 주지 못할지도 몰라. 이런 생각이 드니까. 술이 쭉쭉 들어가더라고요.

그런데. 비싼 돈 주고 마신 술이었는데. 술 확 깨는 일이 일어났지요. 네. 그거요.

쾅! 하고 무언가가 터지는 커다란 폭발음이 들리더니 술집 벽이 무너지고. 그 무너진 벽의 잔해 사이에는. 그때 그날처럼 달빛이 비추고.

또 그때 그날처럼. 그 달빛 속에는 아주 익숙한 붉은색의 커다란 천과 그 천에 김말이처럼 돌돌 말린 사람이 한 명이 있었지요.

"홍양…?"

"어이구. 죽겠다…."

"홍양?"

아닌 게 아니라. 홍양이었죠. 영자 씨. 제 연락은 받지도 않으면서. 기다린다는 문자에는 가지 말라는 답장만 줘놓고서. 연인인데. 기다렸는데. 200일이었는데. 그러든 말든 영자 씨는 여전히 슈퍼히어로로 열심히 활동 중이었던 거예요.

가게는 이미 쑥대밭이 되었어요. 바텐더는 벽이 무너지면서 같이 넘어졌는지 기절했나 보더라고요. 다행인지 피를 흘리지는 않았고요. 게다가 그때 저나 영자 씨나 남 일에 신경을 쓸 경황은 없었어요.

"야! 너 오지 말라고 했는데 왜 와!"

"이미 왔는데 그럼 그냥 가요?"

"위험하니까 오지 말라고 했던 건데! 뭘 또 미리 오는데!"

"꽃도 사고 그러느라, 또 일찍부터 영자 씨 기다리는 게 좋아서 일찍 왔죠!"

붉은 천으로 얼굴을 가렸는데도 표정은 생생하게 읽히더라고요. 음. 그때 영자 씨 얼굴 새빨개서 진짜 화가 잔뜩 나 보였는데. 저는 저대로 심술이 나서 한마디 쏘아버리고 말았죠.

"영자 씨 슈퍼생리 아니라면서요?"

"그날 날이 선 이유가 슈퍼생리 때문이 아니라는 얘기지!"

그때. 나만 그럴 줄 알았는데. 영자 씨 눈에도 살짝 물기가 맺혔더라고요.

"슈퍼생리였지만 슈퍼생리 때문에 화난 것은 아니었는데 슈퍼생리랑은 상관없이 화난 이유는 묻지 않고 슈퍼생리 때문에 화난 거냐고 물으니까 슈퍼생리랑은 상관없이 더 화난 거라고!"

그렇죠. 정론이에요. 제가 잘못한 게 맞았다니까. 그래도 그때까지는 어떻게 수습할 수 있었을 것 같았는데.

영자 씨는 급히 배를 감싸며 그 자리에서 주저앉고 말았어요. 슈퍼생리라고 생리가 아닌 것은 아니니까. 언제나 아픔과 피로 속에서 정의를 위해 싸우고 마니까.

"어구구⋯."

"영자 씨⋯."

언제나 철벽무적의 홍양인데도 그 순간만큼은 주춤하더라고요. 원래도 슈퍼히어로 활동을 하면서 어지간해서는 잘 뛰지도 않는 사람인데. 그날 아저씨 때문에 빌딩 위로 허들 경주를 했다면서요.

힘들어하는 영자 씨의 모습을 보니까. 영자 씨가 슈퍼생리 때 얼마나 힘 드는지에 대해서 묘사한 게 떠오르더라고요.

'지아이조 장난감 알지? 그러니까 그거. 아이들이 갖고 노는 군인 인형. 그 녀석들 허리가 하반신이랑 고무줄로 이어져 있잖아. 슈퍼생리 때는 그 허리를 잡아당겨서 고무줄이 꼬이도록 빙글빙글 돌리는 그런 느낌이야. 물론 산채로. 내장을 비비 꼬아.'

그런 이야기가 떠오르니까. 또 그런 모습을 보니까. 조금 전까지 한껏 삐져있던 제가 참 못나 보이기도 하고. 미안하기도 하고. 그래서 그만. 저는 또다시 실수를 저질렀죠.

"영자 씨, 그냥 슈퍼히어로 안 하면 안 돼요? 슈퍼생리 그거. 참으면 안 돼?"

망했죠.

"내가 이렇게 생겨 먹었는데 나더러 어쩌라고!"

한 번도 그런 모습 보인 적 없었는데. 영자 씨의 그 매서운 목소리라니.

화를 참지 못해서 파르르 떨리는 어깨라니.

"아파. 아파 죽겠어. 피가 모자라는 느낌 알아? 생리는 피가 다 빠져나가는 거잖아. 아니. 다 빠져나가는 것도 아닌데 엄청 힘든 거잖아. 현기증이 계속 나거든. 상시 빈혈이야. 보이지 않는 누군가가 계속해서 내 배를 때리는 기분이야. 내 내장을 스크류바처럼 비비 꼬는 느낌이라고."

영자 씨는 배를 양손으로 감싸고 속사포처럼 말을 쏟아냈어요. 그 표정은 배신감 때문인지 아니면 복통 때문인지 일그러져서인지. 아마 둘 다였겠지 싶은데. 그 아픔을 다 게워내려는 듯 안간힘을 쓰며 말하는 모습이. 너무 미안해서.

"생리 일주일 전에는 생리 오는 거 기다리느라 멘탈이 무너져. 너도 언제 곧 누가 네 배를 때리면서 내장을 비비 꼬려고 올 거라 생각하면 멘탈 무너지지 않겠어? 그렇다고 생리 터지면 좀 나아지냐고? 아니야. 일주일 동안은 일단 터졌으니 안심은 되는데 너도 누가 네 배를 때리면서 내장을 비비 꼬고 있으면 아플 거잖아. 나도 그래. 그래서 피지컬이 무너져."

변명하자면 말이 잘못 나왔어요. 슈퍼생리 때문에 호르몬 분비 이상으로 정의감이 생겨나는 건 알겠다. 하지만 정의감 때문에 이렇게 아파하면서도 계속 싸워야 하겠느냐. 이렇게 말했어야 했는데요.

"한 달에 2주는 이러고 살아. 이렇게 살아왔고 이렇게 살 거야. 한 번이나 두 번이 아니라 앞으로 몇십 년 쭉 이럴 거야. 있지. 경각 씨. 나도 이런 거 하기 싫어. 그런데 해야 해. 왜냐고? 해야 하거든. 이게 나거든. 내 힘으로 구할 수 있는 사람들. 구할 수 있었던 사람들. 그 사람들을 일일이 외면해서 평생 도망칠 수가 없거든."

아니다. 그렇게 말했어도 아마 영자 씨의 자존심을 상하게 했겠죠.

이 모든 것은 어디까지나 영자 씨의 아픔이고. 영자 씨의 선택이었으니까요.

"으하하하! 홍양! 여기에 있었군. 자! 승부를 계속할까?"

나이스 타이밍이라면 나이스 타이밍이라고나 할지. 그 순간에 등에 달린 로켓 분사기로 하늘을 나는 커다란 곰 인형에 타고 있는 곰 인형의 탈을 쓴 테러리스트가 칵테일 바의 뚫린 벽 너머로 나타났죠. 네. 아저씨요. 그런데 아저씨는 어쩌면 그렇게 대사가 저렴해요?

그 이후 벌어진 일이야 아저씨가 더 잘 아시겠지만. 영자 씨는. 그러니까 홍양은. 아픈 배를 안고서 어떻게든 일어나서 싸울 준비를 갖췄지요. 그야. 정의의 영웅 홍양이니까. 슈퍼 생리니까. 아니면 그냥. 그냥 그렇게 생겨먹었으니까.

"너 이따 보자."

홍양은 작은 목소리로 읊조리고는. 진절머리가 난다는 듯이 고개를 젓고는 건물 밖으로 뛰쳐나갔죠.

*

"음. 그때 그렇게 된 거군."

"네. 아저씨는 진짜 반성 좀 해요. 아저씨가 싸우고 있는 사람이 얼마나 힘겹게 인류를 지키는지 좀 아시겠어요?"

"나야말로 인류를 지키는 사람이지. 너는 뭐 신뢰니 뭐니 말만 번드르르하면서 술이나 마시고. 어?"

"원래 믿음에는 알코올이 필요불가결한 거라."

이 변명에는 테러리스트도 웃더군요. 하지만 진심이에요. 알코올 없는 믿음이 어디 있겠어요. 둘 다 일종의 도취라고요.

어느덧 장난감 공장의 창 너머로 달이 보이더군요. 아까까지는 보이지 않았는데. 시간이 지나고 달이 기울어서 그랬겠죠. 아. 기나긴 밤이었어요.

이야기는 이제 끝났어요. 뭐, 그 이후는 저보다 테러리스트가 더 잘 알 걸요. 영자 씨. 그러니까 홍양이 테러리스트 장회장과 싸우기 위해 건물 밖으로 나갔고. 저는 바텐더를 병원으로 보냈죠. 테이블에 그날 마신 술값을 올려놨고. 술이 다

깨서 밖으로 나왔죠.

그다음에는 그냥 여기저기 들려서 뭐 좀 사다가. 저기 땅바닥에 떨어진 저 상자. 저거 사다가 집에 오는데 테러리스트 곰 인형이 저를 두들겨 패고 차에다 실은 뒤 이 장난감 공장으로 포장배달을 해 이렇게 쇠사슬에 묶어놓았으니까.

테러리스트가 저에게 던질 질문은 하나도 남지 않은 셈이에요.

"아저씨, 마지막으로 뭐 하나 물어볼게요. 도대체 무슨 음모를 꾸민 거예요? 아무리 그래도 우리 어제가 200일이었다고요. 영자 씨한테 그렇게까지 해야 했어요?"

"글쎄, 내가 왜 장 회장이라고 불리는 줄은 알아?"

"장 씨니까."

"아니야. 내가 장난감협회 회장이거든."

테러리스트는 고개를 돌려 주변을 죽 훑어보았어요. 흠. 하기야. 이렇게 많은 장난감과 장난감 공장을 보면. 거기다 곰 인형 탈을 쓰고 다니는 투철한 영업 정신을 보면. 아저씨가 장난감협회 회장이라는 게 그렇게 이상한 일은 아니네요.

장난감협회 회장님은 거창한 직책에 어울리지 않게 귀여운 곰 인형 탈 차림으로 거창한 연설을 시작했지요.

"근래 신생아 비율이 예전의 절반 이하로 떨어졌다는 것 알고 있나?"

"네. 뭐. 그렇죠."

"이게 다 젊은이들. 특히 젊은 여성들이 출산을 기피하는 이기적인 삶을 선택했기 때문이야. 사회생활을 한다고 하면서 정작 사회의 가장 중요한 기능인 가정의 안정에는 전혀 관심도 주지 않고 있으니 어디 이 세상이 제대로 굴러가겠어? 아이들이 줄고 아이들이 갈 학교가 줄고. 이제 이 아이들이 커서 또 아이들을 적게 낳으면? 이 사회는 큰 위기에 직면한 거야."

"장난감도 덜 팔리고요."

"바로 그거야."

흠. 테러리스트의 논지가 좀 조악하다 싶네요.

"그래서 내가 생각한 해결책이 무엇이냐. 바로 이 일산시에 있는 정부의 슈퍼컴퓨터와 방송국의 기자재를 이용해 여성들이 더 이상 이기적으로 굴지 않고 얌전히 이 사회의 노동력을 재생산할 수 있도록 임신전파를 쏘아내는 것이지."

"어, 네? 뭐요?"

테러리스트는 자랑스레 양어깨를 피고는 건너편 방을 가리켰어요. 어두운 방에 무언가 점멸하는 불빛이 그제야 눈에 들어오더군요. 커다란 책장 비슷한 무엇이 즐비하게 늘어선 것이 보였어요.

"저건 바로 내가 정부가 X동에 숨겨놓은 비밀기지에서 훔친 슈퍼컴퓨터지. 그리고 그 옆방에는 Z동에 위치한 방송국에서 훔쳐온 전파발신 장치가 있어. 나의 독자적인 연구로 인간 유전자 지도에 대한 해석과 슈퍼컴퓨터의 계산능력만 있으면 수도권 근방의 모든 가임기 여성들의 난자가 자가분열

하여 배아로 성장할 수 있는 특별한 신호, 즉 임신전파를 쏘아낼 수 있다는 이야기야!"

세상에나.

엄마야.

저는 그제야 영자 씨에게. 아니다. 홍양에게 마음 깊이 감사하게 되었어요. 이 매드 사이언티스트가 지금 수도권에 거주하는 국민의 절반을 동정녀 마리아로 만들려고 했다는 이야기잖아요. 그리고 그 수도권에 거주하는 국민의 절반에 가까운 수의 사생아를 만들려고 했다는 이야기이기도 하고요.

이정도면 우리가 연인이 된 지 200일 기념보다는 중요한 일이 맞는 것 같네요.

"그리고 이 계획의 걸림돌은 그 여자. 홍양 정도밖에 없었지. 어제 싸움 때도 그렇고 그 여자의 강인한 신체능력은 정말이지 내 과학기술을 총동원한 이 '아이언베어 슈츠'로도 간신히 제압할 수 있을 정도였거든. 거의 호각이라고 해도 좋아."

테러리스트가 손목을 채찍처럼 휘두르자 손 끝에. 그러니까 곰 인형 탈의 앞발 끝에 날카로운 발톱이 튀어나왔어요. 도대체 장난감협회는 무슨 장난감을 만들고 다니는 건지.

"아저씨, 나 무섭게 왜 그러세요."

"하지만 학생 이야기를 들어보니 크게 염려하지는 않아도 될 것 같군. 예전부터 짐작하기는 했지만. 생리 때만 힘을 쓸 수 있다고 했으니 며칠만 기다렸다 작전을 실행하면 그만이니까 말이야."

한걸음 그리고 또 한걸음, 테러리스트는 천천히 하지만 절대 멈추지 않는 느릿한 발걸음으로 그 큰 곰 인형 탈 궁둥이를 씰룩거리며 제게 다가오더군요. 뭐. 제 이용가치가 다했으니까. 테러리스트로선 당연한 결론이겠죠.

마지막이 다가오면 좀 더 극적인 생각이 날 것 같았는데 별로 그렇지는 않더라고요. 그냥 좀 미안하더라. 내가 영자 씨한테 더 좋은 사람이 될 수 있었을 텐데. 이렇게 화를 내고 싸우고 그런 이별을 하지 않을 수 있었을 텐데.

조금 더 믿어주었다면 우리 사이도 달라지지 않았을까요? 영자 씨가 나를 비록 서운하게는 했을지라도. 나를 좋아하는 마음이 있으니까 그럴 수밖에 없는 이유와 상황이 있었다고 믿고. 그냥 영자 씨는 그런 사람이니까. 이런 식으로 제대로 대화하지도 않고 문제에서 눈을 돌리지 않았다면요.

테러리스트는 이제 제 눈앞까지 와서 팔을 높이 추켜 올렸어요. 여기까지인가 보네요. 안녕. 내 잘못이었어요. 미안해요. 더 잘해주지 못해서. 제가 워낙에 연애 초보라서.

하지만 그때.

달빛 아래.

딸기향이.

"이 맛탱이 간 곰탱이가 감히!"

홍양이.

커다란 붉은 천을 온몸에 감싸고 있는 슈퍼히어로가. 번개처럼 빠르게 달려와 테러리스트를 발로 차서 날려버리더군요.

"감히 내 남자친구를 이딴 똥통에 처박아놓고 뭐하는 건데!"

"호, 홍양?"

"그래! 홍양이다! 나 홍양이야! 이 곰또라이 새끼가 미쳐서는? 어, 내가 우습지? 내가 진짜 네 사지를 찢어버리지는 않을 것 같다 이거지? 다 됐고 다 꺼지라고 그러고 오늘 갈 데까지 갈까?"

홍양은. 그러니까 영자 씨는 이미 쓰러진 테러리스트를 무자비하게 발로 걷어차기 시작했어요. 음. 앞으로 영자 씨한테 진짜 잘해야겠다 싶었어요. 그게. 원래도 그렇게 생각은 했는데요. 특히 더 그렇게 생각하게 되네요.

테러리스트는 무자비한 폭행에서 벗어나려고 바닥을 질질 기어갔지만요. 음. 그게 될 상대가 아니더라고요. 영자 씨는 테러리스트의 곰 인형 탈 머리 부분을 벗겨다가 테러리스트의 머리에다 던져 맞췄어요.

"마…, 말도 안 돼. 데이터에 따르면 홍양, 너의 힘이 이렇게나 강할 리가 없는데? 어제까지만 해도 이 정도로 강하지 않았는데 어째서 지금은…?"

"이틀째다, 시발놈아!"

영자 씨의 외침에 테러리스트는 무슨 말인지 전혀 이해를 못 한 것 같은데도 그 박력에 그만 그렇구나 넘어가더라고요. 저는 알거든요. 명복을 빌어주었죠. 이틀째라잖아요.

✳

일방적 구타는 한 5분 정도 진행되었나. 뭐, 이 정도의 자력구제야 제 목숨이 왔다 갔다 한 상황이었음을 생각하면 정당방위라고 할 수 있겠지요. 테러리스트는 하도 맞아서 이젠 곰 인형 탈을 머리에 쓸 수 없을 정도로 얼굴이 부풀어 올랐더군요.

홍양은. 그러니까 영자 씨는. 피가 좀 묻기는 했지만. 그러니까 테러리스트의 피가 좀 묻기는 했지만. 화가 머리끝까지 난 나머지 얼굴도 좀 붉기는 했지만. 어디 다친 곳 없이 무사한 듯이 보였어요.

그리고. 영자 씨는 쇠사슬에 묶여있던 저를 향해 천천히 걸어왔어요. 아주 짧은 침묵이 있었는데, 짧고 굵은 침묵이 있었는데. 그 표정은 어느 때보다도 더 딱딱하고 화가 난 듯이 보였어요.

"이건 뭐냐."

영자 씨는 제 발치에 놓여있던 선물상자를 발로 툭 건드리고는 묻더군요.

"초콜릿 케이크…."

"웬 초콜릿 케이크?"

"초콜릿에 들어 있는 마그네슘이 생리에 좋다길래요…."

"이런 거 먹으면 피부에 트러블 생겨."

영자 씨는 조심스레 제 손목에 묶인 쇠사슬을 끊어주었어요. 풀어준 것이 아니라 끊어준 것이 참 영자 씨답다고나 할까요. 그제야 저는 안도의 한숨을 내쉬고는 저릿한 손목을 주무르며 쉴 수 있었지요.

하지만 영자 씨의 얼굴은 언제나처럼 그저 굳은 표정일 뿐이었는데요.

"할 말 없냐."

"잘못했어요."

"뭘 잘못했는데."

"제가 잘못한 일을 영자 씨가 슈퍼생리라서 과민하게 받아들였다고 말한 거랑. 또 영자 씨는 슈퍼생리일 때도 힘든 몸을 이끌고 정의를 위해 지내기로 선택했는데 걱정된다면서 영자 씨의 선택을 존중하지 않은 거요. 그 외에도 또 많은데…"

"됐고."

"네."

"앞으로 다시는 그러지 마라."

저는요. 진짜 바보더라고요. 영자 씨의 굳은 표정은 언제나 떨리는 어깨를 스스로 다잡기 위해. 울먹거리는 목소리를 지우기 위해 억지로 지은 표정이었다는 걸. 그제야 깨달았으니까요.

"경각 씨한테 무슨 일이라도 생기면 다 죽여 버릴 테니까. 진짜로 누가 됐든 뭐가 됐든 눈앞에 보이는 사람들 모두 다 죽여버리고 죽이고 또 죽인 뒤에 더 죽일 사람이 없으면 나도 따라 죽어버릴 테니까."

"무서운 말씀 하시긴."

"앞으로는 문자에 답장 잘할 테니까."

"네."

"다시는 그러지 마라."

"네."

조금만 더 멋있는 대답을 해줬다면 좋았을 텐데, 막상 떠오르는 것도 없고 해드릴 것도 뭐 없더라고요. 이러니 연애 초보는.

아무리 힘들더라도 다른 사람들을 위해 싸우는 이 사람과. 겉으로는 총을 맞아도 끄떡없는 무적의 초인이지만 속으로는 그저 아픔만을 안고 있는 이 슈퍼히어로와. 한 달에 한 번은 특히 더 예뻐지는 나의 영웅과. 영자 씨와.

조금씩 떨림이 잦아드는 숨소리를 들으면서. 터질 것 같던 심장 소리가 작아지는 것을 느끼면서. 이 세상이 전부 다 끝이 나더라도 티끌만큼도 신경이 쓰이지 않을 그런. 입맞춤보다도 따스한 포옹을 했답니다.

〈월간영웅홍양전〉 후기

변명을 하자면 2015년에 쓴 작품이다. 이 원고를 단편집에 담아도 좋을까 한참을 고민했다. 글을 쓴 당시에 주변의 여성 작가와 여성 독자들 예닐곱 분에게 모니터링을 요청했고 그분들의 답변은 제법 긍정적이었다. 출간 이후의 평가도 나쁘지 않았다. 하지만 이렇게 사람들의 반응을 끌고 오는 것 자체가 변명으로써는 아주 수준 미달이다. 내 고민과 방식이 잘못된 것이 분명한 상황에 타인들의 반응을 끌어와야 무슨 소용이겠는가.

그런데도 책에 수록하기로 한 것에는 두 가지 이유가 있다. 하나는 소재의 선점을 위해서다. 내가 한 번 더 나의 낮은 수준을 자백하는 대신 누군가가 이 소재를 악의적으로 활용하는 상황을 확실히 차단하는 편이 좋겠다고 판단했다. 더 나은 방식으로 쓰는 사람에게는 애초에 비판의 여지가 없으니 내가 선점을 했든 아니든 상관이 없을 터이고.

다른 이유는 장 회장이라는 캐릭터에 대한 비판은 유효하다고 봤기 때문이다. 출산율의 감소로 장난감이 팔리지 않게 될 것이라는 위협을 느낀 장난감 회사 사장이 '슈퍼빌런'이 되어서 전국의 가임기 여성을 임신시키는 전파를 쏘려는 음모를 꾸민다는 내용은 남겨놓아야 하지 싶었다.

아마 이를 착각하는 독자는 없겠지만 1인칭 화자는 작가의 대변인이 아니다. 경각은 의도적으로 나 이상으로 멍청하게 설정된 인물이다. 그리고 이를 착각하는 독자 역시 없겠지만 1인칭 화자는 기본적으로 신뢰할 수 있는 화자가 아니다. 경각은 꾸준하게 거짓말을 하는 인물이다. 감상에 있어 부디 이 두 지점을 고려해주셨으면 한다.

감사한 추억도 있는 작품이다. 어릴 시절부터 존경해 마지않던 구자형 성우님께서 팟캐스트 '북텔러리스트'를 통해 이 소설을 낭독을 해주신 것이다. 이를 인연으로 구자형 성우님 및 북텔러리스트 여러분들과 몇 번의 교류를 가진 바 있다. 오랜 팬으로서 이보다 감격스러운 일은 없다.

당연히 계산속도 들어간 작품이다. 슈퍼히어로 물에 대한 수요는 계속해서 늘어날 것이 확실하니 기획을 잘 짜야만 했다. 그렇기에 독립영화로도 찍을 수 있을 정도의 구성을 고민하고 썼다. 슈퍼히어로의 능력도 CG 비용을 아낄 수 있도록 괴력으로 설정했다. 핵심 등장인물도 셋으로 국한했으며 영화로 만들 수 있을 분량의 이야기를 단편 하나에 담기 위해 과거 회상으로 내용을 압축시켰다. 소설과 동일하게 진행하면 드라마 한 편, 과거 회상이 아닌 시간순으로 사건을 진행하면 영화 한 편 분량이 나온다.

비판을 듣지 않기 위해서 아예 여성의 이야기를 하지 않는 선택지를 고민한 적이 있다. 하지만 실패하더라도 여성의 서사를 계속해서 담고 실패하면 실패하는 대로 욕을 먹는 것이 옳다는 이야기를 듣고 계속해서 실패하고 있다. 부끄럽고 부끄러울 일이다.

04
구자형 바이러스

1장 Spokey Dokey

"야. 내 목소리, 구자형 닮지 않았냐?"

싸늘한 표정.

"뭔 개소리야."

싸늘한 말투.

나는 어쩌면 가은이의 냉기 어린 표정에 반한 것일지도
모르겠다. 아이스크림 케이크에 딸려오는 드라이아이스같이
차가운 그 태도.

"아니, 들어봐. 진짜 내 목소리 구자형 같지 않아? 성우
구자형."

"목이 완전히 가기는 했네. 어떻게 된 일이야?"

"감기 같아. 어제 창문을 열고 잤더니 목소리가 계속 이러네."

정말이다. 내 목소리가 갔다. 그런데 그냥 가질 않고 좋은 곳에 잘 갔다. 옛날에 폐병에 걸린 여성은 혈색 때문에 얼굴도 하얗고 표정도 가련해서 더 미인으로 쳤다던데. 나는 감기에 걸려서 성우 목소리가. 목소리 미남이 되었다.

"어쩐지 평소에는 걸지도 않던 전화를 그렇게 걸어대더라니. 감기 걸린 목소리 자랑하려고 그런 거셨어요?"

맞다. 들켰다.

밖에는 추적추적 비가 내리고. 우리는 카페 안에 앉아 다 식은 커피를 홀짝이며 창밖을 구경하며 한가로운 헛소리를 나눴다. 언제나처럼. 나는 카운터 밖에. 가은이는 카운터 안에. 언제까지나 그럴 것처럼.

"응. 멋있지? 이야, 어렸을 때부터 이렇게 낮게 깔리는 목소리를 갖고 싶었는데. 이런 식으로 구자형 목소리가 되다니. 몸이 좀 무겁긴 하지만 이 정도면 수지맞은 장사 아니냐?"

"글쎄다. 난 모르겠다. 구자형이 누군지도 모르겠고."

세상에나, 누군지도 모른다고? 구자형을? 구자형인데? 가은이를 만날 때마다 언제나 놀라운 일을 겪기는 하지만 오늘만큼 놀라운 일은 처음이었다. 도대체 어떻게 이 한반도에 태어나서 구자형 이름 석 자를 듣지 않고 자랄 수가 있담?

"야, 구자형이야, 구자형! 대한민국 최고 성우 구자형이라고! 너 진짜 그러면 안 된다. 외화든 만화든 CF든, 어떻게든 그 사람 목소리의 세례를 받지 않고 자랄 수는 없어요. 한국 사람이면. 어렸을 때 TV 안 봤어?"

"응. 안 봤어."

아, 속 터져.

"〈슬레이어즈〉의 제로스! 〈슬램덩크〉의 정대만! 〈나루토〉의 이타치! 〈은혼〉의 긴토키! 이 등장인물들의 목소리가 다 구자형이라고! 그런데도 어쩜 모를 수가 있냐? 하다못해 〈텔레토비〉랑 〈뽀로로〉만 봤어도 거기 나레이션이 구자형인데!"

사귀는 것도 사귀지 않는 것도 아닌 묘한 관계. 가은이와 나의 이 묘한 긴장 관계가 한 달이나 가까이 이어질 수 있었던 것은 서로가 바빠서 다른 곳에 눈을 돌릴 틈이 없었던 덕분이 크기는 했다. 하지만 그 이상으로 차분하고 침착한 가은이와 시끄럽고 산만한 나 사이의 온도 차가 절묘한 평형을 이루고 있기 때문이 아닐까 모르겠다.

계간으로 나오는 문학잡지와 다달이 나오는 시사지를 꼬박꼬박 챙겨보며 자란 가은이와 만화에 애니메이션에 게임에 온갖 아동 대상 문화산업의 정수를 맛보고 자란 나는 서로가 너무나도 신기하다는 이유만으로도 이 어중간한 관계에 제법 애착이 있었다.

"〈텔레토비〉랑 〈뽀로로〉는 봤어."

"〈카우보이 비밥〉은? 봤어?"

"안 봤어."

"야, 이게 정말 대박인데 말이지."

오타쿠들이 연애를 못 하는 이유는 꼭 자기가 좋아하는 것에 관해서 설명하지 않고서는, 또 자기가 좋아하는 것에 동의를 얻지 않고서는 못 배기는 성향 때문이라고 하던데.

"〈카우보이 비밥〉은 현상금 사냥꾼들을 다룬 애니메이션이야. 그것도 그냥 현상금 사냥꾼이 아니라 우주 범죄자들을 쫓는 현상금 사냥꾼이지. 배경이 인류가 우주에 진출한 이후의 미래세계거든. 화성에 목성에 곳곳을 누비며 범죄자들을 쫓는 고독한 카우보이들을 다룬 SF 하드보일드 활극이라 이거지. 아오, SF에 하드보일드에 활극이야. 장르만 말했는데 설레."

설레설레 고개를 젓는 가은.

"그리고 여기서 주인공인 스파이크의 성우를 맡은 사람이 구자형이거든. 나는 제트 블랙을 맡은 성우 김기현도 페이 발렌타인을 맡은 정미숙도 좋아하지만 그래도 인상 깊은 건 역시 구자형이었어.

나중에 나이 먹어서 일본판을 찾아봤는데도 구자형의 그 연기가 아니니까 전혀 와 닿지 않더라고. 일본판을 먼저 봤다면 달랐을까? 아니야, 그러지 않았을 거야. 스파이크가 어떤 인물이냐면 말이야, 쓰라린 상처를 간직하고 있는, 과거를 추억 안에 가둔 사나이지. 언제나 씁쓸하게 웃으면서도, 아직은 치기를 간직했으면서도 인의는 버리지 않아.

워낙에 멋진 인물인데도 내겐 스파이크라는 캐릭터 이상으로 구자형으로 기억된 이유도 여기에 있어. 다층적이니 입체적이니 어쨌든 복잡하다는 표현은 다 갖다 붙여도 되는 인물인데, 구자형이 겨우 1화에서 단 한 마디로 이걸 납득시켰거든. 자기가 쫓는 현상수배자의 연인에게 자신을 소개하는 장면이었어.

여기서 대사가 이거야. '시대에 뒤떨어진 카-우보이.' 그냥 카우보이가 아니야. 카-우보이. 카에서 우로 빠질 때 약간의 바람 빠지는 소리, 히읗 발음이 들어갔는데 이 히읗이 결정적이었어. 스파이크라는 캐릭터 안에 내포된 자조와 냉소 그리고 이를 웃음으로밖에 내보이지 못할 정도로 절박함에 단련되었을 인생사가 이 한 문장에, 아니 이 '히읗' 한 자음에 다 담겨있었다고. 이 애니메이션을 내가 처음 봤을 때가 초등학생이었는데도 그 한 글자가 특별하다는 것은 심장으로 느낄 수 있었어. 그리고 이 깊이를 더했던 성우가 구자형이었고."

그리고 이 카페에서 곧 여자한테 차일 사람은 나인 것 같고. 음, 흥분한 나머지 너무 들떠서 떠들어버렸다. 나름 좋아하는 여자 앞인데 이렇게 절제를 못 하는 모습을 보이게 된 것은 아닌가 조금 부끄러웠지만 다행히 괜찮았다. 가은이는 내 쪽을 보지도 않고 가게 정리에만 열중하고 있었으니까. 보이지는 않은 셈이다.

"치웠다. 가자."

2장 Cats On Mars

촉촉. 촉촉촉촉.

봄비 소리가 촉촉하다.

"가은아, 좀 붙어라. 다 젖겠네."

착착. 착착착착.

발자국 소리는 착착하고.

"너 이러려고 우산 작은 거 들고 온 거지."

"응."

눈치도 채 주시고. 고마워라.

가게 정리를 마치고 집에 돌아가는 길. 나와 가은이는 빗소리로 시끄러운 밤의 골목에서 서로를 붙잡고 걸으며 서로를 향해 별거 아닌 말을 건넸다. 아침에 읽은 뉴스에 대해서. 점심에 마신 차에 대해서. 저녁에 만난 사람에 대해서. 너무나도 아무렇지 않은 그 모든 것들에 대해서.

그리고 곧 도착한 가은이의 집으로 가는 골목 입구에서, 나는 이 너무나도 아무렇지 않은 것들이 너무나도 즐거운 나머지.

"가은아, 우리."

"우리?"

"심심한데 뽀뽀나 할까?"

"애는 또 무슨 말 같지도 않은 소리를 하고 있어?"

되지도 않는 무리수를 던지고 말았다.

아니, 되지도 않는 무리수라고 생각하지는 않았다. 어두운 골목길 위. 부드러운 가로등 불빛 아래. 따스한 봄비 속에서. 심지어 결정적으로 구자형의 목소리였으니까. 무슨 말을 해도 먹힐 거로 생각했으니까.

"야. 진짜 안 먹혀?"

"어. 진짜 안 먹혀."

가은이를 알게 된 지 슬슬 50일째. 언제나 가볍게 잽을 날려보지만 돌아오는 것도 언제나 철저한 크로스카운터였다.

친구라기에는 조금 더 나아갔는데 연인이라기에는 한참 멀었으니. 이제는 슬슬 익숙해지기는 했다만 이번에는 비장의 무기가 있었는데도 결과가 이 모양이라 조금은 아쉬웠다.

"이게 먹힐 거로 생각했다는 것부터가 놀랍다. 도대체 너한테 구자형이라는 사람은 어떤 사람이길래 이러는 거야?"

"음, 너 데이비드 핀처의 〈파이트 클럽〉 봤지?"

"응."

"거기 보면 에드워드 노튼에게 있어 일종의 이상적 자아로 브래드 피트가 나오잖아?"

"응."

"구자형의 목소리는 내게 있어 그 이상의 판타지야."

'쪽.'

그러고는 가은이는 다시 고개를 돌려 앞을 바라보았다.

쪽?

쪽.

쪽?

쪽!

촉이 아니다! 쪽이다!

커졌다. 눈이 커지고 입이 커지고 콧구멍이 커졌다. 그리고 그 사이로 내 70킬로그램의 몸 안에 든 70톤의 영혼이 스멀스멀 흘러나왔다.

알맞게 식은 만두피처럼 보드랍고 찰기 있는 점막과 점막이 서로 달라붙었다 미끄러져 비 때문에 눅눅해진 공기가 순간적으로 팽팽해질 정도로 날카로운 파열음이 났다. 70톤의 영혼이 터지는 소리였다.

가은이는 어안이 벙벙하다 못해 빨갛게 익은 내 얼굴은 쳐다보지도 않고 앞으로 걷기를 재촉했다. 너무나도 별것 아니라는 듯이.

"야⋯, 야, 가은아!"

"야."

놀란 나머지 우산을 든 채로 가은이를 껴안으려는 찰나, 가은이는 딱콩, 하고 강렬한 딱밤을 내 이마에 먹이고는.

"다음에는 잘해라."

라며 한마디 던지고는 내가 들고 있던 우산에서 빠져나가 비를 피해 집 앞으로 달려갔다. 나는 몽땅 터져버린 내 영혼이 비 웅덩이에 뒤섞인 나머지 이를 바로 줍지도 못하고 그 자리에서 한참을 서 있던 뒤에야 겨우. 방으로 돌아갈 수 있었다.

비가 그치고 구름이 걷혀 떨어지는 별똥별에 세상 사람들 이름을 하나하나 불러가며 모두 나처럼 행복해지면 좋겠다고 빌 정도로 한참을 서 있던 뒤에야. 겨우.

3장 EGG and I

"아아, 아아."

아쉬웠다. 평범하게 잠긴 목소리.

"마이크 테스트. 마이크 테스트. 원투원투."

그저 졸린 목소리. 자고 일어나니 꿈만 같던 구자형의 목소리는 그만 어디론가 사라지고 없었다. 아이고야, 몸은 개운해졌지만 목마저 개운해지면 어쩌니. 녹음이라도 해놓았어야 하는데.

입술에는 아직 어제의 감촉이 남아있었다. 아마 몇 년은 남을 것이다. 구자형의 목소리는 사라졌지만 그래도 입맞춤 한 번이면 뭐 하나는 건진 셈이지.

「망했다. 나 이제 완전 내 목소리야. 구자형 목소리 아님. 아까워서 어쩌지?」

머리맡에 놓인 핸드폰을 쥐고는 가은이에게 아침 문자를 보냈다. 아침인지 점심인지. 어쨌든.

「오늘은 가게에 오지 마.」

빠른 답장.

「세상에. 야, 내가 구자형 목소리였을 때가 좀 더 매력적이라는 건 알겠는데 목소리가 돌아왔다고 아예 가게에 오지 말라는 건 또 뭐니.」

「그런 거 아니거든. 오지 말라면 오지 마.」

「왜? 무슨 일 있어?」

「응.」

「무슨 일이 있는데?」

「묻지 말고 나중에 봐.」

「가은아.」

「왜.」

「어제 그러고 오늘 이러면 좀 그러네.」

「그렇지.」

어제가 처음으로 입 맞춘 날인데 오늘 이렇게 후회하는 태도를 하면야. 그것도 아무런 설명도 없이. 온종일 설렌 내 생각도 좀 해주면 좋겠다고. 아쉬운 마음이 들었다.

답답한 마음에 전화를 걸었다. 글자만이 아닌 목소리를 듣고 싶으니까. 문장으로는 읽히지 않는 행간을 보고 싶으니까.

'뚜루루, 뚜루루….'

"가은아, 왜 그러는데. 내가 너한테 뭐 잘못했어? 내가 실수한 게 있다면 가르쳐 줘. 우리 이야기하자."

"싫어."

예상치 못한 콘트라베이스의 멜로디.

"감기 옮았단 말이야."

내 여자친구는 그렇게 대한민국 최고 성우 구자형의 목소리로 답했다.

4장 Cat Blues

"야."

"…네."

"기쁘냐."

"…아니요."

"할 말 없냐."

"…죄송합니다."

빼도 박도 못하는 구자형의 목소리. 그러잖아도 카리스마 넘치는 가은이에게 구자형의 목소리라는 위엄마저 더해지자 감히 거스를 수 없는 분위기가 감돌았다.

"푸하하, 근데 진짜 어울려."

웃음이 터져 나오는 것은 막을 수 없지만.

나는 핸드폰 너머로 들려오는 가은이의 구자형 목소리를 듣고서는 바로 화장실로 달려가 일반시민에게 요구되는 최저한도의 수준으로만 몸을 씻고 가은이의 카페로 달려갔다. 구자형의 목소리로 말하는 가은이가 너무나 보고 싶어서.

그리고 기대만큼이나 웃었다.

"너 죽는다."

매서운 가은이의 눈빛. 하기야 카페에서 접객해야 하는 여성의 목소리가 이렇게 웅장해서야 손님들 깜짝깜짝 놀라기 쉬우니 곤란하지 않다고 할 수야 없겠다.

"아프면 쉬어. 손님들한테 감기 옮겨도 그렇잖아. 사장님은 뭐라고 하지 않으셔?"

"아프지는 않아. 그냥 목만 잠겼어. 너도 어제 열은 없었잖아. 몸만 좀 무겁지."

"그렇지. 아이고, 고생이다."

"이게 다 누구 탓인데."

"입을 맞춘 건 너잖아."

"입맞춤은 감기 바이러스의 감염 경로가 아니거든? 그리고 옮긴 건 너 맞잖아."

다른 사람한테 옮은 걸 수도 있잖아. 라고 대꾸하려다 입을 닫았다. 너무나도 명확하게 내가 걸렸던 감기 증상 그대로였어서.

"좋게 생각하자고. 목소리가 계속 구자형이라서 카페에서 접객하기가 힘들면 다른 일 알아봐 줄게. 나는 수요가 있다고 봐. 전화상담 아르바이트 같은 거 하면 인기 좋지 않을까? 아니면, 팟캐스트 할래?"

"됐거든요?"

"아, 이따 내가 책 몇 권 사다 줄 테니까 그거 낭독해서 녹음 좀 해주면 안 될까?"

"이 새끼가?"

이렇게 시작하는 하루 너무 좋다. 구자형의 목소리를 가진 여자친구라니. 마치 닭가슴살을 크게 튀겨 햄버거의 빵 대신으로 삼고 그 안에 베이컨과 치즈를 넣은 더블다운 버거처럼 위에 부담되지만 그렇기에 더더욱 끌리는 매력이 있다.

시계를 보니 슬슬 나도 나가야 할 시간이었다. 아니. 원래대로라면 이 시간에 한창 일을 하고 있어야 했었으니까. 그저 구자형처럼 말하는 가은이를 보려고 농땡이를 치고 있을 뿐이었다. 나는 자리에서 일어나 가은이에게 살짝 입을 맞추려다가.

"어허."

"안 돼?"

"응."

"어제는?"

"어제는 어제고."

가은이가 집게손가락으로 내 이마를 밀어내서 그만 자리에 다시 앉고 말았다. 가은이는 피식 코웃음을 치고는 한마디 쏘아붙였다.

"좀 잘 해보라고 한 번 봐준 거니까. 우선 더 잘할 노력부터 해봐."

근데 농담이 아니라 구자형의 목소리로 말하니까 어떻게 반박이 안 되네.

"나도 이런 목소리로 데이트하기 민망하니까 나 다 나을 때까지는 보지 않기."

"엥? 에에엥. 싫은데."

"가라, 좀."

미워할 수가 없다는 듯이 웃어버리는 가은. 그래. 나는 어쩌면 가은이의 냉기 어린 표정이 살짝 녹아내리는 순간에 반한 것일지도 모르겠다.

그래, 우리는 그때 그렇게 즐거웠다. 앞으로 우리가 사는 이 세계에 어떠한 비극이 일어날지는 일말의 상상도 하지 못한 채.

5장 American Money

"삼천이백 원입니다."

중후한 목소리. 나는 고개를 숙여 계산대에 앉은 아이의 얼굴을 쳐다보았다. 이런 가게에 이런 어린아이라니. 아무래도 이 슈퍼는 부모님의 가게나 그런 것이 아닐까 모르겠다. 아무리 높이 잡아도 중학생 정도로 보이는 앳된 얼굴. 하지만 아이의 입에서 흘러나오는 목소리는 익히 들어 알고 있었던 구자형의 목소리 그대로였다.

나는 아무런 대꾸도 하지 않고 지갑을 열어 계산했다. 무뚝뚝한 손님이야 보기 드문 것도 아니니 아이도 내게는 별 신경 쓰지 않고 핸드폰을 켜서 게임을 다시 실행시켰다.

비닐봉지에 넣은 컵라면과 음료수들을 살펴보니 젓가락이 없었다. 나는 톡톡 계산대를 두들겨 학생을 불렀다. 학생은 별 아니꼬운 손님이 다 있다는 표정으로 나를 흘겨보았다. 미안한 노릇이었다. 나는 살짝 웃어 보이며 뒤편의 젓가락 통을 가리켰다.

"안녕히 가세요."

아이는 젓가락을 건네준 뒤 내 쪽은 쳐다보지도 않고 다시 게임에 집중했다. 나 역시 물건을 받아들고는 잽싸게 가게를 나섰다.

쿵.

나는 너무 서두른 나머지 그만 문 앞의 행인과 부딪치고 말았다. 인상이 푸근해 보이는 이 아줌마는 내 절박한 표정을 보고는 미안한 마음이 들었는지 나에게 사과를 했다.

"아이고, 청년. 내가 미안해요."

구자형의 목소리로.

이리도 수더분한 아주머니가 이리도 나이스미들한 남성의 목소리로 말을 거니 이거 참, 웃어야 할지 울어야 할지 모를 일이다.

하지만 내 이 고민은 금방 결론이 났다. 저 너머에서 소리를 지르며 달려오는 경찰들이 보였기 때문이다.

"여기요! 저 사람이에요!"

문 뒤에서 방금 내게 젓가락을 건넸던 학생이 나와서 소리를 질렀다. 물론 구자형의 목소리로. 나는 결국 들고 있던 비닐봉지를 집어 던지고는 경찰들의 맞은편으로 도망을 쳤다. 아이고, 아이고. 오늘도 컵라면 하나 주워 먹지 못하고.

"서라! 거기 서!"

"잡아라!"

뒤로부터 들려오는 위협적인 목소리. 나는 저 악몽 같은 구자형의 목소리들이 들리지 않을 때까지 미친 듯이 앞만 보고 달렸다.

이야기가 갑자기 너무 급진전이 되어서 설명하자면. 내가 처음 걸렸던 구자형의 목소리가 되는 목감기가 이제 전 세계로 퍼져 남녀노소를 가리지 않는 온 인류가 구자형의 목소리를 갖게 된 것이다. 그저 단 한 사람. 그러니까 나 하나만이 감기가 다 나아서 몇십억 인구 중 유일하게 이 감기의 항체를 보유하고 있었고.

이제 세상은 더빙된 채로 돌아갔다. 후시녹음으로 이루어진 일상. 모든 사람이 성우처럼 말하고 성우의 목소리를 들었다.

구자형 바이러스가 퍼진 초기에 사람들은 이 현상을 그저 재미난 해프닝으로만 여겼다. 하지만 구자형 바이러스는 21세기의 흑사병이 되어서 지구촌 곳곳을 감염시켰다.

국회에서 여당과 야당은 구자형의 목소리로 싸웠고("법안을 통과시키자는 겁니까, 어쩌자는 겁니까?"), 뉴스 채널에서는 아나운서가 이를 구자형의 목소리로 중계했다("오늘도 국회는 격렬한 여야의 대치 속에서 혼란스러운 정국을 이어갔습니다."). 뉴스가 끝난 뒤 광고에서 수많은 여자가 단체로 군무를 추고는 구자형의 목소리로 상품을 소개했고 병원에서 갓 태어난 아이들마저 구자형의 목소리로 울고 있었다.

다들 그래도 물리적으로 무슨 문제가 생길 일이야 있겠냐 낙관했지만 상황은 그렇게 좋게 흘러가지 않았다. 모든 사람의 목소리가 같아지자 보이스피싱 사기가 속출하고 바람을 피우다 수화기 너머의 상대방을 착각해 꼬리를 밟히기도 했다.

아마 이 정도 선에서 그쳤다면 세상은, 그리고 나는 약간의 불편함만 감수하는 것으로 되었겠지만 아쉽게도 일의 진행은 그렇게 곱게 흘러가지 않았다. 어떤 멍청이가 사람들의 목소리가 완전히 똑같아진 것을 이용해서("어, 여보세요. 난데. 지금 말이야, 버튼을 누르라고.") 모 국가의 대통령을 사칭해 핵폭탄 발사명령을 내렸으니까.

이 풍진 세상에. 구자형의 목소리로 가득한 세계에서 홀로 제 목소리를 가진 나는. 수십억 인구 중 유일하게 구자형 바이러스의 항체를 가진 사람으로서 수많은 정보기관과 제약회사의 표적이 되어 이런 도피생활을 지내고 있는 것이었다.

"꼼짝 마!"

"싫어요!"

것 참. 별똥별에 소원을 빈 것 치고는 영 신통치 않은 결말이었다.

6장 Rain

"와, 이건 악몽이야."

나는 건물 안에 숨어서 바깥의 발소리가 점점 멀어지는 것을 들으며 숨을 골랐다. 어디인지도 모르고 일단 문이 보여서 마구잡이로 열고 들어왔는데, 다행히 추격자들은 내가 보이지 않을 정도로 먼 곳까지 도망쳤다고 착각했는지 골목 너머로 달려갔다.

꼬르륵, 하고 배에서 신호가 왔다. 요 며칠 제대로 된 식사를 하지 못한 탓이었다. 사람 많은 곳이나 CCTV가 있을 건물 안에 들어가기가 무서워서 뭘 먹질 못했다. 내 얼굴은 이제 온 세상 사람이 다 알았다. 전국에 수배 전단이 쫙 깔리면서 국민범죄자가 됐다.

우선은 건물 안을 둘러보기로 했다. 누가 있을지도 모르고 다른 출입구가 어디에 있는지 알아두어야 어떤 상황이라도 도망을 칠 수가 있으니까.

조금 전까지는 눈치채지 못했는데 내가 들어온 이곳은 성당이었다. 안쪽에는 파이프 오르간이 놓여 있고 그 위로는 아름다운 스테인드글라스를 통해 비치는 햇살이 십자가를 내리쬐고 있는 아름다운 성당 높은 천장에 1층과 2층 사이가 뚫려 있어 신도들이 2층에서도 예배를 볼 수 있게 마련된 멋진 곳이었다. 후, 미사 시간에야 사람들이 들어올 테니 그때까지는 푹 쉴 수 있겠다.

나는 예배당의 기다란 의자 위에 누워 핸드폰의 잠금화면을 해제했다. 추적을 피하려고 에어플레인 모드로 해놓기는 했지만 그래도 내 수중에 볼 만한 것이라고는 이 핸드폰 안의 가은이의 사진뿐이니까.

사진을 조금 보다가 채팅앱을 켰다. 가은이와 마지막으로 나눈 대화들을 확인하고 싶었다. 아. 이때가 좋았지. 지금이라도 에어플레인 모드를 해제하고 가은이에게 연락을 하고 싶었다. 어쩌면 이게 내 마지막일지도 모른다고. 그렇게 말하면 가은이가 도우러 와줄까.

이제껏 그렇게 생각하고 있으니까 도리어 연락을 참을 수 있었다. 하지만 가은이마저 골치 아픈 상황에 던져놓아서는 안 될 일이었다.

"감기는 왜 다 나아가지고 이 고생이람."

"계속해서 구자형 목소리였으면 이럴 일도 없었는데."

"가은이랑 떨어질 일도 없고."

"가은이도 날 더 좋아해 줄 테고."

이렇게 푸념만 늘어놓는 것으로 참고 있을 뿐.

"아아, 좀 제대로 살고 싶어요. 하느님."

"규칙적인 생활을 하기에는 안성맞춤인 곳이 있지."

그런 의미 없는 내 중얼거림에. 갑자기 누군가가 답을 했다.

"세 끼 식사에, 경호원까지 무료인 호텔이야."

"…예약 없이는 힘들 텐데요?"

나는 엉겁결에 질문을 던지고는 재빨리 자리에서 일어나 성당의 문 쪽을 살폈다. 그 앞에는 연갈색 코트를 입은 한 남자가 서 있었다. 브루스 리와 마쓰다 유사쿠를 반씩 섞은 것 같은 호남형의 한 남자. 그는 능글맞게 웃으며 대꾸했다.

"철창 호텔이거든."

"누구시죠?"

"시대에 뒤떨어진 카-우보이."

"인간 사냥꾼."

"맞았어."

무척이나 익숙한 대화가 오고 갔다. 하나는 곰 인형 모양의 폭탄으로 건물을 터뜨리고 다니는 테러리스트가 나오는 에피소드, 카우보이 펑크에서. 다른 하나는 마약을 훔쳐 달아나는 연인을 쫓는 에피소드, 소행성 블루스에서 나온 대화였다. 인간 사냥꾼이 날 쫓아온 것이었다.

인류 중 유일하게 구자형 바이러스의 항체보유자인 나를 두고 각국의 첩보기관 사이의 쟁탈전이 벌어졌다. 그리고 이 기관들이 내 몸뚱이에 붙여놓은 현상금 덕분에 나를 쫓는 사람은 공권력만이 아니게 되었다.

탕!

문 앞에 선 남자는 묻지도 않고 바로 나를 향해 총을 쏘았다. 세상에, 21세기 대한민국에서 성당을 무대로 하는 총격전이 말이나 되냐? 나는 바닥을 네발로 기어가며 2층으로 올라갔다.

하지만 이런 도망이야 총을 든 사람 앞에서 무슨 소용이 있을까. 남자는 유유자적하게 나를 따라 올라왔다. 스테인드글라스의 알록달록한 빛이 남자와 나를 감쌌다.

너무나도 어처구니가 없는 상황에 나는 그저 웃음만 나왔다. 남자 역시 그런 나를 보면서 함께 웃었다.

남자는 천천히 손을 들어 나를 향해 총구를 겨누었다. 무어라 다시 말을 하는 것 같은데 그 말을 놓치고 말았다. 막막한 무음이 내 귀를 가득 차 어떤 소리도 들리지 않았기 때문이다. 나는 무슨 말을 하는지 어떻게든 알아내려고 온 신경을 다해 남자의 입 모양을 읽으려 애를 썼다.

남자의 입술로부터 외 글자의 파열음이 터져 나왔음을 깨달은 순간,

나의 몸은 코뿔소에게 들이받힌 것처럼 무거운 충격에 그만 뒤로 날아갔다. 내가 성당의 스테인드글라스를 깨고 그 아래로 추락하자 그제야 아무 소리도 듣지 못하던 내 귀에 누군가가 노래를 속삭였다.

7장 Green Bird

Meria mortre ever greet shawel Graing graing gra.
Mertis a moti e chest a gron tu Saing saing sa.
Mi af marka dia on di eva green.

8장 Memory

"나는 단지 깨지 않는 꿈을 꾸고 있을 뿐이야."

암요, 그렇고 말고요. 무수하게 많은 과거의 잔상을 지나
친 뒤에야 나는 겨우 눈을 떴다. 내 옆에는 나에게 총을 쏜
남자가 앉아서 담배 한 개비를 물고 있었다. 몸을 일으키기
도 귀찮은 나는 고개만 돌려 남자의 눈을 바라보았다. 예상
대로였다.

"마치 양파껍질을 벗기듯 끝없이 이어지는 꿈, 현실로 돌
아갈 수 없는 그런 끔찍한 꿈이었어."

"눈동자 색이 서로 다르군요."

"왼쪽 눈으로는 과거를 보지."

정해진 대답이 나왔다. 그래, 그렇다. 이건 꿈이었다. 어
디부터가 꿈인지는 모르겠지만 지금 이 순간만큼은 꿈이 확
실했다. 생각을 조금만이라도 했으면 바로 깨달았을 문제였
다. 구자형 바이러스라니, 나를 제외한 온 인류가 이 바이러
스에 감염되어 모든 사람이 구자형의 목소리로 말을 한다니,
꿈만 같은 소리이지 않은가.

전염병이 그렇게 쉽게 퍼질 리도 없고 핵폭탄이 그처럼 간
단히 터질 리도 없다. 홍콩 누아르 영화에나 나올 법한 성당
이 있을까. 게다가 일반상식을 갖춘 성인이 건물에 숨어든 뒤
에야 그곳이 성당임을 깨달을 정도로 둔할 수도 없다. 지금
여기 나는 꿈속이다.

주변은 완전히 새하얀 색이었다. 벽도 천장도 없이, 어쩌
면 바닥도 없이 이 안에는 나와 남자뿐이었다. 이게 꿈이 아
니고 뭐겠어. 스스로가 한심한 나머지 그만 길게 한숨을 내뱉

었다. 내 옆에 앉은 현상금 사냥꾼도 길게 담배 연기를 내뿜고는 웃으며 나를 바라보았다.

"오른쪽 눈에 대해서는 묻지 않나?"

"어떤 대답이 나올지 알고 있으니까요."

브루스 리와 마쓰다 유사쿠를 반씩 섞은 것처럼 같은 호남인 이 남자의 정체를 이제야 깨닫다니. 누구긴 누구겠는가. 구자형의 목소리를 하고 껄렁한 표정에 담배를 꼬나문 남자를 꿈속에서 만났으면야.

'시대에 뒤떨어진 카-우보이'에서 눈치를 챘어야 했다. '시대에 뒤떨어진 카-우보이.' 그냥 카우보이가 아니었다. '카-우보이.' 카에서 우로 빠질 때 약간의 바람 빠지는 소리, 결정적인 히읗 발음이 들어간 카-우보이였다. 스파이크 스피겔, 〈카우보이 비밥〉의 주인공. 내가 구자형이라는 사람을 알게 된 계기. 스페이스 카우보이.

꿈에마저 만화 캐릭터가 나오다니. 아무래도 나 중증은 중증이다. 처음에 건넨 인사말부터가 스파이크가 〈카우보이 비밥〉에서 곰 인형 안에 폭탄을 설치해서 터뜨리는 테러리스트 테리를 쫓을 때의 대사와 똑같지 않았던가. 무섭다, 내 이드. 두렵다, 내 잠재의식.

"나는 단지 깨지 않는 꿈을 꾸고 있을 뿐이야."

내 옆에 앉은 남자는 다시 내가 꿈에서 꿈으로 깨어날 때 했던 말을 되풀이했다. 스파이크 스피겔의 명대사 중 하나였다. 누구보다도 자유로워 보이지만 누구보다도 과거에 얽매인 남자가 할 법한 대사 말이다.

"너는 어떻지?"

"네?"

"너도 나처럼 꿈에서 깨어나지 않을 셈인가?"

흠. 스파이크, 이 사람 말투가 2000년대 초반의 말투라는 점은 내 꿈이지만 참 고증이 잘된 부분 같다.

"글쎄요. 잘 모르겠어요."

"어디부터가 꿈이었죠? 성당에 들어갔을 때? 슈퍼에서 컵라면을 샀을 때? 가은이가 감기에 걸렸을 때? 입을 맞추었을 때? 내 목소리가 구자형처럼 되었을 때?"

"진짜 모르겠네요."

"만약 입을 맞춘 기억마저 사라진다면 꿈에서 깨고 싶지 않아요."

"제가 왜 이런 꿈을 꾸었을까요?"

"자신감 부족. 자존감 부족."

"내가 모자란 사람 같고. 다른 사람이 되고 싶고."

"하지만 그 무엇보다도 이렇게 자신에게 만족 못 하는 나 자신이 가장 한심하고 밉고."

"혼이 나야겠다는 생각이 들고."

"그러니 꿈마저 엉망진창이 되고."

"멍청이."

"구자형은 최고니까."

"가은이가 최고라서 나도 최고가 되고 싶었어."

남자는 내 자조 섞인 한탄을 간단히 단 한 마디로 정의했다.

"정말 신파로군."

부정할 수 없지.

"그냥 나 여기서 이대로 살면 어떨까요? 나쁘지 않은 이야기잖아요. 꿈속에서 영원히 사는 거."

"어린아이 같군."

"그렇죠."

"꿈을 꾸려면 혼자서 꾸라고. 여기는 내 꿈이니까."

남자는 내 옷의 멱살 부분을 잡고는 문이 있는 곳으로 질질 끌고 갔다. 아무것도 없다고 생각했던 곳에 갑자기 문이 보였다. 꿈다운 일이다. 나는 몸을 비틀어 남자에게서 벗어나려 했지만 쉽지 않았다. 꿈속이라고 다 꿈처럼 잘되지는 않는 것이다.

"이봐요. 이건 꿈이잖아요? 서사 속의 인물이 꿈에서 특별한 인물을 만나면 무언가 가르침을 듣고 계시를 받는다고요. 교훈을 얻는 거죠. 그런데 지금 이렇게 끝내면 어떻게 해요?"

계속 발버둥 치지만 남자는 전혀 아랑곳하지 않았다. 태양계의 쟁쟁한 현상수배범들을 쫓던 카우보이니만큼 그 악력도 대단했다.

"냉장고 안의 음식은 그냥 놔두면 안 된다."

"네?"

"그게 교훈이야."

남자는 문을 열었다. 그 뒤는 지금 이곳과 반대로 무저갱의 어둠뿐. 남자는 나를 붙잡고 있던 손을 놓고는 내 등을 발로 뻥, 차버려 그 안으로 떨어뜨렸다. 추락하는 꿈은 키 크는 꿈이라던데. 이 나이 먹어서도 커야 할 키가 아직 남았나.

나는 꿈에서 현실로 추락하면서도 나를 떨어뜨린 남자의 얼굴을 놓치지 않기 위해 안간힘을 썼다. 웃고 있었다. 언제나처럼. 내가 동경하던 미소를 지으며. 하, 이것 참.

'아디오스. 카우보이.'

9장 Car 24

"흠흠…, 흠…, 흠…."

콧노래 소리에 잠이 깼다. 낯익은 무늬를 한 천장이 반갑다. 방은 얼마나 보일러 온도를 올렸는지 덥다 못해 쪄 죽을 지경이고. 내 이마는 얼음팩의 날카로운 냉기로 차게 식었다. 몸을 뒤척이자 땀으로 흠뻑 젖은 옷에 공기가 들어와 한기가 느껴졌다.

"응? 드디어 깨어났네."

목소리.

가은이의 목소리.

"사흘이나 연락이 없다 했더니, 이렇게 쓰러져 있고."

"아…, 으어…, 아."

감기가 혹독했는지 목이 제대로 열리지를 않았다. 도대체 어디부터 어디까지가 꿈이었는지. 일단 지금 내가 확신할 수 있는 건 내 목소리가 구자형의 목소리는 아니라는 것이었다.

나는 간신히 팔을 들어 손짓해 가은이를 불렀다.

"응."

"…뽀뽀."

"응?"

나는 말했다. 스파이크도. 긴토키도. 우치하 이타치도. 제로스도. 정대만도. 텔레토비 마을의 나레이터도. 구자형도 아닌 나의. 나만의 목소리로.

"뽀뽀하자."

"뭔 개소리야."

내가 반한. 가은이의 냉기 어린 표정.

"너무나도 하고 싶어."

내가 반한. 가은이의 냉기 어린 표정이 살짝 녹아내리는 순간.

"이제야 겨우 말 같은 소리를 하네."

콩.

쪽.

가은이는 이마를 콩 부딪치더니 입술을 쪽 맞추고는.

"잘했어."

라고 칭찬하며 내 머리를 쓰다듬었다.

〈구자형 바이러스〉 후기

　구자형 성우님이 〈월간영웅홍양전〉을 낭독해주신 이후 성
우님을 몇 번 직접 뵐 기회가 있었다. 덕분에 성우업계 내부
의 이런저런 재미난 일화도 많이 들었고, 10대 시절부터 간
직한 팬심을 채우기도 했다. 그런 와중에 참 가슴 아픈 이야
기를 하나 들었다. 배우나 감독은 다 이 작품이 자기 작품이
라고 말할 수 있는 반면, 성우들은 그런 경우가 잘 없다는 것
이다.
　물론 나에게 있어서는 〈카우보이 비밥〉의 스파이크는 구
자형 성우님 버전 하나뿐이다. 하지만 이 문제는 내가 그렇
다고 느끼는 것만으로는 해결되지 않는다. 그래서 다짐했다.
없는 솜씨로나마 구자형 성우님에게 헌정작을 하나 써서 바
치겠노라고. 그리고 그 헌정작은 구자형이 아닌 그 누구도 연

기할 수 없는 내용이 될 것이라고. 〈구자형 바이러스〉는 그렇게 나온 글이다.

나는 나 자신을 SF 작가로 규정하기는 하지만 그럼에도 불구하고 작가로서의 정체성이 약한 편이다. 지망생 기간이 너무 길었던 탓이다. 대신 나는 팬으로서의 정체성이 강하다. 이는 내게 있어 단점이기도 장점이기도 한데, 이 작품에 한정해서는 장점으로 작용했다고 본다. 예술적 완성도와는 다른 잣대가 적용될 작품이기도 하고 말이다. 조금 더 많은 작품의 많은 배역 이야기를 하지 못한 것만이 아쉬울 따름이다.

이 작품은 구자형 성우님에 대한 헌정작인만큼 구자형 성우님이 어떻게 쓰셔도 자유다. 애초에 헌정작의 권리를 내가 독점하는 것도 우스운 일이니 말이다. 출판사에도 단편집 계약에 앞서 이에 대한 양해를 구했다. 돈 없이 가난한 내가 할수 있는 팬질로는 이 방향이 최선이지 싶다.

나의 출신이 출신인지라 소설의 형태를 하고 있기는 하지만 기본적으로는 낭독을 전제로 하고 쓴 글이다. 유튜브에서 구자형 성우님과 북텔러리스트 여러분이 낭독한 영상을 찾을수 있다. 구자형 성우님의 폭넓은 연기력을 감상할 수 있다. 한 번은 무대에서 공연한 적도 있다. 구자형 성우님이 이 영상을 공개하시고 싶다 하신 적이 있으니 곧 공연 파일도 찾아볼 수 있을지 모른다.

글을 쓰며 가장 즐거운 때는 현실과 가상의 경계가 모호해지는 순간이다. 데뷔작인 〈무안만용 가르바니온〉도 그랬지만

〈구자형 바이러스〉 역시 무게중심이 서사밖에 놓여 있고 작품 외적인 현실이 작품 내의 인물들에게 간섭한다. 앞으로도 이런 장난을 자주 쳐보고 싶다.

〈구자형 바이러스〉가 구자형 성우님에게 바치는 헌정작이라고 밝히기는 했지만 나와 동시대를 살았던 서브컬쳐 동지들에게 바치는 글이기도 하다. 2년 정도 소재를 더 묵혔다면 훨씬 나은 글이 나왔겠으나 동지들의 나이를 생각했을 때 구자형 성우님이 구자형 성우님의 이야기를 낭독하는 이벤트는 가급적 이르면 이를수록 좋겠다고 판단해 최대한 빠른 시간 내에 쓰게 되었다. 90년대 컨텐츠에 대한 추억회상은 20년대까지 끌고 가선 안 되지 싶다. 애초에 내겐 시대를 초월하는 명작을 쓸 능력이 없으니, 이런 이벤트를 기획하는 쪽이 더 적성에 맞는 것 같다.

05
비인가하교자문위원
선홍지의 청춘개론

0

화장실 문을 열자, 그곳은 행정사무실이었다.

1

윤돈고등학교 2학년 3반 17번 정오손은 눈을 비비고는 문을 닫고 문패를 확인했다. '비인가하교자문위원실.' 친구 서동후에게서 들었던 이름 그대로였다.

지금은 쓰지 않는 윤돈고등학교의 B동 2층 남자 화장실 2번 칸과 1번 칸을 찾아가라던 영문 모를 조언을 반쯤 의심하며 와봤지만 이런 상황은 예상하지 못했다.

'미쳤나 보다.'

오손은 극심한 스트레스가 환각작용을 일으켰으리라 단정하고 다시 문을 열었다. 하지만 현실인지 환각인지 모를 풍경은 조금 전과 다른 곳 하나 없었다.

일반적으로 B동 2층 남자 화장실 '2번 칸과 1번 칸'이라는 설명은 '2번 칸 또는 1번 칸'이라는 의미일 텐데 그렇지가 않았다. 분명히 칸마다 양변기가 하나씩 있고 칸막이 하나로 공간이 분리되어 서로의 볼일을 서로가 볼일이 없어야 할 곳인데 그 칸막이가 없었다. 두 개의 방과 방 사이의 벽을 허물어 큰방 하나를 만든 불법개조 임시 건물처럼, 문은 두 개지만 그 안은 넓게 하나였다.

양변기는 있었다. 단 그 변기와 그 주변 시설은 A380 항공기의 일등석을 방불케 하는 호화사양이었다.

온열 기능이 부착된 비데는 일을 보지 않더라도 편히 앉을 수 있도록 뚜껑 위에 폭신폭신한 방석을 얹었으며 기대기 좋게 등받이도 달렸다. 바닥에는 미끄럽지 않도록 고급스러운 소재의 러그를 깔아놓았다. 원래 칸막이가 세워졌을 곳에는 전기난로가 놓여 습하고 냉해지기 쉬운 화장실의 공기를 부드럽게 녹이고 있었다.

'미쳤나 보다.'

오손은 숨을 들이켜 보았다. 역시. 꽃향기였다. 싸구려 방향제에서 나는 후로랄한 냄새가 아니었다. 약간 서툰 솜씨더

라도 정성 들여 만든 수제 포푸리의 은은한 그런 꽃향기. 형광
등도 학교에서 마련한 싸구려 불빛이 아니었다. 혹시나 싶어
핸드폰을 꺼내보니 와이파이도 잡혔다.

"어서 오세요."

칸이 두 개니 변기도 두 개. 오손은 고개를 돌려 1번 칸 변
기 위에 앉아있는 소녀를 바라보았다. 츄파춥스를 입에 문 학
생. 이 사람이 미친 사람인가 보다. 변기 옆에 간이식 책상을
설치해 네다섯 권의 책과 문제집 그리고 노트북을 올려놓은
모습을 보면 이 화장실의 주인은 이 사람이 분명했다.

아주 짧은 쇼트커트. 깡마른 몸매에 쏘아붙이는 듯 날카로
운 눈매 그리고 매부리코의 콧날 덕에 강한 인상. 오손에게 인
사를 건넨 그 목소리는 친절하기는 했지만 냉랭한 표정은 지
우지 않았다.

"언제나 고객 만족이 최우선, 학교라는 지옥에서의 빠른 탈
출을 위해서라면 수단과 방법을 적당히만 가려가며 윤돈고등
학교 교칙의 위법과 합법 사이의 경계에서 보조하는 비인가하
교자문위원회 대표 선홍지입니다. 무슨 일을 도와드릴까요?"

2

"어, 나 같은 반의 정오손인데. 동후가 와보라고 해서 왔
거든."

"아하. 화학부의 서동후? 그래. 반가워."

홍지는 사탕을 입에서 꺼내고는 웃으며 악수를 청했다. 악수라니. 어른과 만난 것도 아닌 상황에 동년배끼리 이런 인사를 할 일이 없던 오손이지만 홍지의 기세에 말려 얼떨결에 손을 잡고 흔들고 말았다.

"옵치 대회는 아쉽게 되었네. 앞에 앉겠어? 아니면 밖에서 이야기할까?"

오손은 놀란 눈으로 홍지를 보았다. 같은 반이지만 잘 모르는 사이였다. 이제 3월 첫 주고 개학한 지 얼마 되지 않아 얼굴을 익히지도 못한 시기였다. 1학년 때도 만난 적이 없었고. 그런데도 이 아이는 내가 며칠 전에 온라인 게임 오버워치의 대회 예선에 참여했다는 것을 무슨 수로 알았을까? 여러 가지 의문 속에 오손은 홍지의 권유대로 변기 뚜껑 위에 놓인 포근한 방석 위에 앉아 그 안락한 촉감에 다시 한 번 놀라며 질문을 던졌다.

"나를 알아?"

"아니. 전혀. 일단 본론으로 들어가자. 네, 무슨 용무로 찾아오셨죠?"

말을 돌리고는 기계적으로 웃어 보이는 홍지. 오손은 떨떠름한 표정이 되어서 윤돈고등학교 B동 2층 남자 화장실 2번 칸과 1번 칸 '비인가학교자문위원실'에 찾아오게 된 사연을 설명하기 시작했다.

"그게 어떻게 된 일이냐면."

3

"아닥은?"

"아닥하래."

하루 전 일이었다. 그때 오손의 한숨 섞인 대답에 동후는 쓰게 웃었다. 교무실 앞까지 쫓아 온 보람이 없었던 탓이다. 오손과 달리 기대도 하지 않았던 동후지만 그렇다고 기분이 좋을 리도 없었다.

"이번에는 뭐라면서 막던?"

"신학기라서 곧 실력 테스트 볼 거니까 공부나 하고 있으래."

"역시나. 내가 뭐랬냐. 아닥은 말로만 만날 청춘, 청춘 그러지 자기네 반 애들 조퇴 같은 거 시켜준 적 한 번도 없다니까?"

여기서 아닥은 윤돈고등학교 2학년 3반의 담임, 나순태를 말한다.

'러프(Rough). 거친, 미완성의, 평평하지 않은 길 등등, 여러 가지 의미가 있다. 러프 데생이라는 말도 있지. 아무리 멋진 그림도 터프한 스케치부터 시작한다. 너희들은 아직 스케치 단계다. 이제부터 몇 번이고 선을 그리며 스케치를 하다 그 속에서 자신만의 선을 찾아내야 한다!'

학기마다. 아니 조회시간마다 토씨 하나 틀리지 않고 아다치 미츠루의 청춘 만화에 나오는 명대사를 읊어서 붙은 변명이었다. 나순태의 반에 배정되거나 수업을 듣게 된 학생들은 이 촌스러운 젊은 교사의 낡디 낡은 취향을 강요받을 운명이었다.

'학교? 수업? 성적? 이런 것들이 뭐가 중요하지? 말만 해라! 너희들이 청춘을 위해 온 정신, 온 마음을 다 쏟아부을 각오만 있다면 말이다. 아다치 미츠루처럼 언제라도 너희들을 이 답답한 새장에서 내보내 줄 테니까. 모든 재량을 다해서 조퇴든 뭐든 시켜줄 테니까. 청춘이니까!'

아닥은 언제나 이런 레퍼토리로 청춘찬가를 읊었지만 정작 조퇴를 허가받은 학생은 이제껏 단 한 명도 없었다. 조퇴를 신청한 학생들 모두 열정이 부족하다는 것이 그 평계였다.

"너도 다른 놈들이랑 마찬가지였나 보지. '열정 함량 미달.' 너의 김꽃비를 향한 사랑도 고작 그뿐이었다는 이야기 아니냐?"

동후는 이죽거리면서 오손의 속을 긁었다.

"아니거든."

"아니기는. 그 배우를 보러 가는 일이 별것도 아닌 거지. 고작 그 배우가 나오는 신작 영화가 개봉하고 관객과의 대화 이벤트가 있다는 사유 정도로 아닥이 야자를 빼줄 리 없잖아. 그러면 네가 아닥 앞에서 너의 김꽃비를 향한 사랑을 증명해야 했는데 아이고? 실패했네?"

"아닥이 말귀를 못 알아먹는 거지. 김꽃비 보는 거 별 거고 나는 설명 잘했어."

아닌 게 아니라 오손은 평생 이리도 간절히 누군가에게 빌어본 적이 없었다.

'김꽃비요? 진짜 예쁘거든요! 아니, 그냥 예쁜 게 아니에요. 웃을 때마다 보는 제가 혈압이 올라요. 제 심박수가 280 BMP로 점프하거든요! 아주 인간 제세동기라니까요? 제가 물에 빠졌다가 기절했을 때에는 심폐소생술 같은 거 할 필요 없이 이 배우 목소리만 들려주면 된다고요!

이 배우 신작이에요. 꼭 보러 가야 해요. 그것도 그냥 보러 가는 게 아니라 관객과의 만남 이벤트에 보러 가야 한다고요. 네, 맞죠. 배우나 감독이 이런 GV 이벤트를 열면 꼭 이상한 애들만 모여서 괴상한 질문만 하는 거 맞아요. 그런데 그런 게 중요한 게 아니라니까요? 김꽃비예요! 김꽃비라고요! 지구 상에 개만도 못한 인간이 70억 명이 있어도 70억하고도 1명째가 김꽃비면 다 견딜 수 있는 거예요!

제가 영화랑 관객과의 만남 둘 다 보겠다고는 하지 않을게요. 욕심이 많죠. 영화가 6시 시작이거든요. 영화관까지 가려면 6교시도 빠져야 하니까 좀 그렇죠. 6교시는 또 선생님 수업이잖아요. 야자만 빠질게요. 잽싸게 GV만 보러 갈 테니까.'

하지만 오손의 이런 필사적인 설득은 아닥 앞에서는 일절 통하지 않았으니. 아닥으로서는 오손에게 자신의 별명처럼 행하기를 요구했다.

"그때 방벽만 들었어도….'"

"됐고. 이미 끝난 일을 어쩌겠냐?"

동후는 한숨을 쉬는 오손을 못 봐주겠다는 듯이 고개를 젓고는 지갑에서 종이쪼가리 한 장을 꺼냈다.

"권하고 싶지는 않았는데. 나중에 원망하지 마라?"

"뭘?"

오손은 동후에게 건네받은 명함을 자세히 살펴보았다. 그 위에는 간단한 약도와 함께 '비인가하교자문위원회. B동 2층 남자 화장실 2번 칸과 1번 칸'이라는 문구가 적혀 있었다.

"여기로 가봐. 알았지?"

"B동? 여기를 왜?"

"야자나 수업을 빠지고 싶어 하는 사람들을 위한 상담소야. 그러고 보니 너 3반이던가? 여기, 아마 너희 반 애가 운영하는 곳일걸?"

4

"이렇게 된 건데. 진짜야? 해줄 수 있어?"

다시 현재로 돌아와, 화장실 안. 오손은 떨리는 목소리로 홍지에게 물었다.

처음에 오손은 동후 얘가 도대체 무슨 헛소리를 하나 싶었다. 땡땡이를 치고 싶어 하는 학생을 위한 해결사라니. 그것도 화장실에서 살고 있는. 도무지 신뢰가 가지 않는 이야기였지만 화장실에 마련된 사무실을 보니 없던 믿음도 생겨났다. 이렇게까지 학교를 개똥으로 아는 애라면 뭐라도 할 애였다.

"하필이면 아닥이란 말이지. 쉽지는 않겠네."

전문가다운 표정으로 고민하는 홍지. 고민이 길어질 법하자 방금 입에서 꺼냈던 츄파츕스를 다시 물었다. 오손은 그런 홍지의 입술이 어떻게 움직일지 주시하면서 의사의 진단을 기다리는 환자처럼 안절부절못했다. 홍지도 진단서를 작성하는 의사처럼 노트북의 파일을 이것저것 건드리고는 운을 뗐다.

"정오손. 윤돈고등학교 2학년 3반 17번. 남자. 이과반. 부활동은 수학부. 우리 학교 수학부면 태권도부나 미술부랑 달리 대회 참석할 일도 없이 그냥 부활시간에 자습하는 곳이고. 학원도 다니지 않음. 별다른 특기도 없음. 오. 조퇴 사유로 삼을 게 참 없으시네요."

"그러게나 말이지. 아니, 나에 대해서 어떻게 그렇게 잘 알아?"

"이번 주에 학교 전산망에서 자료를 백업했거든. 부모님은?"

"건강하시고 맞벌이신데 그게 문제가 아니라, 자료 백업이라니!"

"기업비밀입니다. 형제자매는?"

"없어."

"결혼할 연령대의 사촌도?"

"먼 동네에 살고 다들 나보다 어려."

"병결로 하겠습니다. 지병이나 사고경험이 있으십니까?"

"아니, 지나치게 건강해."

"하나 적당히 만들어드릴게요. 원하시는 병명을 말씀해주세요."

"진짜로 아프면 영화를 보러 가지 못하잖아."

"꾀병을 부리시면 됩니다."

"연기할 자신이 없어."

"후유증이 남지 않는 약물 복용과 간단한 메이크업으로 누구나 가능합니다."

"우리 집이 병원인데."

"이런! 그러면 힘들겠군요. '닥터' 오손."

홍지는 골 아프다는 듯 미간을 찌푸렸다. 오손도 할 말이 없었다. 너무나도 평범하게 살아온 자신이 이제 와서 땡땡이라니.

"하지만."

"하지만?"

"네가 비인가하교를 하려는 이유가 마음에 든다. 비인가하교자문위는 언제나 팬질과 덕질을 응원하지. 좋아요. 좀 과격한 방법을 쓰긴 해야겠지만 의뢰를 수리하겠습니다. 그래, 김꽃비 GV 이벤트는 언제야?"

홍지는 예의 그 기계적인 미소를 지으며 오손을 안심시켰다. 오손 역시 홍지의 프로페셔널하고 자신 넘치는 태도를 보고 목소리가 밝아졌다.

"영화 개봉은 목요일, 관객과의 대화 이벤트는 금요일이야!"

"시간은?"

"목요일은 8시 영화. 금요일은 6시 영화고 GV는 7시 반."

홍지는 혀를 굴려 츄파춥스를 이리저리 굴렸다. 사탕에 달린 막대가 상하좌우로 움직이는 것으로 그 안의 움직임을 상상할 수 있었다.

"목요일은 야자만 빼면 되는데 금요일은 6교시도 빼야 하네. GV만 봐도 돼?"

"응. 영화는 주말에 보러 가면 되니까."

"오늘은 화요일…, 좋아. 앞으로 사흘 안에 너는 비인가하교의 달인이 될 거야."

5

"이 햄버거의 패티는 비둘기 고기로 만든다는 도시 전설이 있었다더라."

"비둘기를 사냥하려면 돈이 엄청 들 것 같은데 왜 그런 소문이 돌았을까?"

"도무지 닭고기 맛이 나지 않아서겠지. 이 정도로 맛없는 고기에 소스로 얼버무려서 미각을 마비시키는 건 연금술의 영역이라니까."

다음 날, 학교매점. 테이블에 앉아 한창 불평을 하는 홍지였지만 매점 햄버거를 입에 넣기를 멈추지는 않았다. 어찌 됐든 가장 맛있는 밥은 남이 사주는 밥이니까. 오손은 햄버거로 꽉 찬 홍지의 양 볼을 보니 웃음이 나왔다.

"이거면 돼? 음료수도 사줘?"

"아니, 이건 필요경비야. 대금은 나중에 청구할 거니까."

오손이 비인가교 의뢰를 한 후 홍지는 다음 날 점심시간 매점으로 나오라고만 말할 뿐 별다른 조언은 주지 않았다. 그리고 약속한 시간이 되자 자연스레 이렇게 햄버거를 얻어먹고 있는 것이었다.

호리호리하고 길쭉한 홍지는 햄버거에 샌드위치 그리고 후식으로 초콜릿 과자까지 즐기는 반면 짤막하고 앳된 오손은 등굣길에 사놓은 삼각김밥 두 개로 간단히 식사를 때웠다.

"하지만 과자 상자는 돌려줄게. 요즘 시계 이벤트잖아."

홍지는 아무런 표정의 변화도 없이 다 먹은 과자 상자를 곱게 접어서 오손의 손에 쥐여주었다. 과연 상자 뒤편에는 바코드 밑에 옵치 관련 사은품을 응모할 수 있는 추첨번호가 적혀 있었다. '옵치'는 오손이 좋아하는 게임 '오버워치'의 약칭이었다. 오손과 동후는 오버워치의 지역 피시방 대회 예선 3차전까지 진출할 정도로 푹 빠졌다.

"그래, 전에도 물어보고 싶었어. 내가 오버워치를 좋아하는 건 어떻게 알았어? 동후가 전에 내 이야기를 해줬어? 둘이 많이 친한 사이야?"

"아니. 하지만 어떻게 그걸 모르겠니."

홍지는 두 눈을 동그랗게 뜨고는 예의 그 속사포 같은 말투로 설명을 시작했다.

"고객이 들어왔다. 모범생 스타일. 눈빛을 보니 조퇴가 간절. 오른손에는 굳은살. 위치나 생김새를 보아 FPS 게임을 자주한 탓. 최근에 열린, 조퇴를 할 수 있을 만한 규모의 FPS 게임 대회? 오버워치. 굳은살이 생긴 지는 오래되지 않았으니 부랴부랴 준비. 대회보다는 대회 출전을 사유로 조퇴할 속셈. 나를 만나러 왔으니 예선을 통과하지는 못했음. 게임 폐인에 실력자로 유명한 서동후에게 나를 소개받을 정도로 친한 사이. 아마 본인 실력도 나쁘지 않다. 아쉬운 석패였을 것. 맞아?"

"맞아…. 너 정말 대단하다."

"알아."

고개를 끄덕이는 홍지. 고개를 숙이는 오손.

"고객님. 이번 작전에는 두 가지의 난점이 있어요."

"난점?"

홍지는 다 먹고 남은 쓰레기를 깔끔하게 정리해서 뒷정리한 뒤 테이블로 돌아와 강의를 펼쳤다.

"하나는 작전 시행일이 학기 초 실력 테스트를 보기 직전이라는 것. 차라리 중간이나 기말이면 선생들이 시험문제를 만드느라 바쁘기도 하고 공부를 열심히 하는 애들은 야자 빠져도 집에 가서 공부할 것이니까 크게 참견을 하지 않는데 말이야. 지금은 새 학년이 되었고 군기 잡는다면서 깐깐하게 굴 타이밍이야."

"다른 하나는?"

"우리 반 담임이 아닥이라는 것. 흥. 386 꼬붕들 꼰대질 아주 진상이라고."

고개를 설레설레 저어가며 짜증을 감추지 않는 홍지. 오손은 이런 이야기를 들으면 들을수록 금요일의 비인가하교가 비현실적으로만 다가왔다.

"그러니 음료수는 나가서 사줘."

"뭐?"

"놀라기는. 어차피 금요일에 야자도 빠지고 영화배우 보러 갈 예정인데 점심시간에 잠깐 나갔다 오는 건 뭐 어떠냐? 배짱 키워놔야 해. 작전 시행일을 대비해 담 좀 넘어보는 것으로 담 좀 키워놓을 필요가 있는 거지."

'재미없어….'

홍지는 오손이 웃든 말든 상관도 하지 않고 자기가 내뱉은 농담에 어깨를 으쓱한 뒤 이내 정색하고는 평소의 그 냉정한 표정으로 돌아와 강의를 재개했다.

"고객님한테 모자란 것은 정당히 조퇴를 얻어낼 방법만이 아니에요. 목표를 위해서, 김꽃비를 위해서라면 어떤 거짓말도 불사하고 선생들을 속여 넘길 수 있을 각오와 이를 수행할 자신감이 모자라시거든요. 작전 시행일까지는 어떻게든 감을 키우셔야 해요. 아시겠어요?"

"아시겠어요…."

"아셨습니다. 그러면 오늘의 디저트는 맥도날드 밀크셰이크가 되시겠네요!"

"어, 이것도 필요경비야?"

"응, 이것도 필요경비야."

6

윤돈고등학교 정문 앞. 홍지는 멍하니 서 있기만 하는 반면 오손은 어찌해야 할 바를 몰라 우왕좌왕하며 가만히 있지를 못한다.

"어허, 착하지. 진정해."

"정문? 정문으로 나가?"

"담 키우게 담 넘자고는 했지만 정문으로 나가는 게 더 담이 커지잖아."

오손은 농담인지 아닌지 확인을 하기 위해 홍지의 표정을 몇 번이고 살폈다. 하지만 그 얼굴은 어느 때보다도 더욱더 기계적이다 못해 심드렁한 표정이었다. 정말일까. 얘가 지금 나를 아예 학생부로 보내버리려고 이러는 것은 아닐까. 의심만 커졌다.

"어떻게 나가는데? 조퇴증이라도 받아야 하는 거 아니야?"

"얘는. 점심에 잠깐 맥도날드 좀 갔다 오는데 무슨 조퇴증까지 받니."

"경비 아저씨가 잡지 않아?"

"그러니까 당당히 걸어. 우물쭈물하면 괜히 의심만 산다."

홍지의 조언에도 불구하고 오손의 눈동자는 여전히 떨렸다. 정문 앞에는 나이 많은 경비가 의자에 앉아 라디오를 들으며 반쯤 졸고 있었다. 어, 아르고호의 원정에서 영웅들은 잠들지 않는 용을 약으로 재워 그사이 황금 양털을 가져와야 했는데. 아마 그네들도 지금 문밖을 향하는 오손의 심정과 같지 않았을까.

"김꽃비를 생각해. 네가 금요일에 보러 갈 어여쁜 영화배우의 미소를 생각하라고."

얼어붙어 움직이지 못하는 오손의 귓가에 홍지는 용기를 불어넣는 한마디를 건넸다. '김꽃비.' 만년모범생 오손이 학교를 빠질 각오를 다지고 홍지를 찾아올 정도로 좋아하는 영화배우의 이름을 말이다.

살금살금. 장난감 공에 온 정신이 팔렸음에도 전혀 그런 척을 하지 않는 새끼 고양이처럼 걷는 오손에 비해 성큼성큼. 홍지는 산책하러 가는 대형견처럼 아예 뛰어다니기 직전이었다.

꾸벅꾸벅. 고개를 계속해서 흔드는 경비. 홍지와 오손은 이제 정문을 나섰다. 쿵쾅쿵쾅. 심장은 터질 것만 같은데 난생처음으로 하는 점심시간 외출은, 너무나도 따분하게 시키는 대로만 살아왔던 오손에게 이 순간은 홍지의 의도대로 감격이 터지고 담이 커지는 계기가 되었다. 아, 김꽃비는 이렇게 보러 가면 되는 것이구나!

"어, 야, 너네."

때마침 경비가 끄덕이던 고개를 들고 잠에서 깨어나 홍지와 오손의 등 뒤로 말을 걸면서 바로 사라진 감격과 쪼그라든 담이었지만, 일순간이나마 그랬다는 얘기였다.

홍지와 오손은 조심스레 뒤를 돌아보았다. 경비는 아직 졸음을 다 떨치지 못했는지 기지개를 한 번 켜고는 둘을 그저 바라만 보았다. 오손은 얼어붙어 아무 말도 하지 못했다.

그런데 홍지는 춤을 췄다.

우아하게.

'어떻게, 내가, 움직일 수 없게, 날 Ooh Ahh Ooh Ahh 하게 만들어줘.'

너무나도 유려하게 움직이는 홍지의 몸놀림은 오손과 경비는 머릿속에서는 자동으로 음악이 재생되게 만들 정도였다. 도대체 이 무슨 난장판이란 말인가.

"학생, 뭐 하냐?"

"아저씨가 말이 없으시니까 저라도 뭘 해야 할 것 같아서요."

경비는 당돌한 홍지의 대꾸에 그만 피식하고 웃은 뒤 다시 질문을 던졌다.

"너희 지금 뭐하러 나가는데?"

"땡땡이치려고요."

"진짜?"

오손은 봄볕 속에서 한겨울의 냉기를 느꼈다. 등줄기를 시원히 얼려주는 에어컨 같은 친구, 홍지. 경비의 표정도 일순

굳었다.

"그리고 나순태 선생님이 식사하시면 속이 안 좋다고 하셔서 소화제도 사 올 거예요. 아저씨도 심부름 부탁하실 거 있으면 돌아오는 길에 편의점에서 뭐 하나 사다 드릴게요."

"음, 그러면 여기 오천 원 줄 테니까 컵라면 좀 사와라. 뚜껑 큰 거."

"넹."

홍지는 잽싸게 경비의 손에서 지폐 한 장을 낚아채고는 신이 나서 쪼르르 문밖으로 달려나갔다. 그리고 그 뒷모습을 지켜보던 오손도 덩달아 홍지의 뒤를 쫓았다.

"홍지야. 아닥한테 언제 그런 부탁을 받았어?"

"아니!"

"거짓말을 한 거야?"

"아니!"

정색을 하는 홍지.

"나는 부탁 받았다고 한 적이 없어. 그냥 아닥은 밥 먹으면 속이 안 좋다고 투덜거린다고만 했지. 실제로 아닥은 맨날 그러잖아."

뻔뻔한 홍지의 대답에 오손은 대꾸할 말을 잃었다. 틀린 말은 아니었다. 하지만 궤변이었다. 방금 이야기에서 누구나 홍지가 오손의 심부름으로 교문 밖을 나간다고 생각했을 테니까. 땡땡이를 치러간다고 솔직하게 대답한 것 역시 마찬가지였다. 앞선 기괴한 춤도 그렇고 그 당당한 땡땡이 선언은 농담으로 들릴 수밖에 없었다. 덤으로 경비의 시선을 얼어붙은 오손이 아닌 우아한 홍지로 돌릴 수도 있었고.

"오손. 성공적인 비인가하교를 위한 수칙 그 첫 번째가 뭔지 알아?"

"뭔데?"

"거짓말쟁이의 가장 큰 무기는 바로 진실이라는 것이지."

크으…. 명대사를 말했다는 듯 뿌듯한 표정의 홍지. 여기까지 이야기를 들은 오손은 어떤 사실에까지 생각이 미쳤고 이내 그 표정마저 딱딱하게 굳었다. 아주 잠깐의 정적을 지나고서야 오손은 조심스레 자신의 의심을 밝힐 수 있었다.

"홍지야, 그런데 혹시…."

"혹시?"

"어, 밀크셰이크에다 소화제까지 필요경비에 들어가?"

"응, 밀크셰이크에다 소화제까지 필요경비에 들어가."

홍지는 기특하다는 듯이 어처구니에 반영구적인 손실을 받은 오손의 머리를 토닥여주었다.

"배우는 게 무척이나 빠른데, 오손?"

7

뽀로록. 뽀로로록. 물이 끓으며 거품이 이는 소리가 화장실 안을, 비인가하교자문위원실 안을 메웠다. 오손은 변기와 변기 사이에 놓인 테이블 위 전기 포트의 부리에서 뿌연 증기가 올라오는 모습을 보며 그날 점심시간의 자그마한 탈출을 계속해서 복기하고 있었다.

오늘 수업은 다 끝이 났지만 아직 야간자율학습이 남았다. 학원이나 과외가 있는 학생들은 슬슬 교문 밖으로 빠져나가고 그렇지 않은 학생들은 약 30분의 빈 시간 동안 반강제의 야자 시간을 견디기 위해 매점에 들르거나 운동장을 뛰어다니며 원기를 모을 시간이었다.

그리고 여기 홍지와 오손은 B동 2층 남자 화장실 2번 칸과 1번 칸 안에 오붓이 앉아 방과 후 티타임 준비를 하며 점심시간의 여운을 되새기는 중이었다.

"좋은 찻잎이 아니라 미안하지만 일단은 주는 대로 마셔. 아무래도 화장실이라 습기가 차서 괜찮은 잎은 갖고 오기가 싫더라고. 아직은 날이 차서 전기난로를 쓰고 있지만 날씨 풀리면 제습기를 갖다 놓을까 봐."

홍지는 조심스레 찻잔에 뜨거운 물을 붓고 티백 하나를 얹어 오손에게 건넸다. 정말이지 학교 알기를 개똥으로 알았다.

"홍지야."

"응?"

"너 실은 머리가 좋지?"

"보고도 몰라?"

홍지는 어처구니없다는 표정과 하찮다는 눈으로 오손을 바라보았다. 오손은 자신의 질문이 무례했음을 인정하고 질문을 고쳐 말했다.

"미안. 너 공부 원래 잘하지 않느냐고 묻고 싶었던 거였어. 이렇게나 야무진데 너 반 등수는 낮잖아."

"아하, 그거? 공부는 뭐고 수업은 무슨. 당연히 못 따라가지. 무리야, 무리."

홍지는 웃음도 없이 차에 어울릴 만한 과자를 골랐다. 나름의 다과회 준비로 바빴다. 그래도 오손이 이해가 가지 않는다는 듯 머뭇거리자 홍지는 마지못해 화제를 이어나갔다.

"나는 인간의 뇌가 텅 빈 다락방과 같다고 생각해. 예쁘고 유용한 것들을 넣는 것조차 비좁지. 온갖 잡동사니를 닥치는 대로 쓸어 넣는 사람은 바보야. 정작 쓸모 있는 것을 넣을 공간이 사라지거나 다른 것들에 뒤섞여 필요할 때 꺼내지 못하게 된다고. 그러니 학교 수업같이 멍청한 이야기를 내 머릿속에 집어넣을 리가 없잖아?"

"하지만 시험은? 수능은?"

오손은 따지고 들었다.

"오손. 하루가 고작 24시간인데 그중에 16시간을 놀아도 모자라지 않아?"

홍지는 찻잔을 들어 향을 맡았다. 아무리 B동 화장실이 사용되지 않은 지 몇 년 되었다고는 해도 이 불량학생이 얼마나 청소와 관리를 철저히 했는지 찻잎의 잔향 한 톨도 놓치지 않을 정도였다.

"공부는 일부러 대충하는 것도 있지. 잘하면 쓸데없는 기대들을 하니까. 하지만 그와 별개로 공부는 내 취미도 관심사도 아니야. 읽어야 할 책들이 얼마나 많은데 언제 교과서를 읽어?"

"장래를 생각하면 조금이라도 참아야…."

"하. 장래 말이지. 좋아. 웃겼어."

홍지는 삐죽 웃었다. 그러고는 차로 입을 축이고는 목 깊숙이 짙은 향이 타고 내려가는 순간을 즐긴 뒤 말을 이어나갔다.

"유감이지만 학교의 수명은 벌써 애저녁에 끝났어. 학벌로 계급을 올릴 수 있는 시대는 지난 지 오래라고. 자본의 장악으로 노동의 가치는 추락했고 대학원 박사를 따든 중학교 중퇴를 하든 직장인이 버는 급여의 차이가 별로 다를 바 없게 된 세상이라니까. 하지만 어른들은 필사적으로 이런 병폐를 감추고 싶고 구조를 고칠 용기가 나지 않아 화살을 아이들한테 돌리지. 시험을 봐라, 노력하면 대가를 얻는다, 성공을할 수 있다. 웃겨. 애초에 계급의 차이가 개인의 성과가 아니라 부모가 누구냐에서 결정되고 있다고. 자본주의 사회에서 자본에 대한 이해가 이렇게 덜 떨어지는데 어떻게들 살지?

문제는 학교가 이미 죽은 곳이라는 것을 학교만 모른다는 거야. 예전의 부잣집 아이들은 열심히 공부해야 했어. 계급을 유지하기 위해서 좋은 직장과 지성을 갖춰야 했다고. 돈은 되지만 머리는 없는 집에서 자식을 유학 보내는 유행이 있었지? 허례허식이나마 머리 위에 학사모를 씌워줘야 했다고.

하지만 이제는 그렇지도 않아. 부자들은 아는 거지. 귀찮은 과정이 하나 사라졌다고. 하지만 학교만 몰라.

성공적인 비인가하교를 위한 수칙 그 첫 번째 기억해? 거짓말쟁이의 가장 큰 무기는 진실이라는 거. 두 번째 수칙을 가르쳐 줄게. 거짓말쟁이의 가장 큰 약점은 거짓이야. 자기가 말한 거짓말에 스스로조차 속아버릴 때 그 거짓말은 최악이 되는 거야. 요즘 선생들이 딱 그 짝이라고. 자기가 이미 죽었다는 것조차 눈치채지 못하고 기어 다니는 좀비라고. 청춘과 추억을 모조리 임용시험에 처박느라 제대로 된 것은 무엇하나 배우지 못한 채 늙어 죽은 좀비. 학교는 지옥이야. 좀비들만 활보하는. 하지만 밖으로 나가는 문은 항상 열려있는 지옥이지."

홍지의 기나긴 연설이 진행되는 동안 오손은 조용히 그 이야기를 듣기만 했다. 차는 조금 식었다. 반론하고 싶었지만 딱히 논지가 떠오르지 않았다. 오손이야 어머니를 따라 의사가 되고 싶었기에 열심히 공부하고는 있었으나 이 길이 병원을 물려받으리라는 계산 없이는 쉽사리 선택하지 못했을 길임도 알고 있었다.

"홍지야. 그러면 너는 학교가 죽었다고 생각하면서도 왜 학교에 다니는 거야?"

"취미생활이지. 좀비 생태보고서를 쓰는 학자의 심정으로."

반론이 아닌 질문에 홍지는 선선히 대꾸했다. 하기야 홍지는 학교에 적응하지 못한 아이가 아니었다. 오히려 이 아이에게 학교가 적응했다고 하는 편이 옳았다. 어쨌든 자기 자신에게는 거짓말을 하지 않으니까. 집에 가고 싶으면 가고 학교에 있고 싶으면 있으니까.

"이렇게 말해도 될진 모르겠지만…. 홍지, 너 대단하긴 대단하다. 너 같은 아이는 이 세상 어디에도 없을 거야. 세계 유일이야."

어쨌든 오손은 홍지에게 감탄했다. 감탄한 본인부터가 이게 좋은 의미로 대단해서 감탄한 것인지 나쁜 의미로 대단해서 감탄한 것인지 명확히 구분할 수가 없는 미묘한 경계에 서 있었지만 어쨌든 감탄은 감탄이었다.

"괜찮아. 사양할 거 없어."

"응?"

"더 칭찬해도 돼."

홍지의 그 기계적인 표정이 한순간이지만 무너지고 양 입 꼬리가 올라갔다. 아, 이럴 때는 기뻐하는구나. 오손이 감탄하는 사이.

"그래, 기분이다. 상냥한 손님이시니 서비스를 하나 해드릴게요."

"서비스?"

"목요일 영화 개봉이고 8시 상영. 금요일은 김꽃비와 관객과의 대화 이벤트가 6시 영화 끝나고 7시 반부터라고 하셨죠?"

"응."

"영화도 보고 싶으시죠?"

"응."

"좋아. 금요일 영화까지 보기에는 시간이 촉박하지만 목요일에 미리 영화를 보면 관객과의 대화 이벤트에는 천천히 가도 되겠지. 목요일도 하루 빠질 수 있게 해드리겠습니다."

세계 유일의 비인가하교자문위원 선홍지는 붕어빵 2천 원어치짜리 봉투에 덤으로 한 마리 더 끼워주기라도 하는 것처럼 선심 쓰듯이 고객 정오손에게 이틀 연속의 비인가하교를 약조했다.

"한 번 더 칭찬해도 돼."

8

꾸벅. 꾸벅꾸벅. 오손은 졸고 있다. 정확히 말하자면 졸고 있는 척하는 중이다. 목요일. 야자 시간. 예정에는 없던 비인가하교 작전의 시행일이었다. 봄이라지만 초봄. 3월의 첫 주를 봄으로 분류하는 건 봄에게 염치없는 일이다. 아직 쌀쌀한 날씨에 비교적 따뜻한 교실 안은 졸기도 좋고 조는 척을 하기도 좋았다.

학원에 간 아이들이 제법 많아 교실 안에서 야자를 하는 학생들은 전체의 3분의 1 정도. 이가 빠진 모양처럼 자리가 비어있어서 사각사각 샤프나 볼펜이 종이를 긁는 소리가 여느 때보다 크게 들렸다. 그리고 이 교실의 교단 위에는 고전 영화에 나오는 노예선 속 간수장처럼 노 대신 펜을 젓고 있는 아이들을 통솔하는 담임선생, 아닥이 감시를 하고 있었다.

정말로, 정말에 정말로 이런 말도 되지 않는 작전이 성공할까? 가득한 긴장 속에서 졸음을 연기하기가 쉽지만은 않았다. 오손은 홍지의 계획, 아니 예언이 언제 이루어질지 조마조마한 마음으로 기다렸다.

"웨이크업! 일어나! 오손이, 이 녀석아. 이렇게 당당히 조는 건 또 뭐냐?"

찰싹. 찰싹찰싹. 찰진 타격음. 아닥이었다. 아닥이 오손의 등을 탬버린 삼아 흥겨운 삼바 리듬을 연주하면서 나는 소리였다.

"덥나? 덥지! 녀석들. 시원하게 바람 좀 쐬자! 환기도 하고! 뭐? 추워? 춥기는. 너네는 젊잖아. 청춘이라고. 뜨거운 혈기로 몸을 덥혀!"

아무래도 두꺼운 등산점퍼를 입고 있는 사람이 이런 이야기를 하면 곱게 보기는 글렀다. 교실에서 야자를 하던 아이들 중 절반은 아닥을 노려보고 남은 반은 오손을 노려보았다. 다른 아이들 처지에선 부당한 일이었다.

아닥은 교탁으로 돌아갔다. 추위에 떠는 아이들의 모습을 바라보면서. 미소까지 지으면서. 조잡한 권력욕을 채우는 따분한 취미생활이었다. 자기 손으로 누군가를 괴롭힐 수 있다는 사실을 확인하지 않으면 안 되는 유아적인 발상.

하지만 이러한 폭거에도 분연히 일어나 정의를 실천하는 자 있었으니.

"선홍지. 뭐 하지?"

"선홍지. 창문 닫지요."

바로 우리의 비인가하교자문위원. 선홍지였다.

"감기 기운이 있어서요."

쿵. 붉게 상기된 양 볼에 살짝 멍한 눈빛에다 땀방울 하나 둘 맺힌 콧방울. 영락없는 감기 환자의 모습 그대로였다. 아 닥 역시 평소라면 자신이 연 창문을 감히 닫아버린 학생에게 불같이 화를 내고 폭발적으로 삐졌겠지만 아픈 학생에게 뭐 라고 하기는 영 그랬다.

그런데 홍지의 저항은 이걸로 끝이 아니었다. 자리로 돌아 간 다음 보온병을 꺼내 따스한 차를 종이컵에 따라서 오손에 게 건네는 모습. 수험전쟁에 앞서 훈련병들을 닦달하는 하트 먼 중사 앞에 맞서는 백의의 나이팅게일의 그것이었다.

"마셔."

"어. 이게 뭔데?"

"차. 잠 깨는 차."

교실의 정적을 무시하는 둘의 대화는 용건만 전달된 뒤 간 단히 끝이 나고 말았다. 덕분에 아닥으로서는 이도 저도 못할 상황이 되어 몹시 감정이 상할 노릇이었다. 평범한 사람이라 면 고작 반의 학생들이 자기가 있다는 것은 신경도 쓰지 않은 채 음료수를 한 잔 나눠 마신 것만으로 굴욕감을 느끼지 않겠지만 선생 중에는 언제나 이상한 사람이 있기 마련이었다.

그리고 선홍지는 이런 이상한 사람을 다루는 전문가였다.

"선생님도 한 잔 드세요."

무어라 훈계라도 하려던 아닥은 다시 한 번 홍지에게 선수를 빼앗겼다. 어, 그래, 응. 몇 번인가 고개를 끄덕이고는 교탁 옆의 의자에 앉아 조용히 홍지가 따르는 차를 기다릴 뿐. 주도권은 어디까지나 평소에는 전혀 말이 없지만 아파서 조금 긴장이 풀린 이 소녀에게 있었다.

"결명자차예요."

소믈리에르에게 와인을 소개받는 손님처럼 아닥은 말없이 홍지의 설명을 들었다.

"졸음이 올 때 마시면 좋아요. 공부하느라 피곤해진 눈에도 좋고요. 선생님이나 저희처럼 책을 많이 읽는 사람들에게 딱 맞는 차예요."

아닥은 얌전히 차를 받아마셨다. 쓰면서도 살짝 달았다. 처음 마셔보는 차였지만 마음에 드는 맛이었다. 잠 깨기 좋은 결명자차가 아니라 불면증에 좋은 카모마일에 홍지 특유의 블렌딩이 더해진 차였지만(오손: "약이야?" 홍지: "아닐걸?") 아닥에게 이를 구별할 재주가 있을 리 없었다.

"휴우."

"입에 맞으세요?"

"그래, 괜찮네."

"원래 되게 맛없는 건데 피곤하셔서 입에 맞으시나 보다.

평소에도 자주 미간을 찡그리시던데 혹시 눈도 많이 안 좋으신 거 아니에요?"

홍지는 자연스레 아닥의 손을 잡았다. 꾹, 꾹꾹, 꾹꾹꾹. 엄지를 세워 아닥의 손 곳곳을 찌르다시피 눌렀다. 아닥의 낯빛을 살피던 홍지는 그 표정의 변화를 놓치지 않았다.

"맞네. 눈이 안 좋으시네."

"그걸 어떻게 알아?"

"여기 누르니까 아프시죠? 여기. 여기. 손 경혈에서 눈에 해당하는 부분이거든요."

낮은 목소리. 부드러운 손놀림. 은근한 눈빛. 아닥은 최면에 걸린 사람처럼 홍지의 진단에 귀를 기울였다. 홍지는 타이밍에 맞춰 주머니에서 비장의 무기를 꺼냈다.

"뭐니, 이건?"

"온열 안대예요. 따끈따끈해서 눈 주변의 근육 긴장을 풀어주고 아로마 향도 나거든요. 눈 피로에는 그만이죠. 한번 해보세요."

"어, 그럴까?"

아닥은 아예 마사지숍 손님이 된 기분이었다. 온열 안대를 차고서는 은은한 온기에 몸이 녹아내렸다. 거기에 어느새인가 뒤에 선 홍지가 어깨를 마사지하기 시작했다. 탄력 있는 손가락이 경직된 근육을 감싸듯이 연주하며 긴장을 풀어냈다. 서정적인 멜로디를 연주하다가 순간적으로 폭발하는 듯이 악센트를 주는 홍지의 손놀림은 세계 정상의 피아노 연주자 같은 기품마저 담고 있었다.

포근한 교실 안. 안락한 의자 위. 청량한 카모마일. 따스한 온열 안대. 상냥한 안마. 아닥은 10분 만에 잠시 한국을 떠나 꿈나라로의 짧은 여행을 시작했다.

'갔다 올게.'

'갔다 오렴.'

감시자가 완전히 곯아떨어졌다는 것을 확인한 오손은 홍지에게 손을 흔들며 인사를 건넨 후 교실 밖으로 빠져나갔다.

9

「대단해! 대단해, 대단해!」

"그렇지?"

오손의 전화였다. 홍지는 싱긋 웃으면서 들뜬 오손의 목소리를 즐겼다. 9시 반. 영화가 끝나고 신이 난 오손이 홍지에게 작전 성공을 보고하던 차였다.

「김꽃비는 진짜 대단해!」

"아."

오손의 목소리가 어찌나 큰지 핸드폰에서 귀를 떼도 쩌렁쩌렁 소리가 들릴 정도였다. 평소에는 절대로 이런 모습을 보이지 않던 애가 어쩜 이리 신이 났을까.

"영화가 재밌었나 보네. 다행이다."

「웅! 정말 재밌어! 김꽃비는 정말 예쁘고! 실은 내가 김꽃비라는 배우를 좋아하긴 하지만 이 배우가 이제까지 맡았던 역들은 대부분 사회적으로 성공하지 못하거나 불우한 경우가 많았거든? 그래도 이 배우가 연기를 워낙 잘하고 또 좋은 시나리오였으니까 다 좋았는데 그래도 예쁘게 꾸미고 나올 수 없는 역이었던 적이 너무 많았단 말이야? 뭐 본판이 예쁘니까 상관없는 문제라고 생각했는데, 근데 이번 영화에서는 진짜 와. 와와와. 완전 예쁘게 꾸미고 나온 거야! 원래도 예쁜데! 더! 예쁘게!」

미리 연설문이라도 작성한 것은 아닐까? 어쩌면 이리도 청산유수로 말을 쏟아낸담? 오손은 너무나도 신이 난 나머지 그만 몇 가지 중요한 사실들을 잊어버리고 말았다.

「이번에는 말이야, 김꽃비가 바이크를 타고 서울 시내를 질주하는 장면이 나오거든. 스턴트도 쓰지 않은 것 같아! 원래부터 바이크를 타는 게 취미라더니 진짜 잘 타더라. 아주 시원하게 도로를 가로질러 달리는 모습을 보니까, 이야! 정말 멋있어. 한국판 매드맥스야. 한국판 퓨리오사야!」

"오손. 나한테 해줄 말은 없고?"

「아! 그래! 맞아! 홍지야. 너도 꼭 이 영화를 보면 좋겠다. 너는 언제라도 마음만 먹으면 학교에서 빠져나올 수 있잖아. 너도 분명히 이 영화를 또 김꽃비를 좋아하게 될 거야. 너도 나랑 같이 봤으면 진짜 좋았을 텐데.」

"그래? 도대체 얼마나 좋았길래 네가 이러는지 모르겠다."

「최고야! 최고야, 최고. 21세기 한국에서 나온 최고 걸작 영화가 될 거야. 김꽃비가 나온 것만으로도 최고인데 영화마저도 재밌고 바이크마저도 나와!」

"흐음. 그렇단 말이지."

「응! 또 이 영화에서 좋았던 점이 뭐가 있었냐면 말이지! 김꽃비가 하는 대사 중에 이런 게 있는데 말이야….」

오손의 일장연설은 그칠 줄을 몰랐다. 김꽃비의 미소에서 꽃비의 눈물에서 꽃비의 폭소까지 영화의 일분일초를 놓치지 않고 그대로 중계하는 그 집중력은 여간 놀라운 수준이 아니었다. 하지만 그렇게 찬사와 찬양으로 신이 난 오손은 통화 음질과 주변 환경 그리고 본인의 흥분이라는 여러 가지 방해 요소가 뒤섞인 나머지 그만 중요한 한마디를 놓치고 말았다.

"질투 나는걸."

10

등굣길. 오손은 어느 날보다 신이 난 걸음걸이로 학교로 향했다. 오늘은 김꽃비를 보러 가는 날이니까. 김꽃비와 관객과의 대화가 있는 날이니까. 가방 안에는 배우에게 줄 선물로 곰 인형 배지와 마카롱 등의 다과가 담긴 상자도 있었다. 어제는 이렇게 신이 나진 않았다. 김꽃비의 신작 영화를 보러 가는 날임에도 홍지의 비인가하교 작전이 성공할지 의문이 들었기 때문이었다.

하지만 오늘은 달랐다. 비인가하교자문위원 선홍지는 어제 야자 시간에 윤돈고등학교 2학년 3반 담임선생 아닥을 완전히 잠재우는 것으로 자신의 실력을 입증했다. 의심할 여지가 없었다. 오늘 야자 시간에도 홍지는 아닥에게 수면안대와 따스한 차 그리고 부드러운 안마를 제공함으로써 아닥을 마치 비공에 찔린 하트처럼 잠재울 것이 분명했다.

'세상에나, 김꽃비를 실제로 보는 건 처음이네. 거기다 원래 기대하지도 못했던 영화도 봤고. 이건 다 홍지 덕이야. 어떻게 하면 이 은혜를 갚을 수 있을까? 점심시간이 되면 매점에 가자고 해야겠다. 먹고 싶다는 건 다 사줘야지. 저번처럼 밖에 나가서 밀크셰이크도 사다 줘야지.'

자신감과 기쁨으로 가득 찬 오손은 평생 불러본 적 없던 콧노래도 억지로 흥얼거리며 고양된 감정을 즐겼다. 계단을 걷는 발걸음마저 가벼웠다. 문을 활짝 열고서는 성큼성큼 발을 내디뎌 교실 안으로 들어갔다. 오늘은 김꽃비를 보러 가는 날, 그 무엇이 두려울까?

"오손. 어제 대놓고 땡땡이를 쳐놓고서는 뭐가 그리 좋아서 웃냐?"

그러니까. 어제의 비인가하교를 알아차린 담임선생 아닥은 빼고.

"선생님?"

오손은 교탁 앞에 찌푸린 얼굴을 하고 서 있는 아닥을 바라보며 도대체 어떻게 된 영문인지를 헤아리려 애를 썼다. 그 의문은 오래지 않아 풀렸다. 아닥의 등 뒤로 보이는 푸른 칠 판에 올라온 '목요일 땡땡이를 친 학생들'이라는 공지. 그리 고 그 명단에는 오로지 정오손, 단 한 사람의 이름만이 하얀 색 분필로 적혀 있었다.

"홍지가 말을 해주지 않았으면 완전범죄였을 텐데. 너 아 주 배짱도 좋다?"

아닥의 옥타브가 올라갔다. 오손은 당황한 나머지 손이 덜 덜 떨렸다. 고개를 돌려 홍지를 찾았다. 오손이 가장 믿는 사 람. 가장 의지하는 사람. 이 모든 일을 계획하고 준비한 사람. 그리고 오손을 배신한 사람.

선홍지는 언제나처럼 감정 없는 기계와 같은 얼굴로 창문 너머를 바라보고 있을 뿐이었다.

11

"홍지야. 안에 있니?"

똑똑. 똑똑똑똑. 오손은 간절한 마음으로 화장실 문을 두 드렸다. 평소라면 배변과 관련된 이유로 이렇게나 간절히 두 드렸을 문인데 오늘만은 달랐다. 윤돈고등학교의 B동 2층 남 자 화장실 2번 칸과 1번 칸은 그런 마음으로 두드리기 어려 운 곳이었다. 이곳은 선홍지가 운영하는 비인가하교자문위원실이니까.

오손은 쉬는 시간마다 홍지에게 다가가 자초지종을 물어보려 했지만 수업을 마치는 종이 울리자마자 홍지는 어디론가 사라져버렸다. 점심시간이 되어서도 홍지가 재빨리 모습을 감추자 혹시나 하는 마음에 비인가하교자문위원실까지 찾아왔지만 역시나 화장실 문 뒤에서는 아무런 대꾸도 들리지 않았다.

아침 조회는 살벌한 분위기 속에 진행되었다. 작지는 않은 사달이 났다. 아무튼 모범생 중의 모범생으로 분류되었던 오손이, 감히 담임선생이 피곤한 나머지 잠깐 휴식을 취하는 사이 야자 시간에 몰래 빠져나갔다니. 아닥은 자신이 무시당했다는 생각에 불쾌한 표정을 감추지 않았다.

써야 할 반성문은 몇 장이 되고 학부모와의 면담에서는 어떤 난리가 날지. 어쨌든 좋은 대학에 갈 것이 분명하다고 주목을 받는 학생의 아주 자그마한 일탈은 아닥에게 있어 자신이 얼마나 냉철하고 엄격한 사람인지 보여줄 기회였다. 아닥은 미친 듯이 화를 냈다. 학생들에게 미친 사람 취급을 받는 것은 아닥 같은 선생에게 있어 가장 중요한 업무였다.

오손으로서야 큰일이었다. 담임선생에게는 찍혔고 김꽃비를 보러 갈 기회마저 놓치고 말았다. 오늘이 아니면 도대체 언제 또 보리오. 하지만 지금 그 무엇보다도 이해가 가지 않고 궁금한 것은 도대체 왜 홍지가 자신을 배신했느냐는 것이었다.

어제 아닥이 곯아떨어지고 땡땡이를 친 사람은 오손 하나만이 아니었다. 아이들이 이 좋은 기회를 놓칠 리가 없었다. 다른 친구들에게 일일이 물어 간단히 어제의 비인가하교생 리스트를 정리할 수 있었다.

그렇다면 도대체 왜 홍지는 그토록 성실히 비인가하교를 지원해왔으면서도 어제만큼은 고자질을 해버렸단 말인가? 더욱이 왜 이리도 많은 탈주 닌자들 사이에 유일한 클라이언트였던 자신만을 고자질의 대상으로 삼았단 말인가?

"잠깐 실례할게."

안에서는 아무런 인기척도 나지 않았다. 오손이 조심스레 문고리를 잡아당기자 그 안에는 그저 변기 하나만이 덩그러니 놓여 있을 뿐이었다.

"어라? 어?"

화장실 문을 열자, 그곳은 화장실이었다. 아무런 특징도 없는 그냥 보통의 화장실이었다. 깨끗했다. 마치 누가 보아도 이 변기는 단 한 번도 사용하지 않은 신품이라는 것을 알 수 있을 만큼 어떠한 자취도 남지 않은 깨끗한 화장실이었다.

어제까지만 해도 이곳은 온갖 생활용품으로 가득 차있었다. 노트북에 와이파이 그리고 온갖 책들까지 하나의 작은 우주가 변기 옆에 펼쳐져 있었다. 하지만 그 흔적은 어디에서도 찾을 수 없었다. 포스트 아포칼립스 영화의 한 장면을 방불케 하던 비밀기지가 온데간데없이 사라진 것이다.

오손은 낙원에서 추방된 태초의 인간처럼 홀로 화장실에 남았다.

마지막 쉬는 시간. 오손은 이번에도 교실 앞에서 서성이며 홍지를 기다렸다. 홍지는 쉬는 시간이 되면 어디론가 자취를 감추었다가 수업 종이 울리면 교무실에서 담당 교사와 함께 올라와 오손과의 대화를 피했다.

오손은 홍지와의 관계를 이렇게 찜찜하게 끝내고 싶지 않았다. 자신이 잘못한 것이 있다면 솔직히 사과하고 화해를 하고 싶었다. 하지만 무엇보다도 마음에 걸리는 일은 홍지가 비인가하교자문위원실을 비운 것이었다.

학교라는 지옥에 남겨진 유토피아. 화장실에 지어진 비밀 기지. 비인가하교 지망생들을 지도하는 사령탑. 윤돈고등학교 B동 2층 남자 화장실 2번 칸과 1번 칸을 그렇게 비우고 만 것은 너무나도 큰 상실로 다가왔다.

시계를 보니 57분. 아직도 홍지는 보이지 않는다. 저번 쉬는 시간에는 교내의 구석구석을 뒤졌는데도 찾지 못했다. 하기야 학교에 자기만의 다실마저 마련한 홍지인데. 학교 안에서 숨바꼭질로 찾아낼 수 있는 상대가 아니었다.

"오손."

상대측에서 모습을 직접 드러낸 경우가 아니라면 말이다.

오손은 놀란 눈으로 홍지를 바라보았다. 어느새 바로 자신의 옆까지 다가와 말을 걸다니. 이번에는 도대체 무슨 바람이

불었기에 제 발로 찾아왔는지. 오손의 머리로는 도무지 홍지가 무슨 생각을 하고 있는지 알 수가 없었다.

"들어간다."

"홍지야!"

오손은 자신을 지나쳐서 교실 안으로 들어가려던 홍지를 불러 세웠다. 찬찬히 홍지의 얼굴을 살펴보았지만 어떠한 감정의 미동도 찾을 수 없었다. 그저 약간 낮게 깔린 목소리에서 불편한 기색만을 느낄 수 있었을 뿐이었다.

"홍지야. 왜 그랬어? 그리고 위원실은 어떻게 된 건데?"

"네가 상관할 일이 아니야."

"내가 상관할 일이 아니면 도대체 누가 상관할 일인데?"

"그러게."

성의 없는 홍지의 대답. 그 사이 아이들의 시선이 교실 문 앞에 서 있는 오손과 홍지 둘에게 쏠렸다. 오손은 답답한 마음에 그만 큰 소리를 냈다는 사실에 얼굴이 빨개졌다.

"이따 이야기하자. 수업 끝나고 잠깐만 말해."

"내가 왜 너랑 말을 해야 하는데?"

"홍지야. 너 도대체 왜 이러는데?"

홍지의 눈시울은 천천히 촉촉하게 젖어들었다. 그리고 그 물기는 이내 목까지 잠겨 홍지의 금속 같은 목소리도 녹이 슬고 말았다.

"너야말로 도대체 왜 나한테 이러는데!"

숫제 비명과도 같은 외침. 교실의 창문이 떨릴 정도로 큰 소리였다. 방금까지는 무슨 일인가 의아해하던 아이들의 시선에 곧장 호기심과 긴장이 더해졌다.

"너는 정말 내가 너한테 왜 이러는지를 몰라?"

응. 몰라. 라고 대답하면 진짜로 큰일이 나리라는 것만은 분명했다. 오손은 홍지의 날카롭고 차가운 태도에 아마 자신이 무언가를 단단히 잘못했나보다고 여겼다.

"내가 너한테 해준 게 얼만데, 너는 맨날 김꽃비! 김꽃비! 듣는 내 기분은 생각도 안 해? 네가 그럴 때마다 내가 얼마나 찌그러진 깡통 같은 기분이 되는지 모르겠어? 분리수거도 안 될 정도로 더럽고 망가진 쓰레기가 되는 기분이라는 걸 정말 몰라?"

"홍지야?"

"네가 어제도 그 여자 보러 가서 그 여자 자랑을 하는데 네가 그럴 때마다 내 기분이 얼마나 잡치는지 모르겠어?"

수업 종이 울렸지만 홍지의 속사포 같은 공격은 멈출 줄을 몰랐다. 아니, 오히려 더 신이 나는지 비난의 포화 망은 점점 더 촘촘하고 굳세게 오손의 사지를 묶었다.

"나, 그제 미용실도 들렀어. 너한테 뭐라고 한마디라도 들을 수 있을까 봐. 하지만 너는 그런 것도 못 알아봤지? 나한테 신경은 전혀 쓰지도 않았지? 칭찬이라도 한마디 해주면 어디 덧나? 네가 그 여자 예쁘다고 한 이야기의 백분지, 천분지 일이라도 나한테 칭찬을 해본 적 있어?"

"어, 어울린다."

오손은 홍지가 머리카락을 잘랐다는 것을 알지 못했다. 더욱이 김꽃비를 칭찬하면 칭찬한 거지 왜 덩달아 홍지마저 칭찬해야 하는가. 도대체 내가 알게 뭐라지, 하는 생각마저 들었지만 이 상황에서 그렇게 말을 하면 정말 대단한 광경을 보리라는 직감이 겨우 오손의 혀끝을 붙잡았다.

"고작 그거? 고작 그게 전부야? 내가 이렇게 사정을 해도 해주는 말이 고작 그거냐고!"

이제는 눈물 한줄기가 주르륵 뺨을 타고 흘러내렸다. 홍지의 울음에 오손은 도대체 자기가 무슨 잘못을 했길래 이런 곤경에 빠지게 되었나 답답한 나머지 홍지와 같이 울고 싶은 심정이었다.

"너희. 안 들어가고 뭐 하냐."

화들짝. 오손이 깜짝 놀라 뒤를 돌아보자 그 자리에는 아닥이 황당한 눈을 하고 서 있었다. 이 난장판을 언제부터 보고 있었는지는 모르겠지만 그 놀란 표정을 보니 얼추 감은 잡을 만한 부분부터 보고 있었던 듯싶었다.

"어, 네, 죄송합니다. 홍지, 홍지야. 일단 들어가자."

오손이 타이르듯 홍지의 어깨를 붙잡고는 교실 안에 들어가려 한순간,

쿵, 쿵, 쿵.

복부와 명치 그리고 턱 끝의 정중선 급소 세 군데에 홍지의 벼락과 같은 정권 지르기의 3연타가 먹혔다. 터무니없이 묵직한 주먹에 오손은 그 자리에서 주저앉아버렸다.

"허윽…."

간신히 멈췄던 숨을 토해냈지만 끝나지 않는 격통에 감히 다시 일어설 생각은 들지 않았다.

"몰라!"

탁, 탁, 탁.

바닥에 고개를 박고 있느라 보지는 못했지만 아마 홍지가 복도 반대편으로 달려가는 소리 같았다. 반 아이들은 반 아이들대로 황당해서. 아닥은 아닥대로 감동해서. 오손은 오손대로 너무 아파서 뛰쳐나가는 홍지를 붙잡아야 한다는 생각을 떠올리지 못했다.

"정오손?"

"어, 으, 네, 선생님."

아닥은 쓰러진 오손의 손을 붙잡아 일으켜 세워주고는 흐뭇한 미소와 함께 자신의 가장 모범적인 제자를 바라보았다. 오손은 담임선생이 왜 자기가 아파죽겠는 이 순간에 이리도 감동적인 표정으로 자신을 바라보는지 의아해하다가, 순간.

이해했다.

"괜찮다."

뭐가 괜찮다는 것인지 아무 말도 하지 않았지만 모두들 뭐가 괜찮은 것인지 알았다. 아닥이 알았고 반 아이들이 알았고 오손이 알았으며 하다못해 시끄러운 소리에 구경을 나온 옆반 학생들도 알았다.

오손은 얼떨떨한 표정을 하고는 아닥을 향해 고개를 끄덕였다. 아닥도 그에 화답하듯 고개를 끄덕였다.

아다치 미츠루의 팬. 청춘 만화 애독자. 담임선생의 인가가 내려진 것이다.

오손은 반 아이들의 환호성과 박수 속에 뒤도 돌아보지 않고 학교 복도를 내달려 홍지를 쫓았다. 어떤 하나의 가능성을. 아마도 정답이 분명할 하나의 가능성을 떠올리면서.

13

"아이고, 죽겠, 죽겠다⋯."

오손은 내장이 뒤집히는 것을 느꼈다. 교실에서 교문까지 전력질주를 한 탓이었다. 폐가 찢어지고 심장이 터질 것만 같았다. 마지막에는 후들거리는 다리를 억지로 부여잡고 달려야 했다. 그리고 그렇게 미친 듯이 뛰어서 도착한 정문에는 당연히.

비인가하교자문위원 선홍지가 예의 그 아무렇지도 않다는 표정으로 기다리고 있었다.

"홍지야⋯."

오손은 폭증한 심박수 때문인지 아니면 무표정한 표정의 홍지 때문인지 머리에 피가 쏠리고 현기증이 나 쓰러질 것만 같았다. 하지만 홍지는 그런 오손의 심정을 아는 것인지 모르는 것인지.

"계산보다 빨리 왔네?"

손목의 시계를 쳐다보고는 태평하게 인사를 건넬 뿐이었다.

"잘했어."

얄미워 죽겠어서, 뭐라고 대꾸를 해야 할 것 같은데. 한가득 차오른 숨에 입에서는 그저 헉헉거리는 소리만 나오다가.

"작전이지?"

"작전이지."

오손이 헐떡이는 숨을 겨우 진정시키고는 쥐어짜 낸 질문에 홍지는 너무나도 태연스레 대답했다. 하기야. 이런 상황이라면 아닥은 당연히 홍지와 오손을 보내줄 것이었다. 그 어떤 핑계에도 조퇴를 허용하지 않는 아닥이었지만 이런 상황이라면 달랐다. 아닥이 가장 좋아하는 청춘 만화의 한 장면을 다른 모든 학생 앞에서 펼쳐 보였는데. 어찌 이 둘을 붙잡을까.

"이제 몇 년 동안 아닥은 자신이 맡은 학생들에게 이번 일에 대해서 자랑하듯이 이야기를 들려주겠지. 예전에 드라마틱한 사건이 있었다면서. 자기가 통 크게 조퇴를 인정해줬다면서 말이야."

이 모든 것이 홍지의 책략이 아닐 리가 없었다. 언제나 고객 만족이 최우선, 학교라는 지옥에서의 빠른 탈출을 위해서라면 수단과 방법을 적당히만 가려가며 윤돈고등학교 교칙의 위법과 합법 사이의 경계에서 보조하는 비인가하교자문위원 선홍지라면 이 정도의 책략은 당연한 것이다.

"우리가 연구한 이 청춘개론의 주역 자리는 아닥 본인에

게 돌아가겠지만, 뭐. 워낙 JYP 같은 사람이니까. 어쩔 수 없
는 노릇이지. 비인가하교의 대가로 이 정도는 나쁘지 않지?"

"세상에나⋯."

오손은 기가 찬 나머지 그 자리에 주저앉아 교실에서 교
문까지 달려왔던 5분 동안 못다 쉰 공기를 들이마셨다. 그런
오손에게 홍지가 허리를 숙여 고객의 등을 도닥이고는 살짝
웃어보였다.

그리고 홍지의 이 상큼한 청량음료 같은 미소를 본 오손
의 머릿속에는. 도대체 어디부터가 진짜고 어디까지가 가짜
인지 따지려 했던 궁금증은 온데간데없이 사라지고. 어째서
였을까. 성공적인 비인가하교를 위한 수칙 그 첫 번째만이 떠
오를 뿐이었다.

"가자, 오손. 서두르면 6시 영화에는 늦지 않겠다."

〈비인가하교자문위원 선홍지의 청춘개론〉 후기

나의 뿌리에는 코난 도일의 〈셜록 홈즈〉 시리즈도 있다. 어릴 적부터 언젠가는 〈셜록 홈즈〉 시리즈를 고스란히 베낀 표절작품을 만들겠노라고 다짐했는데, 그 다짐이 이런 결과물로 이어졌다. 다 쓰고 난 뒤에야 선홍지는 셜록 홈즈보다는 모리어티 교수의 포지션이었다는 것을 깨달아버렸기는 해도 이 단편 자체는 만족하고 있다.

〈비인가하교자문위원 선홍지의 청춘개론〉의 골조는 〈셜록 홈즈〉 시리즈의 첫 장편 〈선홍빛 연구〉에서 따왔다. 그 외에도 〈셜록 홈즈〉 시리즈에서 모티브를 얻은 장면들이 많다. 알아봐 주신다면 무척 기쁠 것 같다. 정작 글을 쓴 나부터가 각 장면들이 어디서 따온 것인지 가물가물하지만 말이다.

이 작품은 거의 모든 요소가 〈셜록 홈즈〉 시리즈 영향 하에 있지만 의도적으로 배제한 부분도 있다. 정오손이 존 왓슨처럼 사건을 묘사하는 주체가 아니라는 점이다. 〈셜록 홈즈〉시리즈의 존 왓슨은 화자로 결코 신뢰할 수 없는 인물이다. 이렇게 화자를 신뢰할 수 없게 되면 극중극을 볼 때와 마찬가지로 이야기에 층위가 생겨 메타적인 독해가 강제된다. 하지만 정오손에게 그 귀한 자리를 맡기지는 못했다. 〈비인가하교자문위원 선홍지의 청춘개론〉에는 깊이가 없길 원했기 때문이다.

비인가하교자문위원이라는 직업을 떠올린 계기는 과거 잠깐 맡았던 아르바이트가 너무 따분해서 한시라도 빨리 집에 가고 싶었기 때문이다. 회사만이 아니라 학교도 참 재미없는 공간이니 이런 내용도 있음직하다 싶어서 써보았다. 나는 많은 사람들이 교사와 학교에 대해 불필요한 환상을 갖고 있다고 생각한다. 그리고 이 환상은 교사와 학생 상호간 불화만 키울 뿐이라고도 생각한다.

이 글은 당연히 시리즈를 목표로 쓴 글이기도 하다. 일단은 〈비인가하교자문위원 선홍지와 네 개의 공인인증서〉와 〈비인가하교자문위원 선홍지와 배수고 미친개〉그리고 〈비인가하교자문위원 선홍지와 소환사의 협곡〉정도를 예정하고 있다. 어차피 변덕으로 쓰는 글인 만큼 제목과 내용은 얼마든지 바뀔 수 있다. 공인인증서는 가급적 빨리 잊혀 내 소설의 소재가 되지 않았으면 싶기도 하다.

탐정소설은 대부분 좋아하지만 기왕이면 살인사건이 없는

탐정소설을 좀 더 선호한다. 〈셜록 홈즈〉 시리즈에서 좋아하는 작품들 역시 〈보헤미안 스캔들〉이나 〈입술 뒤틀린 사나이〉 또 〈푸른 카방클〉처럼 재치로 가득한 단편들이다. 〈비인가하교자문위원 선홍지와 청춘개론〉 역시 〈셜록 홈즈〉 시리즈를 패러디하면서 소소한 일상을 담는 것이 목표였다.

사이코패스나 소시오패스 같은 학술적 개념이 추리 장르에서 부정확하고 무분별하게 오남용된 나머지 코난 도일의 셜록 홈즈도 XXX패스라는 식으로 받아들이는 사람들이 있는 것 같다. 원작의 셜록 홈즈는 괴짜 이상의 몰상식한 인물이 아님에도 말이다. 부디 무례함과 불손함이 강함의 증거로 여겨지는 이런 유행이 하루라도 빨리 사라지길 빈다. 선홍지도 그 유행에 휩쓸리지 않도록 주의하고자 한다.

06
버려진 곰인형들을
위한 만가

1

피디: 무엇이 가장 그리운가요?
단추: 포옹이요.

단추는 너무 즉각 대답한 것이 부끄러운지 웃으면서 고개를 숙였다. 취재진은 돌아가며 단추를 안아주었다. 단추는 양쪽 눈이 단추로 바뀌어서 붙여진 별명이라고 했다. 본명은 다른 곰인형들과 마찬가지로 누구에게도 가르쳐주지 않았다.

취재진은 유기곰인형들과 소통할 일이 있을 때 단추를 통하는 경우가 많았다. 단추는 유기곰인형 무리에서 가장 사교적이었으며 취재진에게도 호의적이었다. 단추는 이후로도

자주 취재진이나 동료 유기곰인형들과 포옹을 하는 모습을
보이고는 했다.

이 글은 홍대 길가에 버려진 곰인형들을 취재한 기록이다.

2

피디: '곰동체' 생활은 어떤가요?

미니: 즐거워요. 다들 친절하고요. 이렇게 조금만 더 견디다 보면
　　　우리는 모두 꼭 집으로 돌아가게 될 거예요.

피디: 무리에 합류한 지는 얼마나 됐어요?

미니: 3주 되었어요. (전 아직) 신입이에요.

미니는 주먹만 한 크기의 아주 작은 곰인형이다. 다른 곰
인형들과는 달리 연인 사이의 선물 출신이 아닌 부모가 아이
에게 준 선물 출신이라고 했다. 미니는 가족이 홍대 거리에
놀러 나온 날 그만 아이가 자신을 까먹고서 식당에 두고 갔
다고 주장했다.

단추의 설명에 의하면 미니 같은 경우는 드문 편이라고 했
다. 대부분 어린아이가 잃어버린 곰인형은 오랜 시간이 지나
지 않아 자기 자리를 찾아간다는 것이다. 하지만 미니는 운이
없어 곰동체에 합류하게 되었다고 했다.

병뚜껑: 좋지.

피   디: 어떤 점이 좋으세요?

병뚜껑: (딸꾹질한 뒤) 홍대 쪽은 쓰레기통만 잘 뒤져도 술이 나
　　　　오거든.

　병뚜껑은 사실 홍대가 아닌 아현에서 버려진 유기곰인형
이다. 그 근방의 유기곰인형들은 대부분 공동체를 이루지 않
고 개별적으로 행동하는 편이다. 하지만 병뚜껑은 어차피 아
현까지 오는 사람이면 홍대까지 가기 마련이라며 홍대 쪽 곰
동체에 합류했다.

　취재진이 있는 동안 병뚜껑은 취한 모습을 카메라에 잡히
지 않으려 노력했다. 하지만 그 노력은 실패로 끝이 났다. 병
뚜껑은 폐지 수집을 하러 다니는 동안 쓰레기통을 뒤져 잔술
을 훔쳐 마시고는 했다. 단추는 병뚜껑의 그런 일탈이 공동체
전체에 안 좋은 영향을 끼치는 점을 우려했다.

　홍대에 위치한 이 곰동체는 생활을 유지하기 위한 비용 대
부분을 폐지나 공병을 모아 판매해서 마련한다. 국가에서의
지원은 존재하지 않는다. 오히려 이 홍대 거리는 새벽마다 유
기곰인형들을 분리수거하기 위한 환경미화원과 곰동체 사이
에 전쟁이 벌어지고는 한다.

　미라: 지옥이지.

　피디: 생활이 어렵나요?

미라: 주인이 없잖아. 지옥이지. 지옥은 주인의 부재니까.

3

피디: 홍대 곰동네를 소개해주실 수 있나요?

단추: 홍대 곰동네는 마포구를 기반으로 주인이 다시 회수하러 올 때까지 유기곰인형들이 안정적으로 자신을 보호 및 관리하는 것을 목표로 하는 곰동체입니다.

홍대 곰동네는 서울 전역을 뒤져봐도 비교할 대상을 찾기 힘들 정도로 큰 규모를 자랑한다. 번화가로서 많은 연인이 사랑 고백을 위한 이벤트로 곰인형을 가장 많이 주고받는 또 가장 많이 버려지는 곳이기 때문이다.

밸런타인데이나 크리스마스이브 같은 데이트 이벤트 전후로는 곰동체의 크기가 일시적으로 급증한다. 단추는 재작년에 곰동체에 합류했다고 했다. 이제는 무리에서 서열상 제법 고참에 해당한다.

주민: 싫지. 더럽고. 냄새나고. 시끄럽게 굴 때도 있고.

피디: 불쌍하지는 않으세요?

주민: 불쌍해도 어째. 쟤들이 저러고 있으면 가게 장사가 안 돼. 한창 잘 지낼 커플들이 유기곰인형 같은 거 보고 싶겠어?

밉상이지. 아주 죽겠어 내가. 내가 더 불쌍해.

홍대처럼 쉽게 인산인해를 이루는 번화가에서 무리 지어 다니는 유기곰인형들은 눈총을 받기에 십상이다. 대장의 제안으로 홍대 곰동네는 그들의 거처를 나갈 때는 두셋 정도만 함께 다니기로 한 지 오래지만 근처의 상인들은 그조차도 달갑지 않은 눈치다.

유기곰인형들은 우연히 자신을 버린 옛 주인을 만나 그리운 집으로 돌아가는 일을 기대하고는 한다. 하지만 곰인형을 버린 옛 주인들의 처지에서 이 상황은 대부분 그저 불편하기만 한 해프닝에 불과하다. 어느 한 측이 꿈꾸는 것과 달리 극적인 결과가 나기는 어려운 일이다.

4

홍대 곰동네의 거처는 홍대에 있지 않다. 대부분 홍대에서 버림받은 곰인형들이기는 하지만 불야성을 이루는 홍대 거리에서 곰인형들이 안전하게 지내기는 어렵기 때문이다.

예전에는 상수 근처의 골목이 유기곰인형들의 터전이었다. 하지만 홍대가 개발되면서 이들의 거처는 상수에서 합정으로, 합정에서 망원으로 이동했다. 젠트리피케이션은 곰인형들에게도 예외가 아니다. 이들은 밤은 홍제천 굴다리 밑의 거처에서 보내고 아침이 오면 역 두 정거장의 거리를 걸어 홍대 근방으로 이동한다.

> 대장: 예전에 비하면 거처는 잘 꾸며진 편이야. 외진 대신에 공간이 넓지? 더욱이 천막이나 담요 등 생활필수품들도 시간이 흐르면서 더 좋은 물건들을 구하게 되었거든. 예전에는 신문지를 덮고 자면 다행이었지. 하지만 요즘은 신문을 사서 읽는 사람도 없고 지하철 무가지도 나눠주질 않으니 곰 동체가 없다면 지내기가 어려울 게야.

대장은 홍대 곰동네가 생기기 전부터 홍대 지역에서 유기 곰인형으로 지냈던 터줏대감이다. 그는 대부분의 유기곰인형들과는 달리 옛 주인을 만나 집으로 돌아가는 것이 목표가 아니다. 오랜 유기곰인형 생활 끝에 거리가 그의 집이 되었다.

그는 첫 번째 주인이 노사하고 거리로 버려졌다. 유기곰인형으로 지내면서 두 번째 주인을 만났다고 했다. 그리고 그 두 번째 주인은 노숙자였다. 두 번째 주인은 가족들에 의해 요양원에 끌려가는 바람에 헤어져야 했다.

대장은 주인에게 직접 버려진 적이 없다. 그렇기에 다른 유기곰인형들과 비교하면 정서적으로 안정된 상태에서 무리를 이끌 수 있었다.

대장: 냉철하게 말해 나는 유기곰인형이 아닌 게지. 두 번째 주
　　　인의 집은 거리였으니까. 그래서 이 친구들을 돌보기도 쉽
　　　고. 그리고 이 정도면 (곰동체로서) 어느 정도 유지는 시키
　　　고 있는 셈이지 않나.

　아닌 게 아니라 홍대 곰동네는 유기곰인형들의 거처라고
하기에는 믿기지 않을 정도로 공들여 세워진 공간이었다. 굴
다리 밑에 있는 이 곰동체에서 곰인형들은 천막 대여섯 개를
치고 공동생활 중이었다. 근처에서 수도를 몰래 끌어오기도
했다. 홍대 곰동네는 쓰레기로 만들어진 요새였다.
　취재진이 홍대 곰동네에 촬영을 위한 허가를 구할 때 대장
은 한사코 거절했다. 곰동체 동지들에게 안 좋은 영향을 미칠
지도 모른다는 이유에서였다. 하지만 그런 그도 방송이 나가
면 혹시 옛 주인이 자신을 찾아오게 될지도 모른다는 다른 곰
인형들의 기대를 배신할 수는 없었다.

　단추: (대장은) 좋은 곰인형이에요. 하지만 저희랑은 다르게 간
　　　절함을 몰라요.
　피디: 그래서 부딪히는 일도 있나요?
　단추: 그렇지는 않아요. 대장이 일부러 그런 쪽 화제를 피하고는
　　　하거든요. 하지만 그렇게 말을 돌릴 때마다 자존심을 상해
　　　하는 곰인형들이 있으니까요.
　피디: 왜죠?

단추: 말을 피하면서 (옛 주인이 자신을 되찾으러 올) 가망이 없다고 생각하는 그게 느껴지니까.

5

미니: 그날은 정말 홍대에 사람이 많이 몰린 날이었어요. C 애니메이션 홍보 이벤트가 있던 날이었거든요. 제 주인은 한 손으로는 저를 꼭 안고 다른 한 손으로는 아버지의 손을 꼭 잡고 S 노래방으로 가는 이 골목길을 걸었어요.

유기곰인형들은 자신이 버려진 당시에 대해 회상하기를 두려워한다. 가장 가슴 아픈 대화가 오고 간 날이거나 그 다음 날이기 쉬우니 무리도 아니다.

홍대 곰동체에서는 유일하게 미니만이 버려진 날에 대한 인터뷰 요청을 받아주었다. 그가 버려진 이유가 어디까지나 애정의 결여가 아닌 주의력의 결핍이었기 때문이었을 것이다.

미니: 다음으로는 주차장 길에 있었던 C 애니메이션의 이벤트를 구경했지요. 주인은 주인공 모습의 탈 인형을 쓴 아르바이트들이랑 악수도 하고, 새로 나온 장난감도 사고, 그때도 절 꼭 껴안고 있었지요. 무척이나 재미난 하루였어요.
피디: 그리고 어떻게 되었나요?

미니: 주인과 저는 주인의 아버지와 함께 샐러드바로 갔어요. 주
　　　인은 맛있는 음식들이 한가득에 새 장난감에 신이 나서 온
　　　종일을 재잘댔어요. 저에게도 음식을 먹여주었고요. 비록
　　　제가 입이 없어서 먹지는 못했지만요.

　즐거웠던 하루를 추억하는 미니의 얼굴에는 홍조가 떠올
랐다. 하지만 다음 내용으로 이어지면서 그 미소는 곧 울상
으로 바뀌고 말았다.

미니: 아실지 모르겠는데, C 애니메이션은 변신로봇이 주인공이
　　　거든요. 주인은 새 장난감 로봇을 이렇게 변신시키고 저렇
　　　게 변신시키느라 정신이 없었어요. 그래서 그만 저를 바닥
　　　에 내려놓고 양손으로 로봇을 만지작거렸고, 그러다가…
　　　그러다가….

　미니는 일시적으로 인터뷰를 멈춰주기를 요청했다. 하지
만 다시 이 화제에 응하지는 않았다.

6

단추: (손을 흔들며) 안녕하세요. 좋은 아침입니다. 날씨가 화
　　　창하네요.

단추는 지나치는 모든 사람에게 친절히 인사를 건넸다. 친절함은 그에게 있어 자존감을 유지하기 위해 가져야만 할 중요한 의식이었다. 오늘도 단추는 홍대로 나왔다. 많은 유기곰인형들은 새벽부터 일찍 홍대를 향한다. 쓰레기를 줍기 위해서다.

쓰레기 중 폐지나 공병 그리고 빈 깡통 같은 경우에는 재활용 업체에서 돈 혹은 생필품과 교환을 할 수 있다. 그렇지 않은 쓰레기들이더라도 유기곰인형들은 분리수거를 돕는 것으로 지역에 대한 봉사 활동으로 암묵적인 주거권을 보장받는다.

무엇보다 동료가 될지 모르는 갓 버려진 곰인형을 만나기도 한다.

단　추: 같이 가지 않겠어요?

곰인형: 저리 꺼져!

얼　룩: 괜찮습니다. 위험한 곳으로 데려가려는 것이 아닙니다.

곰인형: (솜 주먹으로 얼룩을 때리며) 죽여버린다!

단　추: (둘 사이에 끼어들며) 미안해요. 미안합니다. 여기 계속
　　　 계셔요. 행운을 빕니다.

곰인형: 행운은 무슨. 내가 너희 같은 유기곰인형으로 보이냐?
　　　 어디서 까불어?

단　추: 죄송합니다. 정말 죄송합니다. (얼룩을 포옹하며) 친구.
　　　 참아. 참아야지.

얼룩은 이날 단추와 함께 쓰레기 당번을 맡은 곰인형이었
다. 얼룩은 처음 보는 곰인형에게 한 방 맞은 것이 분하기는
했지만 군말 없이 단추의 제지를 따랐다.

단추: 자주 있는 일이에요. 처음 버려진 곰인형들은 (곰동체에)
    합류하고 싶어 하지 않지요. 하지만 대부분은 며칠 동안
    혼자만의 시간을 가진 뒤 (곰동네가) 도움이 된다는 것을
    깨달아요.

재활용이 가능하지 않더라도 쓰레기 대부분은 유기곰인형
들에게 유용한 자원이 된다.

꽃무늬: (버려진 옷가지를 들어 보이며) 보십시오. 색이 곱지 않
    습니까? 감촉도 일품입니다. 저는 재활용품보다는 이런
    걸 주로 찾습니다.
피 디: 왜지요?
꽃무늬: (허벅지에 덧대어진 꽃무늬 천을 가리키며) 유기곰인형
    들은 천이 찢어지거나 솜이 새어 나오나 하는 경우가 잦
    습니다. 아무래도 거리 생활이라는 것이 거칠기 때문입
    니다. 그런 때 이런 천 조각이나 리본 등은 다친 몸을 보
    수할 때 쓸 수가 있습니다.
피 디: 의사 선생님 같네요.
꽃무늬: 그렇습니다. 저는 곰동체의 의사나 다름없습니다.

하지만 대장의 설명에 따르면 대부분의 유기곰인형들은 꽃무늬가 하는 보수 작업을 좋아하지 않는다고 했다. 본래 털과 다른 색의 천으로 보수를 하면 원래 모습과 멀어지고 옛 주인이 자신을 알아볼 가능성이 줄어들 것이라고 여긴다는 것이다.

병뚜껑 같은 경우에는 별명 그대로 잔술을 모은다. 그러고는 사람들이 흔히 하는 것처럼 술을 입에 가져간다. 그러나 곰인형은 곰인형이고 내장이 없으므로 겉만 적실 뿐이다.

피 디: 왜 이렇게 술을 자꾸 드세요?
병뚜껑: 이러면 취해.
피 디: 그냥 술에 젖는 것 아니에요?
병뚜껑: (딸꾹질한 뒤) 이러면 취한다고!

취재진은 병뚜껑이 실제로 취한 것인지, 취한 척 연기를 하는 것인지 구분하려 했으나 결국 답은 알 수 없었다.

7

저녁이 되면 홍대 곰동네의 유기곰인형들은 다시 홍제천의 굴다리 밑으로 모여든다. 유기곰인형들은 인파가 많은 곳에 있기를 원하는 동시에 피하려고 한다. 이 모순된 감정의 원인은 동일하다. 의도치 않게 옛 주인을 마주칠 수 있기 때문이다.

이는 그들에겐 꿈이지만 옛 주인에겐 악몽일 수 있다는 것을 그들 자신도 잘 알고 있다. 그들은 그저 기다린다. 어쩌면 돌아올지 모른다는 믿음까지가 그들이 갖는 적극성의 전부다.

이 시간 동안 유기곰인형들은 아침 동안 쓰레기를 치우느라 더럽혀진 몸을 깨끗이 씻는다. 이날도 대장은 근처 수도에 고무호스를 연결해서 물을 끌어왔다. 오늘은 운이 좋아 미니가 비누를 주워오기도 했다. 다들 거품을 내며 세탁 시간을 만끽한다.

대　장: (물줄기를 골고루 뿌리며) 모여, 모여. 좀 더 가운데로.
　　　 그렇지.
단　추: 병뚜껑 비누칠 좀 더 시켜. 붕대는 마지막에 부르고.
병뚜껑: 나는 안 씻어. (내 몸에 이미 뿌린) 알코올에는 세정 기
　　　 능이 있다고.
안　경: 저 비누 좀 더 주세요. 미니 씨 덕분에 호강하네요.

바로 옆이 홍제천이지만 냇가의 물은 쓰지 않는다. 세균이 많고 생활오수가 섞여들어 갔다는 이유에서다. 유기곰인형들은 청결에 큰 투자를 한다. 언젠가 옛 주인에게 다시 안길 때를 대비해서 항시 향기를 품고 있으려 하기 때문이다.

몸을 말리는 것도 큰 품이 드는 일이다. 세탁을 마친 곰인형들은 굴다리 구석에 놓인 양철통 안에 불을 지핀다. 홍대 곰

동네는 유기곰인형이 열 몇 가량 모여 지낼 정도로 커다란 곰 동체다. 그리고 이렇게나 큰 곰동체에는 불이 필수다.

대장은 버튼식 라이터를 주웠을 때 곰동체를 만들 수 있겠다는 자신이 들었다 한다. 자칫하면 타기 좋은 재료인 천과 솜으로 가득한 곰인형들이기에 불을 다루기란 쉽지 않다. 하지만 이들이 쓰는 버튼식 라이터는 곰인형들도 안전히 쓸 수 있다.

단추: 물에 젖은 곰인형은 세균이나 곰팡이가 번식할 위험이 커요. 그래서 꼭 몸을 말려줘야 하지요. 하지만 노숙 생활을 하면서 깨끗한 수건을 매일 같이 구하지는 못하니까 이렇게 불을 피우는 편이 가장 편하지요.

피디: 다른 곰동체들도 이렇게 불을 쓰나요?

단추: 어딘가는 드라이어기를 주워다 쓴다고는 들었어요. 하지만 저희는 숫자가 많아서 한 번에 그렇게 (드라이어기로) 말리긴 어렵거든요.

8

스승: 왜 곰인형이라는 단어가 있다고 보십니까?

피디: 곰 모양을 한 인형이 있으니까요.

스승: 다시 질문드리겠습니다. 곰'인'형인 이유가 무엇이라 보십니까?

피디: 아, 그렇군요. 한국어에는 곰 모양을 하든 강아지 모양을
하든 모두 '인(人)'형이군요.

스승은 언제나 천막 안에서 생활하는 유기곰인형이었다.
다른 곰인형들의 말로 그는 아주 오래전에 버려진 곰인형이
었지만 이제까지 단 한 번도 옛 주인을 찾아다닌 적이 없다고
했다. 깨달았기 때문이라는 것이다.

스승: 흔히 인형에 영혼이 깃들 수 있다고들 하지요. 사람들에게
   인형은 단순한 천 쪼가리가 아닌 것입니다. 어떤 종류의 인
   간성을 전제하고 상정하고 대할 수 있는 물건은 무엇이든
   인형이라고 불리게 됩니다. 인간적인 관계를 맺고 싶은 대
   상이라면 무엇이든지요. 그리고 그런 대상은 인식론적으
   로 실제 인간과 다르지 않습니다.

9

의식은 경건하다 싶을 정도의 침묵 속에서 진행되었다. 이
의식은 곰인형들이 홍대의 왕으로부터 주거권을 인정받기 위
한 중요한 절차다. 주차장 길에 모인 곰인형들 중 거동이 가
능한 인원 전부가 사열한 채로 왕을 맞이한다.
대장은 그 사열의 맨 앞에 서 있다. 그는 양손으로 그들이

가진 것 중 가장 깨끗한 상자를 들고 있다. 해가 저물고 있는
이 시간이 왕의 기상 시간이다.

왕: 먀.
대장: (절을 하며) 이번 주의 제물입니다.
왕: (대장의 머리에 앞발을 올리고는 툭툭 두드린다)

왕은 홍대 주변을 주름잡는 고양이다. 그의 영토는 역대
어느 고양이가 군림했던 것보다도 더 광활하다.
고양이는 영역 동물이다. 곰인형들은 그들의 거처, 그리고
그들이 주로 활동하는 주차장 길을 영토로 삼은 고양이들을
거스를 경우 생길 위험을 잘 알고 있다. 그들의 발톱과 이빨
은 곰인형을 사냥하기 충분하다.
왕은 대장이 건넨 상자로부터 츄르 한 봉지를 꺼냈다. 그
러고는 품위 어린 동작으로 그에게 헌상된 제물을 물고서 골
목 너머로 사라졌다. 곰인형들은 다시 한 번 그들의 시민권을
보장받았다는 기쁨에 안도의 한숨을 내쉬었다.

10

한바탕 씻은 뒤 유기곰인형들은 자유 시간을 가지며 하루
를 마칠 준비를 한다. 새벽부터 쓰레기를 주워야 하므로 그들

의 취침 시간은 이른 편이다.

하지만 밤에 불침번을 서기도 한다. 주정뱅이나 쓰레기 회수업자들이 공동체를 찾는 경우가 가끔 있기 때문이다. 그런 불청객에 대한 감시가 아니더라도 쥐의 방역 등 불침번들이 해야 할 일은 많다.

> 안경: 쥐나 바퀴벌레들이 지나다니는 통로가 있어요. 이 구멍들
>   을 막거나 근처에 덫을 놓거나.
> 피디: 약은 뿌리지 않나요?
> 안경: 있을 때는 뿌리는데, 저희가 약을 살 수는 없어서….

불침번은 대부분 번갈아가면서 정한다. 불침번은 거처를 돌보는 대신 당일과 다음 날 폐지를 줍는 일에서 면제된다. 대장과 스승처럼 바깥에 잘 나가지 않는 곰인형들이 불침번을 보조한다.

> 안경: 혹시 대장이 부탁한 건 갖고 오셨나요?
> 피디: (비닐봉지를 건네며) 예. 여기 있습니다.
> 안경: (꾸벅 허리를 숙이며) 감사합니다! 정말 감사합니다!

안경은 취재진이 건넨 봉투를 받고 신이 난 듯 춤을 추었다. 홍대 곰동네의 대장은 다른 곰인형들의 애원으로 취재진의 방문을 허락하면서 몇 가지 조건을 걸었다. 그리고 취재진

이 건넨 봉투는 그 조건 중 하나였다.

그 봉투 안에는 여러 종류의 약과 붕대 그리고 건전지 등 다양한 물품들이 들어 있었다. 취재진의 기부나 증여는 아니었다. 유기곰인형들이 폐지 등을 팔아 번 돈을 받아 대리로 구매한 물건들이었다.

> 대장: 가게 사람들이 보면 우리는 그냥 곰인형이니까 (물건을 팔지 않는다).
> 피디: 그러면 평소에 아무것도 못 사나요?
> 대장: 그렇지는 않고 웃돈을 주거나 해야지.

안경은 평소 쥐가 자주 나왔던 장소에 쥐약을 뿌렸다. 유기견이나 길고양이들이 먹지 않도록 쥐만이 다닐 수 있을 작은 통로에만 약을 놓았다. 그들에게는 중요한 문제였다.

> 안경: 이제 또 한군데 더 가야 하는데 불편하시면 오지 않으셔도 됩니다. 저만 갈게요.

취재진은 안경의 만류에도 불구하고 그와 같이 가기로 했다. 안경은 불침번이라 곰동체에서 조금 떨어진 곳에 따로 지내는 유기곰인형을 돌보러 가야 한다는 것이었다. 그 유기곰인형은 거처로부터 꽤 먼 거리에서 지내고 있었다.

그 유기곰인형의 별명은 미라였다. 그의 생김새를 생각하

면 아주 직관적인 별명이었다. 그는 고전 공포영화에 등장할
법한 미라처럼 붕대를 두르고 있었다. 그리고 그렇게나 붕대
를 많이 감고 있었음에도 그 뒤에 벌레가 꾀거나 썩어들어간
흔적을 전부 감추지 못했다.

안경: 미라는 몇 달 전에 유기된 곰인형입니다.
피디: 그 상처들은 어쩌다 난 것이지요?
안경: 제가 알기로는 그 옛 주인이 미라를 버리려고 하면서 식칼
　　　로 난도질했었다고 (들었다).
피디: 썩은 흔적도 있던데요.
안경: 맞습니다. (미라는) 홍대 출신도 아니에요. 한강 다리에서
　　　던져진 것이 홍수 때 물가로 올라왔는데 그때 이미 많이 상
　　　한 상태였죠.

안경은 미라의 붕대를 풀고는 취재진이 사다 준 붕대로 갈
아주었다. 미라는 몸 곳곳이 상했기에 제대로 움직이지도 못
한다고 하였다. 그는 그저 천막 안에 누워서 세상을 저주하는
것으로 하루를 보내고 있었다.

미라: 댁들. 안경한테 속지 마. 아니, 곰동체라는 놈들한테 속
　　　지 마.
피디: 속다니요?
미라: 저 안경 놈, 지금 내 붕대를 갈아주고 있지? (기침한 뒤)

착한 척하는 거야. 곰동체 놈들, 언제나 나 죽는 날만 오
매불망 기다리고 있으면서 이렇게 카메라 앞에 서니까 혹
시 옛 주인도 이 영상을 보지 않을까, 그렇다면 화면에 더
많이 보이려면 어떻게 해야 좋을까 계산하면서 연기하고
있는 거라고.

안경: (화를 내며) 뭘 그렇게 말을 해.

미라: 어디 내 말이 틀려? 내 온몸이 다 썩을 때까지 수수방관해
　　놓고선. 고얀 것들. 더러운 것들, 위선자들! (거센 기침)

미라는 안경에게 침을 뱉는 척을 하였다. 곰인형이기에
입에 침이 고이지 않아 그러지 못했을 뿐. 미라는 홍대 곰동
네에 소속되기는 했지만 다른 구성원들과 우호적이지는 않
은 듯했다.

안경은 연신 욕을 먹어가면서도 미라의 붕대를 말끔히 갈
아주었다. 미라 역시 지저분해진 붕대를 벗고 새 붕대를 감
는 것은 막지 않았다. 안경은 일을 마친 뒤 툴툴거리면서 미
라의 천막을 나갔다.

미라: 선생님들, 가지 마십쇼. 제 이야기 좀 들어주십시오. 네?
　　부탁입니다. 제발 부탁입니다.

피디: 무슨 일이세요?

미라는 안경이 떠나자 취재진을 붙잡았다. 방금까지 욕설

을 내뱉던 그 곰인형이라고는 생각할 수 없을 정도로 간절하고 공손한 모습이었다.

취재진은 미라가 그 이후 한 이야기에 큰 충격을 받았다. 미라의 주장에 따르면 홍대 곰동네는 미라를 적극적으로 죽이려고 하고 있다는 것이었다. 어디부터가 과장이고 어디까지가 진실인지는 알 수 없었지만 그의 눈빛은 진지했다.

미라: 보십시오. 그것들 언제나 청결이니 위생이니 집착을 하지 않습니까? 모두 옛 주인에게 돌아가기 위한 수작입니다. 그렇기에 저처럼 병들고 썩은 곰인형이 자기들 옆에 있으면 벌레가 옮는다고 질색을 합디다.

피디: 하지만 이미 이렇게 떨어져서 지내시지 않나요? 그러면 곰동체 측에서도 다른 곰인형을 괴롭힐 이유가 없을 것 같은데요.

미라: 그렇지가 않습죠. 저처럼 더럽고 지저분한 유기곰인형은 그 존재만으로도 다른 유기곰인형에 대한 인식을 안 좋게 만든다는 겁니다. 그래서 어떻게든 제 몸이 더 썩고 문드러지게 만들어서 제가 움직이지조차 못하게 하려고 합디다.

미라는 취재진에게 자신을 이 구역에서 구조해달라고 요청했다. 하지만 취재진에게는 그럴 권한이 없었다. 긴 시간 동안의 애원이 받아들여지지 않자 미라는 결국 단 한 가지만 명심해주기를 부탁했다.

미라: 단추, 단추를 조심하십시오. 그놈은 전에 한번은 저를 강
　　　가에 던져버리려고 했습니다. 그놈이 가장 위험한 놈이고
　　　가장 위선자인 놈입니다. 대장에게 물어보십시오. 그 양반
　　　도 부정하지는 못할 겁니다.

다음 날 취재진은 미라의 요청대로 대장을 찾아가서 실제
로 둘 사이에 어떤 분쟁이 있었는지를 물었다. 하지만 대장은
정확하게 대답하지 않으면서 이 화제 자체를 꺼렸다.

대장: 인원이 모이면 아무래도 별별 일이 다 있기 마련이고…,
　　　(단추와 미라 사이의 분쟁은) 본 사람도, 기억한 사람도 없
　　　으니까 괜히 들추시진 마시게.
피디: 어떻게 좀….
대장: (말을 끊으며) 내가 취재에 반대했던 데에는 다 이유가 있
　　　다고. 이 이상은 어떤 답도 하지 않겠어.

11

단추: (박자에 맞춰 베개를 껴안으며) 원, 투, 스리! 원, 투, 스리!
피디: 지금 뭘 하시는 거죠?
단추: 지금요? 포옹 연습이에요.

취재진은 대장의 요청에 따라 미라가 취재진에게 밝힌 내용을 다른 유기곰인형들에게 비밀로 했다. 단추는 취재진이 그를 의심하고 있다는 낌새를 눈치채지 못한 듯 보였다.

단추는 하루의 일과라면서 굴다리 밑에서 베개를 들고 포옹 연습을 하고 있었다. 곰인형의 미덕은 안겼을 때의 편안함에 있기에 누군가를 안아줄 때 가장 폭신폭신한 포옹을 할 수 있도록 언제나 훈련한다고 하였다. 취재진 중 일부는 단추의 제안에 응해 포옹 연습 상대가 되었다.

피디: 단추는 다른 유기곰인형들에 비교해서도 훨씬 열심인 것
　　　같아요.
단추: 아니에요. 다른 유기곰인형들이 너무 게으른 것이죠. 그
　　　친구들이 그렇게 매일을 낭비해요. 참으로 곰인형답지 못
　　　한 일이지요.

단추는 그 말을 꺼내고는 재빠르게 주변을 둘러보았다. 취재진은 단추가 동료들에 대한 험담을 한 것이 들키지나 않았을까 걱정했기 때문이라 여겼다.

하지만 단추가 눈치를 살핀 것은 취재진이 예상한 것과는 많이 다른 이유에서였다.

단추: 이건 여러분들한테만 말씀드리는 이야기인데요. 꼭 다른
　　　동료들한테는 비밀로 해주세요.

피디: 예, 알겠습니다. 무슨 말씀이시죠?

단추: 저는 곧 주인님한테로 돌아갈 거예요.

피디: 정말요? 축하드립니다. 그래서 비밀로 해야 하는군요. 동
료들이 알면 질투할까 봐?

단추: (숨죽여 웃으며) 맞아요.

피디: 어떻게 된 연원인지 혹시 질문을 드려도 되겠습니까?

단추: 그게 실은 (속삭이며) 전에 동료들에게는 비밀로…, 제가
이제까지 모은 돈으로 점술 뽑기를 했거든요. 그런데 세상
에, 제가 말년운이 좋다고 나오지 않겠어요?

피디: 그래서요?

단추: 초년운은 그럭저럭인데 중년운은 별로래요. 많이 별로래
요. 보면 딱 맞잖아요. 제가 지금 그렇게 잘 풀리고 있는
건 아니니까. 하지만 말년에 다 잘 풀린다니까. 그렇다니
까…그리고 제가 말년에 좋은 일이 있다면 그건 단 하나
뿐이잖아요?

단추는 내일도 태양이 뜨리라는 것처럼 확신을 담아 말
했다.

단추: 그 사람이 저에게 돌아오는 거예요.

12

단추: (카메라가 켜졌는지 확인하고는) 어…, 됐나? 됐다. 빨간
불. 흠. 으흠. 안녕하세요, 여러분. 우선 여러분께 사과드
릴 것이 두 가지가 있어요. 하나는 지금 보시는 것처럼 제
가 여러분의 카메라를 멋대로 쓰는 것이고요. 다른 하나는
방금 피디님이 무엇이 가장 그립냐는 질문에 너무 자세하
지 못하게 대답을 한 것이에요.

단추: 포옹이라고 한마디만 하다니. 모처럼 찾아주시고 또 저희
한테 관심까지 가져주신 분들이 질문을 해주셨으면 좀 더
자세히 말씀드렸어야 하는데, 제가 자세히 말씀드리려니
너무 민망한 나머지 입이 떨어지질 않더라고요. 정말 죄송
합니다. 어떻게든 만회를 할 겸 다시 한 번 인터뷰를 요청
하고 제대로 대답을 해야지, 마음을 먹었는데 여러분들이
보시는 앞에서 말하기 엄청 민망할 것 같더라고요.

단추: 그래서 이렇게 여러분이 나가신 사이 여러분의 카메라를
켜서 몰래 저 혼자서만 답변을 녹화하려고 해요. 무엇이
가장 그립냐고요. 음, 네, 포옹이 그리워요. 아니, 그게 아
니라, 네…, 어떡하지, 진짜 어쩌지. 음, 죄송해요. (카메
라를 끈다)

단추: (카메라를 켠다) 제가 그리운 것은…, 그 사람이 해준 포
옹이에요. 그냥 포옹이 아니라 그 사람이 하루 일을 마치

고 집에 와서 잠들 때…, 침대에서 저를 왼편에 놓고 자기
는 오른편 벽 쪽에 붙어 잤거든요. 그러면 저는 가만히 그
사람이 잠든 얼굴을 지켜보는 거예요. 제가 잠이 들 때까
지. 어떨 때는 그 사람이 깨어날 때까지. 잠자는 시간이 아
까웠어요. 바로 옆에 그렇게나 사랑스럽게 잠든 그 사람이
있는데. 어떻게 잠들 수 있었겠어요. 힘든 하루를 보내고
와서 저에게만 그 노곤한 얼굴을 보여주는데…, 것 봐요.
부끄럽다고 했잖아요. (카메라를 끈다)

단추: (카메라를 켠다) 그 사람은 그렇게 잠들었다가 일어나면
꼭 저를 포옹해주었어요. 곁을 지켜줘서 고맙다는 듯이요.
그러고는 다시 잠들었지요. 포근함에 웃으면서요. 고맙다
고 말해야 할 사람은 저였는데. 그래서 저도 꼭 포옹을 해
주었고요. 그 순간…, 그 순간이 저는 가장 그리워요.

단추: 저는 이제 카메라를 끄고 모른 척 여러분들이 계신 곳으로
갈게요. 나중에 이 영상을 보셔도 제 앞에서는 봤다는 티
를 내지 말아주세요. 여러분이 와주신 덕분에 저희는 정말
큰 용기를 얻었어요. (카메라를 끈다)

13

얼룩은 개성적인 유기곰인형 무리에서도 독특한 곰인형이
었다. 곰동체가 요구하는 사업 대부분에 성실하게 임했지만

적극적이지는 않았다. 그리고 불성실하게 구는 다른 곰인형들처럼 폐쇄적이지도 않았다. 얼룩은 그렇게 평범해서 독특한 곰인형이었다.

취재진은 이렇게 튀는 일이 없는 얼룩에 흥미를 느꼈다. 그리고 얼룩은 예상보다 간단하게 그가 다른 곰인형들과 달리 밝게 지내는 이유를 밝혔다. 그는 무엇이 들었는지 모를 비닐봉지를 들고 우리를 홍제천의 굴다리 밑 거처에서 조금 떨어진 곳으로 데려갔다.

얼룩: 조심…, 조심해서 오세요. 아직은 사람들을 아주 무서워해요.

피디: (상자를 가리키며) 이 안에 있나요?

얼룩: 네, 맞아요. 아가, 나 왔다.

얼룩이 인사를 하자 종이 상자 안에서 개 한 마리가 튀어나왔다. 그 녀석은 꼬리를 흔들면서 얼룩의 얼굴을 열심히도 핥았다. 학대를 받고 버려진 개였다. 견종은 말티즈에 가까워 보였지만 덩치가 더 크고 털이 엉망진창으로 더럽혀 있어 명확히 구분되지는 않았다.

개는 얼룩이 경고했던 대로 취재진을 무척 경계했다. 덩치가 큰 사람들이 우르르 모여 있는 것만으로도 큰 위협을 느끼는 듯하였다. 얼룩이 한참을 달래주고 나서야 개는 진정하고 으르렁거림을 멈췄다.

얼룩은 비닐봉지에서 쓰레기를 줍다가 구한 먹거리들을 개에게 건넸다. 건강식이라고 할 수는 없겠지만 사람에게 버려져 거리 생활을 해야 했던 애완견에게는 특식이나 다름없었다.

피디: (개를) 주우신 거예요?
얼룩: 주운 건 아니고 같이 사는 겁니다.

몇 주 전 얼룩은 쓰레기를 줍다가 개에게 습격을 받았다고 했다. 그는 자신이 그때 육포 봉지를 들고 있기 때문이 아니었을까, 라며 웃었다. 얼룩은 개를 잘 어르고 달래서 먹을 것을 주고 진정시켰다고 한다.

피디: 왜 이렇게 거처에서 멀리 떨어진 곳에서 (개를) 기르세요?
     쥐를 잡거나 방범을 지키거나 개는 공동체에 도움이 될 것
     같은데요.
얼룩: 동료들이 개를 싫어합니다. 그러잖아도 동네 주민들한테
     공동체가 눈총을 사고 있는데 개까지 키워버리면 아예 쫓
     겨날 수 있다고.

얼룩은 개를 조금 더 쓰다듬어준 뒤 자리에서 일어났다. 오래도록 취재진을 끌고 외딴곳에 있으면 동료들에게 의심을 살 것이라는 이유에서였다. 개가 계속해서 얼룩을 쫓아오자 얼룩은 화를 내고 소리를 질러 개를 쫓아내야 했다.

얼룩: 가끔은 곰동체를 떠나서 개와 함께 살고 싶기는 합니다. 하
지만 그럴 수는 없지요.

피디: 왜인가요?

얼룩: 제가 개에게 주는 밥은 제대로 된 밥도 아니잖습니까. 만
약 개가 아프면 병원에 데려가야 하는데 그럴 능력도 없
습니다.

피디: 그래도 같이 있을 수는 있잖아요.

얼룩: 그건 개에게 너무나 못할 짓입니다. 조만간 개가 사람들한
테 겁을 덜 내게 되면 동물병원 앞에라도 놓고 올까 합니
다. 보호소에 끌려갈까 봐 걱정이지만 알음알음 마음씨 좋
은 의사가 있는 병원을 찾는 중입니다.

취재진은 얼룩에게 개를 구조해 임시보호처를 찾아주기로
약속했다. 얼룩은 안심하고 곰동체 거처로 돌아갔다. 그러나
들어가기 전에는 화장실에 들러 오랜 시간 동안 개 냄새가 빠
지도록 털을 씻고 말려야 했다. 사정을 알게 된 동료들이 개
를 근처에서 쫓아내기 위해 돌과 막대기를 들고 쫓아갈 가능
성을 염려해서였다.

14

서울에 비가 왔다. 며칠째 내리는 세찬 비였다. 이런 날 곰

인형들은 아무것도 하지 못한다. 다만 홍제천이 범람해 생활 터전이 물에 휩쓸려가지 않도록 노심초사할 뿐이다. 대장은 비가 그치기 전까지 모든 활동을 금지하고 물가의 물품들을 안전한 곳으로 치우기를 독려했다.

이 도시는 인간을 중심으로 설계되었다. 그렇기에 이 도시의 환경은 인간에 비해 작고 여린 곰인형들에게 더욱 가혹하다. 비마저 오면 그저 모든 업무를 정지하고 거처를 지키는 일이 최우선이 된다.

곰인형들은 굴다리 밑에 옹기종기 모여앉아 빗줄기가 그리는 궤적을 바라보고 있었다.

대장: 장마 기간은 언제나 고역이지. 습기도 문제고. 겨울과는 다른 이유로 다들 고생해.

피디: 겨울에는 어떤 문제가 있나요?

대장: 크리스마스, 밸런타인데이….

그 순간 인터뷰하는 현장 옆에서 커다란 괴성이 들렸다. 놀란 취재진은 바로 카메라를 돌려서 무슨 일이 일어난 것인지 촬영을 하려고 했다. 그때 잡힌 화면에는 취재진이 예상하지 못한 상황이 담겨있었다.

바로 단추와 병뚜껑이 진흙탕 위에서 뒹굴면서 주먹질을 하는 장면이었다.

단　추: (병뚜껑 위에 걸터앉아) 더러운 곰, 날 뭐로 보고!

병뚜껑: (소리 지르며) 아, 내가 술을 마시겠다는데 네가 도대체
　　　　무슨 상관이야!

단　추: 네가 더러운 술을 나한테 흘렸잖아!

병뚜껑: 지금 쏟아지는 비에 다 씻겨 사라졌구만 왜 성질이야!

싸움이 커지자 곰인형들은 우르르 몰려들어 단추와 병뚜
껑의 사이를 갈라놓았다. 곰인형들은 말 그대로 솜 주먹이지
만 그 솜 주먹도 날붙이나 무게가 있는 무언가를 쥘 수 있다.
그래서 유기곰인형 간의 싸움이 커지면 치명상으로 이어지기
도 한다고 했다.

단　추: (진흙더미를 쥐어 병뚜껑에게 던진 뒤) 너는 곰인형들
　　　　의 수치야! 너같이 더럽고 지저분한 곰인형 때문에 나
　　　　나 미니 같은 친절하고 사랑스러운 곰인형들이 피해를
　　　　보는 거라고!

병뚜껑: 하, 웃기기도 하다! 미니는 그렇다 쳐도 네가? 네가 친절
　　　　하고 사랑스러워?

둘 사이의 물리적인 거리가 멀어지자 싸움의 도구는 주먹
에서 혀로 바뀌었다. 단추와 병뚜껑은 서로에게 원색적인 표
현을 써가면서 고함을 질렀다. 겨우 둘을 떼어놓은 곰인형들
이었지만 말싸움마저 막지는 못했다.

비라도 오지 않았다면 좀 더 멀리 거리를 둘 수 있었을 것이다. 하지만 이들에게 있을 곳은 이 굴다리 밑이 유일했다. 다들 진력이 난다는 표정으로 단추와 병뚜껑을 바라보았다. 하지만 눈만으로는 그들의 입을 막을 수 없었다.

병뚜껑: 네가 다른 곰인형들에 대해 뭐라고 말을 하고 다니는지 다들 모를 것 같아? 다른 곰인형들이 너에 대해 뭐라고 말을 하고 다니는지 너만 모르는 것은 알고?

단 추: 내가 뭐! 나는 일 잘하지, 잘 씻고 다니지, 사람들한테 친절하지!

병뚜껑: 돌았냐? 네 입으로 네가 그렇다는 말을 하게?

미   니: 제발 그만들 좀 하세요! 도대체 뭣들 하시는 거예요!

미니가 소리를 지르면서 둘 사이에 끼어들었다. 사람과 비교하면 무릎 높이까지 오는 키의 곰인형들 사이를 발목에 나 겨우 닿을 곰인형이 중재하려고 하니 여간 안타까운 모습이 아니었다.

미   니: 비 오는 날이잖아요! 모두가 예민해지는 날이에요. 그러니 조금만 더 참아요! 서로 싸우지 말아요! 동지잖아요! 친구잖아요! 다 같은 곰인형들이잖아요!

병뚜껑: 미니….

단 추: 똑같기는 무슨. 미니, 당신은 주인이 어린애잖아요? 같

이 있었던 기간이 한 달밖에 안 된다면서요? 그 꼬마가 당신과의 추억을 추억이라고나 여기고 있을 것 같나요? 당신은 그저 별거 아닌 천 쪼가리일 뿐이에요. 게다가 당신 주인은 새 장난감에 빠져서 당신 따위는 까먹고 떠나 버렸잖아요? 이미 당신을 가졌던 사실도 잊어버렸을걸?

대　장: 단추! 이봐!

단　추: 나는 달라. 두 사람은 진실 되게 사랑했으니까! 그거 알아? 기적처럼 다시 주인을 만나는 곰인형도 있어! 어떻게 아느냐고? 내가 그랬으니까! 내 주인은 나를 데려갔었으니까! 나 말고도 곰동체를 떠난 곰인형들도 있었고! 그런데 그중에서도 어린아이한테 버려진 경우에는, 하루 만에 바로 돌아간 경우가 아니라면, 오래 방황하다 돌아간 곰인형은 하나도 없어! 아이들은 모든 것을 하루 만에 잊어버리니까! 그게 진실이야!

모든 곰인형들이 숨을 죽이고 미니를 바라보았다. 단추의 주장에는 그가 몇 년 동안 가졌던 경험 이상의 근거는 없었다. 하지만 그럼에도 불구하고 그 지적에는 누군가의 의지를 부술 정도의 힘은 있었다.

미니에 대한 비방에 가장 놀란 곰인형은 단추 자신으로 보였다. 그는 미니와 병뚜껑 그리고 다른 곰인형들과 취재진을 번갈아 본 뒤에야 자신이 어떤 말을 꺼냈는지를 자각한 듯싶었다.

단추: 아니, 그게 아니라…, 홧김에 한 말이니까 신경 쓰지 마세
　　요. 제가 잘못했어요. 염려 마세요. 미니의 주인은 꼭 미니
　　를 찾아 돌아올 거예요.
미니: 알아요. 그럴 거예요.

　단추는 실언을 수습하기 위해 계속해서 변명을 던지려 했
다. 하지만 미니는 조용히 굴다리 구석으로 가 웅크리고 앉아
누구의 위로도 듣지 않았다. 홍제천의 곰인형들 사이에 추적
추적 빗소리만이 남았다.

15

　단추와 병뚜껑이 크게 싸운 날 밤이었다. 비가 그치지 않
아 곰인형들은 하루를 아무런 소득도 없이 보내야만 했다. 기
상예보에서는 장마가 일주일 정도 더 이어질 것 같다고 보도
했다. 이런 날은 곰인형들도 불침번을 세우지 않는다.
　그러나 홍제천 주변을 촬영하기 위해 설치했던 취재진의
카메라에 이상한 움직임이 붙잡혔다. 천막 안에서 어떤 곰인
형이 빠져나온 것이었다. 어찌 된 영문인지 확인하기 위해 취
재진은 곰인형의 그림자가 향한 방향을 쫓았다.
　10분 정도 길을 헤맨 뒤 취재진은 카메라에 잡혔던 곰인형
의 정체가 누구인지, 그가 왜 이 비 내리는 밤에 몰래 거처를

빠져나와야 했는지를 알게 되었다. 단추가 의류수거함 앞에서 누군가와 다투는 모습을 발견하고 만 것이다.

단추: (속삭이며) 그냥 들어가요.
미니: (온몸으로 저항하며) 싫어요! 들어가지 않을 거예요!
단추: 부탁이니까, 제발!

단추는 의류수거함에 미니를 강제로 던져 넣고는 도망치듯 그 자리를 떠나려 했다. 미니는 의류수거함 안에 빠져서도 쾅쾅 함을 두들기며 꺼내달라고 소리를 질렀다. 단추는 곧 취재진이 그의 뒤를 밟았음을 발견했다.

취재진은 단추에게 질문을 던지려고 했다. 하지만 단추는 우선 장소를 옮기자고 말했다. 결국 취재진은 의류수거함 안에서 소리 지르는 미니를 뒤로하고 단추를 따라갔다.

피디: 조금 전 왜 미니를 의류수거함 안에 넣으셨나요?
단추: (미니를 의류수거함 안에 넣는 것은) 필요한 일이었어요.
피디: 누구에게요?
단추: 모두에게요.

단추의 논리는 다음과 같았다. 법이 바뀐 것 때문인지 관행이 바뀐 것 때문인지는 모르겠지만 예전에는 곰인형들이 의류수거함 앞에 놓여만 있어도 업자들에게 회수되어서 복지 시설에 전달이라도 되었다고 한다. 그런데 요즘에는 그렇지가 않아서 의류수거함 앞에 놓인 곰인형들은 쓰레기 처리장으로 끌려갈 뿐이라는 것이다.

반면 미니는 크기가 작은 곰인형이라 의류수거함에 들어갈 수 있다. 그렇기에 단추는 미니를 의류수거함에 넣어서 업자들에게 회수되도록, 새 주인을 만나도록 도왔을 뿐이라고 항변했다.

피디: 하지만 그건 미니 본인이 결정해야 할 문제가 아닙니까? 아무리 옛 주인이 어린아이고 어린아이가 유기곰인형들을 다시 찾아오는 경우가 없었다고는 해도 그것이 미니가 반드시 새 주인을 찾아야만 한다는 것은 아니잖아요?
단추: 맞아요. 피디님 말씀이 맞는다는 거 저도 알아요.
피디: 그런데 왜 그러셨어요?
단추: 이제까지 피디님은 제가 미치지 않은 줄 아셨어요?

그 순간 단추의 어조가 바뀌었다. 그는 이전까지 보여준 친절이나 상냥함이 무색하게 날 서고 매서운 표정을 짓고서는 언성을 높였다.

단추: 있죠. 저도 바보는 아니에요. 미친 곰이지만 바보는 아니라고요! 옛 주인과 마주치면 부담을 줄 테니 옛 주인이 다닐 만한 길은 피해 다니지만 여전히 한구석에서 그 사람

을 기다린다? 우습죠. 애초에 이렇게 포기하지 못하고, 잊지 않고 서성이는 것 자체가 부담을 주는 일이고 그 사람을 돌려 공격하는 일 아니에요? 유기곰인형들은 언제나 가련한 피해자인 척을 하지만 실상 우리는 그저 더러운 가해자에 불과해요. 피디님도 모르시지 않잖아요. 저도 모르지 않고요. 그런데 알면서 이 미친 짓을 벌일 정도로 망가졌다고요. 아직도 오른편을 비워놓지 않고서는 잠들지 못해요. 하지만 미니마저 그래서는 안 돼요. 아직은 그래도 다른 누구를 만나서 다시 살아갈 가능성이 남은 곰인형마저 그래서는 안 돼요. 아니에요?

단추는 질문에 대한 답을 듣지 않고서 홍제천의 천막으로 돌아갔다. 다음 날 홍대 곰동체의 곰인형들은 어떤 일이 있었는지 짐작하는 듯 보였다. 그러나 누구도 이 사건에 대해 언급하지 않았다.

16

피디: 그래도 그리울 때는 어떻게 하세요?

안경: 가슴을 누릅니다. 녹음된 목소리가 나오는 장치가 들어 있거든요. 얼마 전에 새 건전지도 구해다 넣었어요. 자, 들어보세요. (가슴을 누른다. "미스 유. 보고 싶어. 사랑해."라

는 말이 재생된다.) 들으셨죠? 주인의 목소리예요.

안경-50센티미터. 푸른 털. 검은 눈. 합정동 N 카레집 앞에 유기. 곰동체 소속 9개월 차. 군데군데 천으로 재가봉 되었음. 검은 뿔테 안경을 쓰고 있음.

얼룩: 강아지를 보러 갑니다. 주인이 저를 사랑해주었던 것처럼 저도 강아지를 사랑해주고 싶어요. 하지만 저도 언젠가 강아지를 떠나야겠지요.

얼룩-35센티미터. 연갈색 천. 검은 눈. 상수동 Z 카페 앞에 유기. 곰동체 소속 4개월 차. 등 부분 천이 무언가에 의해 얼룩져있음. 개와 함께 생활하는 집 출신이어서 동물에 친숙함.

꽃무늬: 잠을 잡니다. 잠을 자면 꿈을 꿀 수 있고, 꿈에서는 함께 할 수 있을지도 모르기 때문입니다.

꽃무늬-60센티미터. 분홍색 꽃무늬 천. 푸른 눈. 서교동 E 클럽 앞에 유기. 곰동체 소속 13개월 차. 커다란 검은색 나비넥타이를 매고 있음. 재봉 전반에 대한 지식이 빼어나다.

병뚜껑: …술을 마시지.

피 디: 왜요?

병뚜껑: (옛 주인이) 술을 자주 마셨거든. 잔뜩 취해서 집에 들
          어오면 내 이마에 입맞춤을 해줬어. 술을 마시면 그때
          기억이 나.

병뚜껑-20센티미터. 흰색 털. 갈색 눈. 아현동 K 술집 앞
에 유기. 곰동체 소속 20개월 차. 술을 찾기 위해 쓰레기를
과도하게 뒤지는 나머지 군데군데 자상이 생겨 천을 새로 덧
댄 부분이 많다.

단추: 아무것도 안 해요.

피디: 아무것도요?

단추: 네. 그저 계속…, 계속 그리워해요.

단추-25센티미터. 갈색 천. 단추 눈. 상수동 W 원룸 앞에
유기. 곰동체 소속 24개월 차. 두 번째 합류 당시 양 눈이 뜯
어진 상태여서 단추로 된 눈을 새로 달아야 했다. 곰동체 소
속 10개월 차에 옛 주인이 찾아와 집으로 돌아갔으나 한 달
뒤 다시 유기된 경험이 있다.

17

예정되었던 촬영이 끝나고 현장에서 철수한 지 며칠이 지난 뒤 취재진은 홍대 곰동네로부터 부고를 전달받았다. 단추가 불에 타 죽었다는 것이었다. 모두가 잠든 사이 불침번을 보다가 양철통에 지펴둔 불이 몸에 붙은 것 같다고 했다. 지켜보던 곰인형이 없었기에 자세히 아는 곰인형은 아무도 없었다. 그런데도 다들 사고가 아닌 자살이었으리라 짐작했다.

단추는 미니를 떠나보낸 뒤로 곰동체에서 지켜야 할 일정이나 규칙들을 따르지 않고 혼자 멍하니 있는 시간이 늘었다고 했다. 대장은 그런 그를 배려해서 불침번 외의 별다른 업무를 맡기지 않았다. 그 결정이 되레 화근이 된 것이다.

홍대 곰동네는 취재진에게 다시 한 번 거처로 찾아와주기를 요청했다. 단추의 장례식을 치를 예정이니 자리를 함께해주면 단추도 기뻐해 주리라는 것이었다. 취재진은 그 요청에 응해 유기곰인형들의 장례 문화를 카메라에 담기로 약속했다.

곰인형들: 아가랑 곰이랑 빙글빙글. 아가랑 곰이랑 도리도리. 아
　　　　　가랑 곰이랑 까꿍까꿍.

홍대 곰동네의 장례식은 그들의 거처인 홍제천에서 한강

248

까지 운구 행렬을 잇는 것으로 시작한다. 그들은 자장가 '아가와 곰'을 만가로 삼았다. 곰동체에 소속된 모든 곰인형과 독립적으로 생활하던 마포구의 몇몇 곰인형들이 참가해 그 행렬이 짧지만은 않았다.

곰인형들은 그들이 가진 택배 상자 중 가장 깨끗한 것을 골라 그 안에 부드러운 풀 따위를 넣어 관을 만들었다. 그리고 그 안에는 단추가 타고 남은 잔해와 재를 넣었다. 단추는 그 시체가 너무 늦게 발견된 나머지 그 형체를 알아보기 힘들 정도였다.

피디: 단추는 왜 그렇게 극단적인 선택을 했을까요?
대장: 지친 게지.
피디: 무엇에 지쳤다는 말씀이시지요?
대장: 지친 거야. 다 잘 될 거라고. 더 좋은 일이 있을 거라고. 그렇게 스스로에게 거짓말을 하는데.

홍제천부터 한강까지 가는 데에는 그렇게 오래 걸리지 않았다. 곰인형들은 그저 말없이 어제까지 자신들과 마찬가지로 외로웠던 곰인형을 애도하며 만가를 불렀다.

곰인형들: 아가랑 곰이랑 침대로 가서. 아가랑 곰이랑 기도하고. 아가랑 곰이랑 불을 끄고. 아가랑 곰이랑 쿨쿨쿨.

운구 행렬은 한강에 도착한 뒤 길게 일렬로 늘어섰다. 어느새 강변에 있던 시민들이 몰려들어 무슨 일인지를 살폈으나 곰인형들은 아무런 반응도 보이지 않고 장례 절차에 집중하였다.

다음으로는 대장이 짧게나마 단추를 위한 추도사를 읊었다. 추도사는 고인이 얼마나 성실하고 친절한 동지였는지에 대한 내용이었다.

피디: 단추는 알고 있었나요?
스승: 네. 처음부터.

곰인형들은 단추가 잠든 관을 강물에 흘려보냈다. 택배 상자로 만든 관은 강물을 따라 떠내려가다 바닥이 젖고는 곧 물속 깊은 곳으로 가라앉아버렸다. 단추는 강물 속에서 영원한 잠에 빠졌다. 그는 이제 잠들기 위해 오른편을 비우지 않아도 된다.

〈버려진 곰인형들을 위한 만가〉 후기

거리에 널린 쓰레기들 무엇이든 사연 하나 없겠느냐만 버려진 곰 인형이 주는 처연함은 남다르다. 귀여운 인형이 험한 곳에 있어서인지 더 안쓰럽다. 더욱이 많은 경우 곰 인형은 누군가가 누군가에게 선물로 주는 경우가 많으니 그런데도 버려졌을 때의 드라마를 상상하게 된다. 이 처연함에 관해 이야기하고 싶어 버려진 곰 인형들을 주인공으로 하는 이야기를 쓰자고 마음먹었다.

하지만 이 소재는 내가 다루기에는 너무나 강하다는 우려도 있었다. 그래서 작가인 나만이 아니라 독자들도 거리를 두고 보도록 강제할 장치를 넣어야만 했다. 고민 끝에 〈뱀파이어에 관한 아주 특별한 다큐멘터리〉나 〈모던 패밀리〉 그리고 〈팍스 앤 레크레이션〉 등의 모큐멘터리 코미디 형식을 빌리기로 했다.

다음으로는 이런 소재로 소설을 쓸 것이라고 광고하고 다녔다. 한 3년 정도는 광고했던 것 같다. 작품에 들어갈 대부분의 사건들을 제목을 떠올리고 한 달 안에 구상하기는 했지만 바로 집필을 시작하지는 못했다. 구상 단계에서 이미 등장인물 중 하나를 죽였기에, 작업에 들어가기 전에 죽은 누군가를 애도할 기간을 거쳐야만 했기 때문이다. 정작 집필에는 3일 조금 넘게 걸렸다.

초기에 구상했던 글은 더욱더 노골적이고 잔인한 장면들로 가득했다. 독립영화 감독이 다큐멘터리를 찍기 위해 곰 인형들과 함께 생활하는 이야기가 될 예정이었고 그에 따른 반전도 준비했지만 이렇게 쓸 경우 애써 만든 거리감이 무너진다는 판단을 내리고 곰 인형들의 이야기에 집중했다. 무엇보다 자극적인 묘사로 독자들의 감정을 강제하는 것은 상도덕에 어긋나는 일이니까.

이 작품을 구상한 뒤 '나는 〈버려진 곰 인형들을 위한 만가〉가 표제작이 될 단편집을 쓸 거야. 그리고 단편집이 한 주제로 묶일 수 있도록 몇 년 동안 내가 쓰는 단편에는 모두 곰 인형을 넣어야지.'라고 결심을 했다. 다음에 나올 단편집은 책이 무척 예뻤으면 좋겠다는 바람이 있었는데, 아무리 표지를 못 만드는 출판사들이 많더라도 곰 인형만 하나 그려 넣으면 되는 표지조차 못 만드는 출판사는 없을 것이라 예상했기 때문이다.

하지만 이런 계산속도 헛되게 애초에 표지를 잘 만드는 아작 출판사에서 단편집이 나오게 되었다. 더욱이 표제작도 〈구미베어 살인사건〉으로 바뀌었다. 비록 표제작은 아닐지라도 이 단편집에서 중심을 잡는 작품은 이 〈버려진 곰 인형들을 위한 만가〉라고 생각하지만 말이다.

나는 항상 소설을 완성한 뒤 그 결말이 어찌 내려졌든 등장인물들이 모두 행복해질 수 있는 후일담을 상상하고는 한다. 그러므로 내 소설은 모두 해피엔딩이라고 봐도 좋다. 왜냐하면, 작가인 내가 그렇게 정했기 때문이다. 하지만 이 작품은 그 후일담을 상상하지 않았다. 이 정도면 훌륭한 해피엔딩이라 자부한다.

07
손인불리심청전

숙종 21년에 있었던 일이다. 함경도 바닷가 인수 고을에 효녀로 이름이 드높은 심청이라는 여인이 살았다. 본디 효라는 것이 가내의 도리지 세간의 도리가 아닐진대, 그런데도 이 여인이 효녀로 명망을 떨칠 수 있었던 것은 순전히 그 아비의 덕이었다.

심청의 아비 되는 자는 성이 심이요, 이름은 학규라 하였다. 이 자는 품행이 방정치 못한 데다 신의를 지키는 일이 없어 빚을 지기는 천 냥이요 옥에 갇히기는 뒷간 드나들듯 했으나 구박을 받을 때마다 이 모두 십여 세에 눈을 다쳐 운수가 꼬인 탓이라고 변명하기 일쑤라, 이웃한 이들은 모두 심학규의 눈이 구실을 다함을 앎에도 그를 심봉사라 불렀다.

심봉사가 벌린 난장판을 닫는 몫은 고을의 원님도 유림의 서생도 아닌 그의 여식되는 심청의 것이었다. 하루는 깨트린 장독대를 물어주고 또 하루는 팔이 꺾인 간난이를 달래주고 다음 하루는 투전 빚을 갚아 춘하추동 사시절을 쉬는 날 없이 아비를 살피니, 눈뜬 사람이라면 누구나 상찬을 마지아니하였다.

*

그해 봄 인수 고을에 궁색한 행색을 한 승려 하나가 탁발을 왔다. 승려는 얼굴 곳곳에 흉이 나 있었는데 그 모습이 마치 비늘 같았으며 눈에는 핏발이 돋아 시종일관 귀기가 어려 있었다. 고을 사람들이 어디서 오셨는가 물으니 몽국사의 화주승이라 밝혔으나 함경도는 물론이거니와 전국팔도 어디에도 그런 사찰이 없어 모두가 괴이쩍게 여겼다.

화주승은 몇 해 전 불에 타 잔해만 남은 터에 움막을 짓고 앉아 염불을 외웠다. 고을의 개들은 그가 지나갈 때마다 구석에 숨었고 아이 하나는 화주승이 강에서 낚은 물고기를 날로 뜯어먹는 모습을 보았노라 울어댔으나, 아이가 이리 떼에 쫓겨 사지가 찢긴 채 죽어버린 뒤로는 시비를 붙이는 자가 없었다.

허나 두꺼비 심보 심봉사만은 화주승을 긴히 보아 세상 팔자에 대해 캐묻기를 멈추지 아니하였으니, 화주승 또한 심봉사에게 이런저런 설법을 이르며 어울리고는 하였다.

"스님 들으시오. 내 실은 날 적부터 눈먼 봉사는 아니었소.

사정이란 이러한즉 소생이 어미 뱃속에서 나온 지 아홉 해가 되던 차에 그만 재액이 닥쳐 차츰 만물이 침침해지고 있다오. 이내 양 눈 공히 멀 지경인데, 영검 많은 부처는 앉은뱅이 서게 하고 벙어리 입을 여실 터인즉슨 소생을 처량히 여겨 구해줄 부처는 없으오리까?"

"그대 나 잘 만났구려. 나는 본디 제나라 사람으로 이 먼 조선 땅까지 오는 길에 나인성에서 몇 가지 요술을 배웠소이다. 소승이 모시는 부처께서는 다름 아닌 오래고 귀하신 동해 용왕 어른이시라, 빌어서 아니 되는 일 없고 치성하면 못 응하실 일 없을 터. 삼십 석 시주를 올리면 살아생전에 두 눈이 밝아 천지 만물 두루 보고 성한 사람 되겠소."

"땡중 놈이 농 한 번도 짓궂도다. 눈먼 봉사가 어디 시주할 구석이 있을까?"

심봉사가 성을 내자 화주승은 음히 웃으며 되레 물었다.

"방도를 알려주면 되는가?"

✳

"이리 오너라."

그날로 심봉사는 급히 돌아와 심청에게 채근하니, 심청은 벌써부터 아비가 염병할 걱정에 흉통으로 숨이 턱 막히는 듯하였다.

"아버지, 무슨 일이시오? 계집은 이미 열날 밤을 새워 바느질과 길쌈으로 삯을 받아 밀린 세를 내었나이다."

"이 년아, 아비가 고작 세나 따지려고 하는 줄 알았더냐? 내게 궁궐 같은 집에서 호식할 묘책이 있느니라."

"무슨 계책 말씀이오?"

"네년 되놈에게 시집가라. 네 자색이 고와 삼십 석은 받겠느니라."

심청이 놀란 사이 심봉사가 말을 잇는다.

"삼십 석을 받아 몽국사에 시주하면 나의 눈이 뜬다더라. 내 큰일을 하려 해도 눈이 어두워 못했으나, 네년 시집가고 나의 눈이 뜬다 하면 나도 되고 너도 된다. 내가 복록을 받아 너에게 베풀지 아니할까? 반면 네년 고집으로 혼인을 성사치 아니하면 우리 집은 이제 망할 길뿐이로다."

이에 심청은 기가 차 탄식만 나왔다. 제 밥을 차려 먹기는 커녕 비루먹지도 못할 한량이 딸까지 팔아 무슨 영화를 누릴까? 이미 멀쩡히 뜨고 다니는 두 눈을 어떻게 낫게 할까? 허나 이미 심봉사는 일이 잘되면 제 덕이요 못 되면 딸년이 아비를 공경치 아니하고 효행을 모른 탓이라 마음을 굳혔으니 도망칠 길 없었다.

＊

다음 날 건너 고을의 귀덕 어미는 빨래터에서 통곡하는 심청을 보고 화들짝 놀라 그 연원을 물었다. 사정을 들은 귀덕 어미는 분통에 그만 심청을 끌고 화주승의 움막을 찾아 따져 물었다.

"스님 들으시오. 천하에 사람보다 귀한 것이 없을 터인데 어디 감히 남의 여식으로 중매 아닌 흥정을 붙이고 값을 매기오리까? 또 멀쩡히 눈 뜨고 사는 사람을 소경 팔자에서 벗겨준다며 시주를 받나이까? 고을 사람들 불러 매질하기 전에어서 청이 애비 말리시오."

"혼인을 정하고 마는 것은 집안 사내의 일인데 어찌 이웃 아낙이 참견하오. 내가 모시는 신께서는 다름 아닌 오래고 귀한 어른이신데 몇 가지 술수로 못하실 일 없으니 잠자코 있으라."

"그런 요술이 조선 팔도 어디에 있소?"

"아무렴 거짓부렁을 할까. 증명이야 어렵지 아니할세."

화주승은 호기롭게 품 안에서 상자 하나를 꺼내 보였는데, 어느 짐승의 것인지 모를 가죽으로 덮여있어 보는 이로 하여금 울가망으로 수그러지게 하였다.

"마주한 이가 늘수록 신묘함은 줄어드니 오직 심청만 보아라."

웅탄하던 화주승도 그때만은 사리는 모양으로 심청에게 손짓하더니 소릇이 상자 안을 내보였다. 그러자 심청 또한 고드름에 혀가 달라붙듯 입을 열지 못하더니.

"어디 이제는 믿겠느냐. 빌어서 아니 되는 일 없고 치성하면 못 응하실 일 없다."

"믿겠나이다. 고승께서는 부디 아무 말쏨 말아주오."

이러고는 심청마저도 쇠심줄로 되놈에게 시집가기를 고집

하니 말릴 사람이 아무도 없더라.

✳

며칠 지나지 않아 심청은 대륙 사람에게 오십 석에 팔려 수로만리 뱃길을 갔으나 그만 풍랑을 만나 몰사를 당했다. 화주승은 심봉사로부터 받은 삼십 석을 날로 먹고 사라졌음에 심봉사만이 남은 이십 석을 들고 이제야 내 팔자가 풀리노라고 자랑하고 다녔다.

허나 쉬이 번 돈이 오래 갈 수 있으랴. 심봉사는 버릇을 고치지 못해 집안의 요강마저 팔아가며 투전 노름을 했으나 손아귀에 엽전 하나 남지 아니하였다. 자신도 무안한지 이웃 고을 과부에게 홀려 재산을 빼앗겼노라 하였으나 정작 그 과부가 심봉사로부터 받은 것은 순무 하나가 고작에 그마저도 심봉사가 흘레라도 붙어보자 강제로 떠넘겼던 일이라 그 말을 믿는 이 없었다.

결국 손해를 본 것은 심청이 하나였음에 사정을 아는 사람 모두 하늘이 낸 큰 효라 추앙하였어도 향화 하나 없는 공치레였다.

✳

그해 겨울, 밤새 서리가 내리고 안개마저 낀 날이었다. 돌아온 심청을 처음으로 마주한 것은 바닷가의 어부였다. 파도 사이사이로 흠뻑 젖은 누군가가 어기적어기적 걸어 물에 빠진 주당일까 달려갔으나 바로 심청이었으니. 창백한 살결에 따개비마저 달라붙은 꼴을 보아 수중고혼 되었음을 알겠더라.

이내 심청이 인수 고을로 발길을 옮김에 사방 천지에 생선 썩은 내가 진동하여 요란했다. 이를 보고 누구는 혼절하고 누구는 발작했으나 감히 막아설 이가 없었다.

안개는 점점 피어올라 세 치 앞도 보이지 않았는데 묘하게도 동짓달처럼 새파란 심청의 자태만은 알 수 있었더라. 소저가 입을 벌려 아무 뜻도 없을 소리를 내니 듣는 이 모두가 기겁하여 빌고 또 빌었으나 무엇을 비는지를 자신도 몰랐다.

무중 속에 찾아온 객이 심청 하나뿐은 아니었다. 심청의 노랫가락이 이어지는 와중 안개 사이로 얼핏 커다란 형상이 우뚝 서 있는 것이다. 전신을 본 이는 아무도 없으나 거인의 머리가 태양보다도 높고 양 팔은 태산조차 한 품에 안을 크기임은 분명하였다.

안개와 곡소리는 사흘 동안 멈출 줄을 몰랐다. 시간이 지나 심청과 거인은 간데없이 사라졌지만 그사이 무슨 일이 있었는지 아는 이가 없는데, 이는 집에 숨어 까무러친 이들은 살았으나 그러지 못한 이들은 모두 죽었거나 기겁하여 제 손으로 두 눈을 파낸 나머지 아무것도 보지 못하였기 때문이었다.

다만 심봉사만은 멀쩡히 모든 꼴을 보았으나 실성하여 온전치 아니하였다. 그는 눈을 감아도 보이노라 밤낮없이 비명만 질렀는데 어느 날 바다로 뛰어들었고 시체는 찾지 못했다. 이에 세간에서는 심청이 혼인한 이가 누구인지, 심청이가 빌어서 무슨 일이 되었고 치성을 드려 어떤 것이 응하였는지 미루어 짐작할 수 있었다.

〈손인불리심청전〉 후기

'〈심청전〉 그거 완전 러브크래프트풍 코스믹 호러 아니냐?'
하는 아이디어가 떠올라서 쓴 글이다. 내가 처음 떠올린 줄
알았는데 검색해보니 그렇지는 않았다. 아쉽지만 〈아기공룡
둘리〉 코스믹 호러 가설은 내가 세계최초로 제시했다는 정도
로 만족할 수밖에.

농담이 아니라 〈아기공룡 둘리〉는 외계의 초월적인 존재
로부터 비상한 능력을 이식받은 고대의 생명체(둘리)가 빙하
속에 갇혔다가 현대 사회에 깨어나 그와 마주친 인간(고길동)
을 파멸로 몰고 간다는 점에서 코스믹 호러의 훌륭한 모범이
라 할 수 있다.

김수정 작가님의 영구히 불멸할 걸작에 대한 비평은 이쯤
하고 소설 이야기로 돌아가자. 이 작품은 〈심청전〉을 코스믹

호러로 재구현하는 것 외에는 내가 즐길 요소가 떠오르지 않았다. 그렇기에 평소 쓰지 않던 형태의 문체를 실험하는 도구로 삼았다. 나는 당시 경성을 무대로 한 장편을 기획하는 중이었는데, 어떻게 분위기를 잡아보려고 하니 판소리에서나 쓸법한 어휘들을 배울 필요성이 생겼기 때문이다.

실험의 결과는 절반 짜리 성공이라 본다. 앞으로 글을 쓰면서 이런 문체가 필요한 상황들이 있기는 하겠으나 문장이 무거워지니 쓰기도 읽기도 모두 피곤해서 전체적인 분량을 줄여야만 했다. 내가 쓴 문장이 적절한지 판단할 수도 없어 내게 맞는 작업방식은 아니라고 결론을 내렸다. 경성을 무대로 한 장편의 기획도 지금은 폐기처분한 상태다.

제목은 손인불리기(損人不利己)에서 살짝 고쳐 만들었다. 다른 사람에게 손해를 입히면 자신에게도 이롭지 않다는 뜻이다. 어렸을 적 재밌게 봤던 무협지 〈절대쌍교〉의 등장세력 십대악인 중 백개심이라는 인물이 있었는데 이 인물의 별호가 손인불리기였다. 당시 나는 불리기가 우리말이라 착각을 해서 손해 보는 사람을 늘린다는 말로 이해를 했었다. 나중에야 모든 단어가 한자였다는 것을 알고 이렇게 써먹게 되었다.

〈심청전〉을 코스믹 호러풍으로 변주했다고 하기는 했으나 원전부터가 여성에 대한 착취가 바탕에 깔려있어 크게 바꾼 느낌은 들지 않는다. 다만 몇 가지 우려로 심학규를 맹인이 아님에도 맹인 행세를 하고 다니는 사람으로 설정하는 정도의 변화를 주었다.

〈손인불리심청전〉은 이 단편집에서 유일하게 곰 인형이나 그 비슷한 물건이 직접적으로 언급이 되지 않는 작품이다. 애초에 단편집에 넣을 요량으로 쓴 글이 아니었기 때문이다. 어떻게 심청이가 곰을 때려잡는 장면이라도 넣을까 고민했으나 그냥 화주승이 들고 다니는 상자의 가죽 일부가 곰의 가죽이었다고 사후적인 설정을 덧붙이는 정도로 타협을 볼까 한다.

08
곰인형이 왔다

곰인형이 왔습니다. 침대에서 일어나 방문을 바라봅니다. 곰인형이 오면 아무리 깊은 잠도 아랑곳없이 양 눈이 절로 떠집니다. 곰인형은 씩씩거리면서 저를 바라봅니다. 몸에 난 털이 모두 곤두서있어도 어깨만 들썩일 뿐 다가오지는 않습니다. 방 안은 어둡지만 저는 알 수 있습니다. 아직은 저를 쉽게 제압하지 못하리라 생각하는 모양입니다.

다행히 창밖은 아직 컴컴합니다. 밤에 오는 곰인형은 새벽에 오는 곰인형에 비하면 무섭지 않습니다. 만약 운 좋게 곰인형이 돌아가 준다면 다시 잠들 시간이 생기기 때문입니다. 밤에 온 곰인형이 새벽까지 방 안에 남는 경우도 있기는 합니다. 그래도 이런 경우에는 곰인형도 저도 지쳐서 우리의 싸움도 쉬이 어린애 장난처럼 되어버립니다.

약간의 긴장 어린 순간이 지나자 곰인형은 소리를 지릅니다. 곰인형은 제 방에 올 때마다 소리를 지릅니다. 두꺼운 천과 솜에 가로막혀 잘 들리지는 않습니다. 하지만 내용은 짐작할 수 있습니다. 곰인형은 저와 제가 아는 모든 사람을 비난합니다. 그리고 이 비난을 듣고도 듣지 못하고도 아무 대답도 못 하는 저와 제가 아는 모든 사람을 조롱합니다.

저는 말없이 이불을 뒤집어쓰고서는 곰인형이 화를 내면서 방 안 곳곳을 돌아다니는 모습을 훔쳐봅니다. 곰인형을 멈추지는 않습니다. 멈추려고 하는 것은 금기입니다. 저에게 곰인형을 멈출 물리력이 없다는 것을 곰인형이 알아차릴 수도 있기 때문입니다. 곰인형은 저의 나약함을 알아차린 순간 저를 잡아먹을 것입니다. 곰인형에게 잡아먹히는 것은 무척이나 고된 일이라서 피하고 싶습니다.

가끔은 곰인형이 온 것을 무시하고 잠들어버리고 싶을 때도 있습니다. 아니, 언제나 그렇습니다. 곰인형이 제 방 안의 모든 것을 부수고 종이를 찢고 컵을 깨도록 내버려두고 잠들어버리고 싶은 것은 언제나 그렇습니다.

하지만 안 될 말입니다. 곰인형이 왔을 때 가장 큰 금기는 죽은 척입니다. 곰인형이 왔을 때는 절대로 죽은 척을 해서는 안 됩니다. 곰인형은 집요합니다. 제가 살아있는지 죽어있는지 확인을 하지 않고서는 결코 방을 떠나지 않습니다. 이불을 뒤집어쓰고 눈을 감고 죽은 척을 하는 저에게 다가와 저의 치부를 속삭입니다. 저의 가족. 저의 사랑. 저의 일. 그 모든 부끄러움을 곰인형은 알고 있습니다. 그런 곰인형이 제가 죽은 척을 그치고 다시 일어날 때까지 제 귓가에서 저의 치부를 속 삭이게 내버려두는 것은 도무지 안 될 말입니다.

곰인형이 왔을 때 할 일은 단 하나입니다. 오로지 지켜보 는 것입니다. 감시하는 것입니다. 곰인형은 가끔 저의 목을 조를 때도 있고 어떨 때는 깨진 유리 조각이나 날카로운 펜 따위로 저를 찌르려고 할 때도 있습니다. 그러지 못하도록 바 라봐야 합니다. 내가 여기서 너를 지켜보고 있다고. 언제라도 너를 막을 수 있다고. 그렇게 무언의 신호를 눈빛으로 보내야 합니다. 하지만 앞서도 말했듯이 결코 진짜로 막아서는 안 됩 니다. 기나긴 대치와 반복되는 긴장만이 유일한 해답입니다.

곰인형은 이제 울기 시작합니다. 유리 구슬로 된 눈을 갖 고 용케 눈물을 흘린다고 감탄도 듭니다. 무어라고 말을 하 고 싶어 하지만 막힌 코 때문에 옹알이만 들립니다. 아마 제 가 저지른 잘못을 일일이 나열하는 것 같습니다. 굳이 다 들 을 필요는 없습니다. 곰인형은 제가 한 모든 일을 싫어합니 다. 그러니 지금 곰인형은 제가 한 모든 일을 일일이 나열하 고 있을 것입니다. 제 평생에 걸친 일이니 평생 들어도 시간 이 모자랍니다. 저는 곰인형이 저를 힐난하는 비명을 들으며 곰인형에 대해 생각합니다.

＊

어떤 사람들은 곰인형 덕분에 제가 성숙해질 수 있다고도 말합니다. 거짓말입니다. 애초에 논리부터가 잘못되었습니다. 제가 성숙해지지 못하면 어떤 사람들은 제가 나약해서라고 말을 할 것입니다. 제가 성숙해지면 어떤 사람들은 곰인형 덕분이라고 말을 할 것입니다. 성숙해지든 성숙해지지 않든 제가 하게 될 일인데 공은 곰인형이 갖고 과는 제가 갖습니다. 재주는 제가 넘고 돈은 곰이 챙기는 논리입니다. 패배주의적인 사고방식을 주입하는 조언이니 곰인형이 올 때는 이런 멍청한 사람 곁에 있지 않아야 합니다.

사실관계를 정확히 따져보면 이 사람들이 말하는 것과는 전혀 다른 그림이 나옵니다. 저는 어떤 사람들 덕분에 곰인형이 성숙해진다는 것을 깨달았습니다. 저들이 곰인형의 주인입니다. 저들은 저를 격려하는 척을 하면서 곰인형을 북돋워 줍니다. 저를 더 약하게 만들고 저를 지배하기 위해 곰인형을 이용하는 것입니다.

곰인형은 어떤 사람들의 냄새를 잘 맡습니다. 그 사람들에게서는 퀴퀴하고 축축한 곰팡내가 납니다. 제가 거리를 다니노라면 곰인형은 제가 저런 사람들을 마주하도록 함정에 이끌고는 합니다. 그들은 곰인형을 무기로. 곰인형은 그들을 서로의 무기이자 반려로 삼아 저를 잡아먹으려고들 합니다.

그들은 모두 한배에서 난 개새끼들입니다. 실제로 저는 언젠가 어떤 사람이 옷을 벗는 모습을 훔쳐본 적이 있습니다. 실재의 옷이 아닌 사람의 껍질을 벗어내는 모습을 훔쳐봤습니다. 그가 피부를 벗어던지자 그 안에서는 군데군데 썩어서 살점이 떨어지기 직전의 곰인형이 나왔습니다. 그 어떤 사람은 이미 곰인형에게 잡아먹힌 뒤였을지도 모르겠습니다.

저 역시 언젠가 곰인형에게 잡아먹히노라면 그 어떤 사람처럼 되리라 짐작합니다. 조만간 곰인형은 저의 배를 가르고 그 안의 내장을 씹어 먹을 것입니다. 다음으로는 저의 뱃속에 알을 깔 것입니다. 그리하면 제 뱃속에서는 또 한 마리의 곰인형이 자라나 저의 외피를 뒤집어쓰고 저의 흉내를 내며 또 다른 저를 찾아다닐지도 모릅니다. 달갑지 않은 일입니다.

✳

방금 곰인형이 커터칼을 들었습니다. 곰인형의 솜 주먹은 무섭지 않습니다. 하지만 그들의 솜 주먹도 예리한 쇠붙이와 육중한 둔기를 들 수 있습니다. 저는 곰인형이 저의 방 어디에서 커터칼을 찾았는지를 추측했습니다. 저는 곰인형을 만난 이후로 날카롭거나 뾰족한 물건은 제 방 안에 두지 않았습니다. 곰인형의 손에 쥐어지면 위험한 물건은 제 방 안에 두지 않았습니다.

곧 기억이 났습니다. 제가 낮에 방 안에 갖고 온 칼이었습니다. 배달이 온 택배 상자를 가르기 위해 거실의 탁상에서 꺼내온 칼이었습니다. 아무 생각도 없이 꺼내놓고서는 집어넣지를 않았습니다. 끼릭끼릭 커터칼의 날이 한 칸씩 올라갔다 내려갔다 반복하는 소리가 방 안을 울립니다. 저는 저의 어리석음을 탓했습니다. 오늘은 멍 이상의 흉터가 남을지도 모르게 되었습니다.

상황을 긍정적으로 보기로 했습니다. 예전에 읽었던 기사에 따르면 고통은 슬픔을 잊게 하는 데 효과적이라고 합니다. 모기에 물려 생긴 가려움을 잊기 위해 피부를 찰싹 때리거나 꼬집는 것과 비슷한 방법이겠지요. 저는 커터칼의 톱니가 맞물리는 소리를 들으며 제가 가진 슬픔이 얼마만 한 크기를 가늠해봤습니다. 몇 칸이 빠져나온 커터칼로 입은 상처면 제가 짊어진 슬픔을 잊을 수 있을까요? 속이 좁은 계산을 반복합니다.

하지만 이런 계산에는 별다른 의미가 없습니다. 어차피 칼을 쥔 것은 제가 아니라 곰인형이기 때문입니다. 곰인형은 제가 슬픔을 잊고자 하는 행위 자체를 용납하지 않습니다. 곰인형이라면 제가 슬픔을 잊기 딱 한 치 모자란 길이만큼 흉터를 남길지도 모르겠습니다. 고통은 고통대로 남게. 슬픔은 슬픔대로 남게. 곰인형은 그렇게 바랄 것입니다.

✱

곰인형을 처음 만났을 때를 기억합니다. 새벽이었습니다. 곰인형은 새벽처럼 찾아옵니다. 저는 침대에 누워 익사 직전의 조난자처럼 숨을 헐떡이고 있었습니다. 저의 침대는 바다와도 같습니다. 차가운 파도를 자꾸만 부딪쳐서 온기를 앗아가는 바다입니다. 몇 번이고 물을 먹어 물을 토하고 다시 먹는 그런 긴 240분을 보냈을 때 거친 숨소리가 어느새 둘로 늘어났음을 깨달았습니다. 곰인형을 처음 만났을 때입니다.

그때 곰인형은 축축하게 젖어있었습니다. 곰인형은 침대 가장자리에서 아슬아슬하게 헤엄치고 있던 저를 밀어 바닥으로 떨어뜨렸습니다. 저는 놀라지 않았습니다. 불가사의한 상황을 이해할 여력이 없었습니다. 다만 내가 마땅히 받아야 할 벌을 받았다고만 여겼습니다. 어떻게 곰인형이 저의 침대 옆에 저와 함께 누워있었는지 그리고 어떻게 곰인형이 저의 무거운 몸뚱어리를 바닥으로 밀쳤는지는 저의 관심사가 아니었습니다.

저는 아마 웃었던 것 같습니다. 많이 웃었던 것 같습니다. 당시 제가 겪은 사건 중 가장 정합성에 맞는 일이었습니다. 저는 벌을 받아야 한다고 여겼습니다. 지금은 아닙니다. 모르겠습니다. 아직 저는 제가 겪은 일들은 온전히 이해하지 못하고 있습니다.

벌써 2년이 지났습니다. 2년이 지났음에도 곰인형은 저에게서 떨어질 줄을 모릅니다. 저는 침대 가장자리에서 잡니다. 침대의 안쪽, 벽에 붙은 자리는 곰인형의 자리입니다. 저는 아직도 오른쪽으로 돌아누워 잠들지 못합니다.

✳

문제는 건널목에서 신호가 바뀌기를 기다릴 때입니다. 차는 빠르고 저는 느립니다. 곰인형은 이를 알고 있습니다. 그래서 신호등 아래에서 저를 기다립니다. 건널목을 건너는 것은 언제나 두려운 일입니다. 곰인형은 저를 도로에 밀어버릴 기회를 노리고 저는 그런 곰인형을 경계합니다.

높은 곳에 서서 아래를 내려다볼 때만 느낄 수 있는 황홀함이 있습니다. 자유를 얻는 방식은 언제나 비상과 추락 둘 중 하나이기 때문입니다. 이 두 가지 중 하나에 대한 선택권을 갖고 있다는 착각에는 쾌감이 있습니다. 신호등 아래에서 저를 기다리는 곰인형을 볼 때마다 저는 그 감각을 다시 한 번 느낍니다.

언젠가는 그 낙차가 주는 동요에 뒤흔들린 나머지 건널목 앞에서 무릎을 꿇고 눈물을 흘린 적이 있습니다. 제발. 그만해달라고. 멈춰달라고. 끝내달라고. 저의 것인지 곰인형의 것인지 모를 외침 속에 신호등을 부여잡고 울었습니다.

저는 저를 설득하기 위해 오랜 시간을 보내야 했습니다. 신호등에 파란 불이 다섯 번째 들어올 때야 겨우 일어날 수 있었습니다. 그러고는 건널목을 건너지 않고 왔던 길로 돌아갔습니다. 건너는 도중 다시 한 번 쓰러지지 않을지 자신이 없었기 때문입니다. 곰인형은 아쉽다는 듯 혀를 찼습니다.

저는 건널목을 건너지 못해 집으로 돌아가다 지하철 승강장에서 또 한 번 곰인형을 만났습니다. 저는 열차가 정거장에 완전히 서기 전까지는 줄을 서지 못했습니다. 당분간은 스크린 세이버가 설치된 역으로 가야겠다고 다짐했습니다.

　곰인형은 커터칼로 자신의 털을 조금씩 잘라내기 시작했습니다. 얼마나 날이 잘 드는지 확인하는 공정이었습니다. 곰인형이 든 커터칼은 오래전 사놓고 한참 동안 날을 갈지 않아 군데군데 녹이 슬고 이가 빠져 있었습니다. 뭉개듯이 날을 비벼야만 겨우 털이 잘려나갔습니다. 곰인형은 만족스럽지 않은 듯 신음을 흘렸습니다.

　다음으로는 털이 아닌 천 가죽을 잘라내려고 했습니다. 쉽게 잘리지 않았습니다. 그러자 곰인형은 악을 써가며 가죽을 뚫으려고 했습니다. 몇 번이고. 몇 번이고. 몇 번이고. 몇 번이고. 몇 번이고. 가죽을 뚫으려고 했습니다. 커터칼의 날이 너무 길게 빠져나와 힘이 실리지 않았기에 곰인형의 가죽은 무사했습니다. 곧 날이 낭창낭창하게 휘다 못해 부러져 방 곳곳에 튀었습니다.

　이제 커터칼은 사람을 찌르기에 딱 좋은 길이가 되었습니다. 다행히 곰인형은 아직 저에게 칼을 겨누지는 않습니다. 그저 모처럼 얻은 날붙이의 날카로움을 시험하며 그 가능성을 염탐할 뿐입니다.

　문득 여러 겹의 날에 베인 상처가 회복이 더디다는 생활상식이 떠올랐습니다. 신기한 일은 아닙니다. 잘린 것보다 찢긴 것이 더 꿰매기 난해하리라는 짐작은 어렵지 않으니 말입니다. 그리고 톱날처럼 삐죽삐죽 부러진 저 칼로 쑤시면 피부는 잘리지 않고 찢기겠지 싶었습니다.

칼에 찔린 순간의 상쾌함을 반추해 봅니다. 체했을 때 손가락을 바늘로 따는 것처럼 피가 흐르는 상처에는 그 통증만큼이나 막혀 있는 무언가가 뻥 뚫리는 시원함이 있습니다. 체했을 때 손가락을 바늘로 따는 것처럼 실질적인 도움이 되는지 아닌지는 모를 시원함일지라도 그 존재를 부정할 수는 없습니다.

*

그나마 다행인 일은 이제 곰인형의 방문에 대해서 알게 되었다는 점입니다. 예전에는 곰인형이 온 것을 눈치채지 못하고는 했습니다. 정신을 차려보면 제 방에 있는 물건들이 여기저기 흩어져 있고 옷가지들이 곳곳에 헝클어져 있고 책들이 이곳저곳 찢어져 있었습니다. 가끔은 벽에 피도 묻어있었습니다. 곰인형이 왔다 간 것을 몰랐던 저로서는 도무지 영문을 모를 노릇이었습니다. 같이 사는 아버지에게도 놀랄 광경이었습니다.

아버지는 저에게 곰인형이 있다는 사실을 인정하지 않으십니다. 어른이면 당연히 곰인형이 살아 움직인다고 말할 리 없다며 저를 다그치고는 합니다. 저도 아버지의 말씀이 옳다고 여겼습니다. 이제는 아닙니다. 저는 많은 사람이 곰인형을 갖고 있다는 것을 압니다. 안타깝지만 그렇습니다. 곰인형이 밤마다 찾아오는 것은 하나도 특별한 일이 아닙니다. 곰인형에 관한 책을 읽었습니다. 곰인형을 가진 사람들을 만났습니다. 모두가 다르지만 모두가 같았습니다. 곰인형이 있었습니다.

아버지는 저의 이야기를 듣지 않습니다. 저에게 곰인형이 있는 것은 저의 배가 덜 고파서라고 하십니다. 진정으로 힘든 사람을 몰라서 그렇다고 하십니다. 더 배가 고프고 더 힘들면 곰인형이 찾아오지 않게 될까 고민한 적이 있었습니다. 그렇지는 않았습니다. 그때마다 아버지는 더 배가 고프고 더 힘들기를 주문했습니다.

그 주문에 응했던 적이 있습니다. 결과는 좋지 않았습니다. 아버지의 주문을 따라 더 먹지 않고 더 쉬지 않고 더 많은 아르바이트를 하면서 지내보았던 그때 당장은 무언가 달라지는 듯했습니다. 우선 통장에 적힌 숫자가 달라졌으니 말입니다.

저는 지친 나머지 기절하듯 잠들고는 했습니다. 당연한 이야기이지만 기절하듯 잠든 먹잇감만큼 사냥하기 편한 사냥감은 없을 것입니다. 그러나 저는 기절하듯 잠들었기에 곰인형이 왔다는 사실조차 알아차리지 못하고는 했습니다. 곰인형은 안심하고 저의 살을 베어 물고 저의 뼈를 뜯어내 몸집을 불렸습니다. 아버지는 수척해진 저의 모습을 보시고서는 쓸데없는 군살이 빠졌다고 흡족해하셨습니다.

어느 순간부터 기절하듯이 잠들지 못하고 잠들듯이 기절하는 일이 시작되었습니다. 곰인형이 온 것을 눈치채지 못했을 때의 기시감이 들었습니다. 그때와 마찬가지로 저의 살점이 제법 떼어먹힌 뒤에야 이렇게 자진하는 행위를 멈출 수 있었습니다. 아버지는 다시 살이 오르는 저의 모습을 보시고서는 무척 마뜩잖은 표정이 되셨습니다. 통장에 적힌 숫자는 원래대로 돌아왔다가 더 줄어들었습니다. 직장을 다니지 않고 병원에 다니게 된 덕분입니다.

곰인형에게 잡아먹힐 뻔했던 그 날의 새벽 이후 저는 그 명령에 따르지 않기로 했습니다. 자갈 같은 빵조각을 하나라도 삼켜두어야 곰인형과의 힘겨루기에서 밀리지 않는 척이라도 할 수 있습니다. 먹어야 합니다. 먹히는 것이 아직 무서울 때 먹어야 합니다. 저는 언젠가 모든 것이 무섭지 않게 될 때가 오지 않을까 무섭습니다.

✳

곰인형이 비명을 지릅니다. 조금 전까지 부러진 커터칼에 매혹되었던 눈이 다시 흔들립니다. 저는 곰인형의 눈길을 쫓아보았습니다. 곰인형은 창문을 바라보고 있었습니다. 짙은 검은색에서 어느덧 옅은 푸른색으로 변해 있었습니다. 드디어 새벽이 찾아왔습니다. 저의 오늘이 어제보다 더 피곤하리라는 신호입니다.

사람이 잠을 자지 않고 살기란 참 어렵습니다. 일전 읽은 책에 따르면 사람의 뇌는 자는 동안 그날에 있었던 기억을 정돈한다고 합니다. 그렇다면 제가 쉬이 잠들지 못하고 또 쉽사리 잠에서 깨어나는 것도 이해가 갑니다. 저의 기억은 정돈되기에는 너무나 번잡합니다. 그리고 저 자신부터가 저의 과거를 마주하고 싶지 않고 저의 기억이 정돈되기도 바라지 않습니다. 무엇보다 곰인형이 이를 용납하지 않습니다.

벌써 몇 달째, 어쩌면 몇 년째 제게 있어 침대는 전장입니다. 잠에 들기 위한 투쟁의 장소 말입니다. 현재의 저는 과거의 제가 저지른 잘못들로 과거의 저를 공격하고 과거의 저는 과거의 저에게 매몰되어 아무것도 하지 않는 현재의 저를 공격합니다. 그런 와중에 미래의 저는 모든 것을 포기한 채로 현재의 저와 과거의 저의 어린아이 싸움 같은 투덕거림을 방관합니다.

곰인형은 그런 싸움의 훌륭한 중매자가 됩니다. 곰인형은 싸움을 멈추는 중매자가 아닌 싸움을 붙이는 중매자입니다. 그리고 창문에 푸른빛이 스며들 때까지 이 싸움이 이어졌다면 그건 곰인형이 승리했다는 신호입니다. 이제 곧 시작될 저의 하루를 완벽하게 망쳤다는 신호이기도 하기 때문입니다. 곰인형의 울부짖음은 이제 격분이 아닌 승리의 포효가 됩니다.

저는 이제 잠들기를 포기했습니다. 그리고 곰인형의 찢어지는 듯한 괴성 속에서 오늘 해야 할 일들의 목록들을 정돈하기 시작했습니다. 버려야 할 쓰레기들. 남겨야 할 쓰레기들. 가져야 할 쓰레기들을 분리수거 일정에 맞춰 계획합니다.

전투에서 패배했을 때는 남은 병력이라도 보존하기 위해

안전하게 퇴각하도록 작전을 짜야 합니다. 제가 계획을 세우는 이유도 이와 같습니다. 망친 하루가 망친 내일과 망친 한 주로 이어지지 않도록 사건의 덧셈과 뺄셈을 반복합니다. 저는 패전의 명장입니다.

하룻밤이 지나 그렇게 한 번의 전투가 끝이 나면 앞으로 이루어질 일 년의 전쟁을 생각합니다. 참으로 지루하고도 따분한 소모전이 예정되어 있습니다. 그 끝이 어떻게 나리라 짐작하기도 어렵지 않습니다. 모든 전쟁과 마찬가지로 어느 하나는 죽을 것입니다. 그리고 남은 하나는 죽느니만 못할 것입니다.

✳

곰인형과 밤을 걷는 사람들도 있습니다. 곰인형과 함께 다니는 사람들은 어렵지 않게 알아볼 수 있습니다. 몸 곳곳에 곰인형이 새겨놓은 흉터가 있기 때문입니다. 어떤 사람들은 곰인형이 있다는 것을 자랑하기도 합니다. 곰인형이 얼마나 커다란지. 얼마나 무거운지. 얼마나 더러운지. 얼마나 냄새가 나는지. 얼마나 발톱이 날카로운지 경쟁하기도 합니다.

곰인형이 있다고 밝히는 것은 짜릿한 쾌감을 준다고도 합니다. 그렇지 않고서야 곰인형을 자랑하는 사람이 있을 리 없는 노릇입니다. 이 세상에서 내가 가장 관심을 받아야 할 사람이라는 것. 지금 여기서 누구보다 내가 더 중요한 사람이라는 것. 이런 체험은 사람의 노력으로는 쉽게 이룰 수 없는 일들입니다. 하지만 곰인형이 있다면 또 곰인형에게 위협을 받고 있다면 이 중심지에 쉽사리 안착할 수 있습니다. 곰인형이 있다고 밝히는 것이 손해만은 아닌 셈입니다.

저는 곰인형이 있다는 사실을 밝힐 때는 더욱 주의해야 한다고 믿습니다. 곰인형은 쾌감을 간단히 얻기 위해 더 빠르고 편한 선택지를 고르도록 유도합니다. 곰인형이 오기를 환영하고. 곰인형이 입힐 상처를 기대하고. 곰인형에게 잡아먹힌 나 자신과 사랑에 빠지기란 너무나도 쉬운 일입니다. 하지만 저는 저를 그렇게 쉽게 사랑하고 싶지 않습니다.

흔히들 무언가를 사랑하는 일은 무언가를 먹는 일에 빗대고는 합니다. 저에게 있어 음식에 대한 철학이 있다면 아무것이나 주워 먹지는 말자는 것입니다. 그리고 저는 너무나도 아무것입니다. 상한 부분은 도려내고 흠이 난 부분은 깎아내어 독기가 빠질 때까지 폭신하게 삶기 전까지는 저 자신을 포함하여 누구의 식탁에도 오르면 안 될 하품입니다.

하지만 미식의 취향이란 어찌나 다양하던지요. 저는 저를 그릇 위에 올려놓으려던 사람들도 몇 만나보았습니다. 어떤 이는 저의 흠을 미처 알아보지 못했기에 그러하였지만 어떤 이는 저의 흠을 탐내기도 하였습니다. 저로서는 영문을 모를 일이었습니다.

곰인형이 있다고 사랑을 참아서는 안 됩니다. 누군가에게는 간절할 문제이니까요. 그러나 세상에는 싼값으로 후려쳐서 가볍게 먹고 버리자는 마음으로 곰인형이 있는 사람들만 찾아다니는 이들도 드물지 않게 있었습니다. 자신의 흠을 가리고자 더 큰 흠이 있는 사람을 찾아다니며 옆에 두려는 이들도 적지 않았습니다. 이들은 곰인형의 양식업자입니다.

이런저런 일을 겪고 나니 저는 될 수 있으면 주변 사람들에게 저에게 곰인형이 찾아왔다는 사실을 감추고는 합니다. 저에 대해 알아야 할 사람과 알아도 될 사람은 한정되어 있습니다. 아직은 그 숫자를 늘리고 싶지 않습니다.

이렇게 글을 쓰는 이유는 여러분은 저를 모르기 때문입니다. 만약 여러분이 우연히 저를 만나시더라도 저에게 곰인형이 있느냐고는 묻지 말아주시길 부탁드립니다. 저는 곰인형이 없다고 대답을 할 것입니다. 제 등 뒤에 곰인형이 매달려 있더라도 저는 곰인형이 없다고 대답을 할 것입니다. 저의 흠터와 저의 멍은 저만의 것입니다.

무턱대고 곰인형이 있다는 사실을 숨기는 것도 위험합니다. 내 모습이 보이지 않을 때 내가 곰인형에게 잡아먹힌 것이 아닌지 의심하고 염려해줄 사람은 주변에 반드시 있어야만 합니다. 나의 안위만을 위해서는 아닙니다. 나의 안위를 위하는 것을 일부러 잊으려다 남을 괴롭히게 되기도 하기 때문입니다. 나의 품위를 지키고자 모두의 당위를 버려서는 안 될 노릇입니다. 쉽지는 않은 일입니다.

＊

다행인지 불행인지 제 주변에는 제가 곰인형을 데리고 있다는 것을 알고 있는 사람이 많습니다. 얼마 전 직장에서 있었던 약간의 사고 덕분입니다. 직장이라고는 해도 친구의 연줄을 통해 단기간 근무로만 협의된 사무 보조였습니다. 저 역시 오랫동안 근무를 할 자신이 없었기에 서로의 이해관계가 일치했지 싶습니다.

직장은 좋은 곳이었습니다. 무엇보다 저에 대한 관심이 없다는 점에서 특히 그러했습니다. 그들은 저에게 곰인형이 있는지 없는지 알지 못했고 알려는 의지도 없었으며 알아도 무슨 상관이냐 했을 겁니다. 저는 그 직장에 새로 배치된 가구만큼의 의미도 갖지 못했습니다. 이 이상 가는 직장은 쉬이 상상이 가지 않습니다.

그날도 저는 누구의 관심도 받지 않고 점심식사를 마쳤습니다. 쉬는 시간이 끝나고 이제 업무를 다시 시작해야 할 무렵 아버지가 저의 직장으로 찾아와 저를 건물 밖으로 끌고 나오셨습니다. 그러고는 약봉지를 제 코앞에 들이밀며 소리를 쳤습니다. 제가 다니는 병원의 약이었습니다.

이 약은 무엇이냐. 정녕 네가 이 약을 먹고 있는 것이 맞느냐. 곰인형이 보인다는 헛소리를 아직 하고 다니느냐. 그런 정신머리로 어떻게 남의 돈을 받으러 다니느냐. 네가 나약해서 그렇다. 나를 얼마나 부끄럽게 만들려고 이러느냐. 당장 나에게 사과해라. 그리고 다 그만두어라 등등의 저로서는 영문을 모를 비판이 이어졌습니다.

길가를 지나던 사람 몇몇이 멈추어서 저와 아버지를 힐끗 쳐다보고는 했습니다. 대낮부터 고래고래 소리를 지르는 사람이 있다면 으레 그렇게 되기 마련입니다. 다만 아버지의 의견과는 달리 저희의 모습이 이상한 자식과 그 애비가 아니라 이상한 애비와 그 자식으로 보였으리라 짐작합니다. 그래도 이상한 가족으로 보일 것이라는 점까지는 아버지와 저의 의견이 같았습니다.

곧 건물에서 저의 상사가 나왔습니다. 아버지의 고함 소리가 직장이 있던 4층까지 울려 퍼졌던 것 같습니다. 상사는 어떻게든 아버지와 저의 사이를 중재해보려고 했습니다. 하지만 아버지와 저의 사이는 군림과 지배로 이루어졌기에 중재가 이루어지긴 어려웠습니다. 아버지 역시 저의 상사에게 그저 죄송하다고 또 부끄럽다고만 말하고 저를 데려가려고 했습니다.

아버지는 저를 '미친놈의 새끼'라고 욕했습니다. 이제 와 생각해보면 나름 재미난 함의가 담긴 표현입니다. 하지만 저는 그때 그 표현에 의도치 않게 담겼을 익살스러운 면을 잡아내지 못했습니다. 그 결과로 있었던 일에 대해서는 아버지의 사회적 체면을 존중하여 이곳에 적지는 않으려고 합니다. 단지 그 이후로 저에게 곰인형이 왔다는 사실을 알게 된 사람이 많아졌다는 것. 제가 독립을 결정하게 되었다는 것. 아버지가 매일 밤 주무시기 전에 꼭 방문의 자물쇠를 걸어 잠그시게 되었다는 것까지는 밝혀두겠습니다.

288

이제 기나긴 대치가 끝이 날 조짐이 보입니다. 곰인형과 저는 새벽마다 서로를 노려보다 눈을 돌린 측이 패배하는 싸움을 벌여왔습니다. 그리고 이 싸움은 눈을 돌린 측은 긴장을 잃지 않은 측에게 두들겨 맞는 형식으로 마무리 지어졌습니다. 하지만 오늘은 그 긴장이 여느 때보다도 오래 이어졌습니다. 대부분은 이렇게까지 장기전으로 이어지지 않습니다.

오늘 대치가 특별히 길게 이어진 이유야 자명합니다. 곰인형의 손에 들린 저 커터칼이 그 이유입니다. 곰인형으로서도 오늘은 솜 주먹이 아닌 흉기를 쥐었다는 점에서 저로서도 약간의 타박상이나 긁힌 상처가 아닌 흉터가 남을 수 있다는 점에서 긴장을 놓기 어려웠습니다.

곰인형은 천천히 침대 위에 누운 저에게 다가옵니다. 유리알로 된 눈은 떨리고 갈색 털은 바싹 곤두섰으며 붉은 천이 덧대진 입으로부터 침을 질질 흘리면서 다가옵니다. 곰인형의 손으로 억지로 부여잡은 커터칼의 날 끝이 흔들립니다.

끼리럭 끼럭. 끼리럭 끼럭. 곰인형은 커터칼의 날을 더 길게 뽑아내려 합니다. 이미 끝까지 나온 커터칼의 톱니는 헛바퀴를 돌며 끼리럭 끼럭 소리만 냅니다. 쉬이익 쉬익. 쉬이익 쉬익. 곰인형의 거칠고 가쁜 숨소리가 커져만 갑니다.

저는 새벽에 곰인형의 칼에 찔리는 일이 질색입니다. 낮에 찔리는 것보다 거쳐야 할 절차가 더 복잡하거나 비싸기 때문입니다. 그나마 나은 점은 주변의 시선을 신경 쓰지 않아도 된다는 정도입니다. 저는 칼에 찔려도 좋을 부위와 그렇지 않을 부위를 가늠해 봅니다. 곰인형은 저와 반대되는 기준을 가졌기가 쉽습니다.

쉬이익 쉬익. 쉬이익 쉬익. 곰인형은 드디어 저와 코를 마주 댈 수 있을 정도로 가까이 다가왔습니다. 곰인형의 습하고 끈적하기만 한 숨결이 저의 낯에 달라붙습니다. 미세먼지 많은 날의 안개처럼 불쾌한 촉감입니다. 우리는 이제 서로의 숨결을 느낄 수 있습니다. 상대방의 악취를 맡으면서도 눈싸움과 기 싸움을 멈추지 않습니다. 하지만 이는 어디까지나 신경전일 뿐. 저도 곰인형도 이 싸움의 열쇠는 곰인형이 쥐고 있는 날붙이임을 매우 잘 알고 있습니다.

톱날처럼 깨진 칼끝. 여기에 찔린다면. 그리고 운이 따라준다면 저는 많은 것들을 내려놓을 수 있게 됩니다. 하기 싫은 과제들에서 벗어날 수 있습니다. 그만 편히 쉴 수 있습니다. 운이 따르지 않는다면 50년 동안 짊어질 무거운 짐이 하나 더해지겠지만요.

푹. 곰인형은 숨을 헐떡이다가 그 가냘픈 몸의 온 무게를 담아 제 배를 찔렀습니다. 제가 칼날에 매료되었음을. 저의 망설임을 놓치지 않은 것이었습니다. 다행인지 불행인지 곰인형보다 제가 빨랐습니다. 저는 칼이 제 몸을 감싸고 있는 이불을 뚫기 전에 몸을 날렸습니다. 그러고는 이불을 뒤집고는 그물로 삼아 곰인형을 물고기처럼 낚았습니다.

저는 재빠르게 곰인형을 귀중한 선물을 담듯 이불로 감쌌습니다. 손에 쥔 칼을 휘두르지 못하도록. 이빨과 발톱으로 저를 할퀴지 못하도록. 그러고는 곰인형을 이불째로 꼭 껴안아주었습니다. 결코 제 품에서 도망치지 못하도록. 다른 꿍꿍이를 품지 못하도록. 사랑하는 연인이나 자랑스러운 가족에게 하듯이 꼭 껴안아주었습니다.

괜찮아. 괜찮아. 이제는 잠들 수 있어. 저는 저에게 하는 것인지 곰인형에게 하는 것인지 모를 말을 속삭였습니다. 창밖의 짙푸른 하늘빛은 어느덧 하얗게 밝아오고 있습니다. 저에게는 아직 한 시간이나 잠을 잘 시간이 남아있습니다. 곰인형이 제 품 안에 안겼으니 이제는 잠들 수 있습니다. 이제 우리는 서로의 부표가 되어 이 우울의 바다에서 살아남을 것입니다.

물에 젖은 새벽에 끝이 다가옵니다. 제 품에 안긴 곰인형한테서 퀴퀴한 냄새가 납니다. 축축하고 무거운 곰인형이 이불 밖으로 벗어나려 발버둥을 칩니다. 저는 곰인형이 꼼짝도 하지 못하도록 누구한테 해주었던 것보다도 강한 포옹을 합니다. 이 세상 모든 곰인형의 주인들이 그리하듯이. 곰인형을 안아줍니다.

〈곰인형이 왔다〉 후기

이마 이치코의 만화 〈백귀야행〉에 인상 깊은 설정이 하나 있다. 주인공들은 모두 요괴를 볼 수 있는데, 동일한 요괴를 보더라도 각자 다른 형태로 인식한다는 것이다. 이 설정은 에 피소드마다 유지되지는 않는다. 하지만 진짜로 물리적인 신체가 없는 유령이나 요괴가 있다면 그럴 수도 있겠다 싶은 이야기이지 싶다.

하기야 물리적인 신체가 있더라도 보는 사람마다 달리 보이기는 마찬가지다. 내 눈에 예쁜 사람은 뭘 해도 예쁘고 내 눈에 미운 사람은 뭘 해도 밉다. 이런 개인적인 감정 외에도 그날의 습도, 공간의 조명, 피로도, 수면 시간, 식사량, 지하철에서 내리기 전에 타는 사람과 부딪힌 횟수 등 온갖 다양한 요소들이 나의 인지에 영향을 미친다.

그렇기에 나는 되도록 나 자신이 건강한 상태로 있도록 노력한다. 내가 피곤하면 나도 세상을 피곤하게 만든다. 나를 피곤하게 만든 사람을 피곤하게 만드는 것이라면 정당방위가 성립될지도 모르겠다. 하지만 경험적으로 몹시도 피곤한 상황에는 공격할 대상을 잘못 고르기 마련이라 그 전에 알아서 조심하는 편을 선호한다. 사람이 아무래도 받은 만큼 주고 준 만큼 받기 마련이니 무엇을 받고 무엇을 줄지 고민하고 살고 싶다.

친구가 해준 이야기 중에 이제는 내 입버릇이 된 말이 있다. "취향이 팔자다."라는 명언이다. 나는 오랜 세월 수학 포기자로 살아왔지만, 대수의 법칙 정도는 이해하고 있다. 취향이 반복되면 경향이 된다. 그리고 경향이 반복되면 방향이 된다. 취향은 그렇게 팔자가 된다. 나는 피곤하게 살고 싶지 않기 때문에 가능한 한 더 건강하고 안전한 취향을 가꾸려고 한다.

물론 취향이라는 게 쉽게 바뀔 무엇이 아니기는 하다. 다만 내가 왜 망하고 있는지를 미리 알고 있으면 내 무덤을 내가 파더라도 좀 더 안심하게 되지 않던가. 내가 파는 게 무덤인지 알고 파면 최소한 주변 사람들은 대피시키고 완전히 망하기는 전에 미리 할 일들을 정돈해놓기도 가능하다.

결국, 이 모든 것은 행복해지기 위한 발버둥이다. 이런 노력이 성공적인 결과로 이어지진 않았다. 하지만 애초에 그렇게 간단히 행복해질 수 있었다면 발버둥이라는 표현도 쓰지 않았을 것이다.

　여기까지 읽은 독자라면 이미 눈치를 챘겠지만 계속해서 소설과 상관없는 헛소리를 하며 말을 돌렸다. 이 작품에 대해서는 아무 이야기도 하고 싶지 않기 때문이다. 그럴 필요가 있는 글이 아니다.

　〈끝〉

구미베어 살인사건
dcdc 소설집

초판 1쇄 인쇄	2018년 10월 10일
초판 1쇄 발행	2018년 10월 15일

지은이	dcdc
펴낸이	박은주
기획	김창규, 최세진
디자인	김선예, 장혜지
마케팅	박동준

발행처	아작
등록	2015년 9월 9일(제2018-000142호)
주소	03924 서울시 마포구 월드컵북로54길 25
	상암DMC푸르지오시티 504호
대표전화	02.324.3945 **팩스** 02.324.3947
이메일	decomma@gmail.com
홈페이지	www.arzak.co.kr
ISBN	979-11-89015-29-9 03810

책 값은 표지 뒤쪽에 있습니다.

아작은 디자인콤마의 문학 브랜드입니다.